AF189902

M. Holzer

NULL RISIKO

Für meine Kinder Dominique, Etienne und Pascal

Mijdrecht, 4. Januar

Seit Tagen regnete es. Schönes Wetter war nicht in Sicht. Und es war kalt. Die wenigen Bewohner des Seniorenheims drängten sich um das offene Kaminfeuer. Einige von ihnen dösten in Stoffsesseln. Andere schimpften über das Wetter, und wieder andere ärgerten sich, weil die Heizung von Neuem ausgefallen war.

„Schon zum neunten Mal diese Woche", stellte ein altes Mütterchen, das in eine dicke Wolljacke gehüllt war, resigniert fest. Freilich war es übertrieben.

„Schweinerei", meinte ein anderer und erntete damit zustimmendes Kopfnicken.

Das Seniorenheim in Mijdrecht mit dem schönen Namen *Rusthuis Tertianum* war, wie seine Bewohner auch, in die Jahre gekommen. Die Sofas im Gemeinschaftsraum waren alt, fleckig und durchgesessen. Im Bücherregal standen abgegriffene Totschläger, alte Zeitschriften und die Überbleibsel beliebter Gesellschaftsspiele. An den Wänden blätterte die Farbe ab. Ein paar vergilbte Drucke holländischer Meister dienten als Wandschmuck. Einige hingen schief. Die kümmerliche Weihnachtsdekoration, die an die vergangenen Feiertage erinnerte, war seit vielen Jahren dieselbe. Sie wurde von den Bewohnern schon gar nicht mehr wahrgenommen. Der Geruch von frisch gebohnerten Fliesen und gekochtem Kohl erfüllte den Raum.

In der hintersten Ecke des Gemeinschaftsraums saßen vier Männer an einem kleinen Tisch und spielten Karten. Dass sie seit zwei Tagen von einem Unbekannten beobachtet wurden, war ihnen nicht aufgefallen. Ihre ganze Konzentration galt dem Spiel.

Dirk van Ekris hielt einen Stapel Karten in der Hand und zählte die Punkte. Sein Partner Ruud de Nijs schaute ihm zufrieden zu, derweil Arno Verthongen das schlechte Resultat zu rechtfertigen versuchte.

„Da sieht man wieder, wer die Karten gemischt hat", sagte er zu Ruud, der ausgegeben hatte.

„Blödsinn", konterte dieser und prahlte: „Wir sind einfach nur besser!" Und wie er das sagte, brachen sie in Lachen aus.

Diese sich stets wiederholende Geplänkel am Ende einer Partie waren Teil des Spiels. Genauso wie der Kaffee, den die Verlierer den Gewinnern spendieren mussten. Die Reihe war diesmal an Arno Verthongen. Während seine Gefährten noch lachten, stand er auf und machte sich auf den Weg zum Automaten im Flur. Noch vor wenigen Wochen konnte man zwischen einem gewöhnlichen Milchkaffee, einem Espresso, einer Latte Macchiato und einem Cappuccino wählen. Heute schmeckte die Brühe nach abgestandenem Wasser.

Als Arno Verthongen damit beschäftigt war, dem Automaten die vier Getränke zu entlocken, näherte sich ihm ein Unbekannter: „Seit zwei Tagen habe ich euch zugeschaut. Und was hab' ich dabei erlebt? Jeden Nachmittag spielt ihr während Stunden Karten. Ist das nicht trostlos?"

Verwundert drehte sich Verthongen um. Hinter ihm stand ein Mann in einem grauen Anzug mit dunkler Krawatte. Das von ersten silbrigen Strähnen durchzogene Haar hatte er sorgfältig nach hinten gekämmt. Sein gefurchtes Gesicht machte es schwer, sein Alter zu schätzen. Hätte der Unbekannte auch noch eine schwarze Schirmmütze getragen, so hätte man meinen können, einen Bestatter vor sich zu haben. Einzig die abgetretenen braunen Schuhe mit den klobigen Sohlen wollten nicht so richtig dazu passen.

Arno runzelte die Stirn und zuckte mit den Achseln. „Hier gibt's nichts anderes zu tun. Und beim Klaverjassen haben wir wenigstens etwas Spaß", meinte er lapidar.

„Das nennt man ‚Die Zeit totschlagen'", stellte der Unbekannte mit einem mitleidigen Lächeln fest. „Ich heiße übrigens Gullit van Heezen. Darf ich mich zu euch setzen?"

Arno Verthongen musterte den Unbekannten und dachte: „Recht hat er ja. Und mit seiner direkten Art wirkt er nicht unsympathisch." Mit einem Kopfnicken forderte er ihn auf, ihm zu folgen.

Seine Freunde staunten nicht schlecht, als er mit dem Fremden an den Tisch zurückkehrte. „Wer ist das?", fragte Ruud und zwirbelte mit Daumen und Zeigfinger die rechte Spitze seines Schnurrbarts.

„Gullit van Heezen. Er wollte sich zu uns ..." Noch bevor Arno den Satz beenden konnte, hatte Van Heezen vom Nebentisch einen Stuhl genommen und sich zwischen Eric und Ruud gezwängt.

„Bischt du gekommen, um mit unsch Karten zu schpielen?", fragte Eric und blinzelte vergnügt.

Van Heezen schüttelte den Kopf und antwortete: „Ich und Klaverjassen? Ich hab' dieses Spiel nie begriffen!"

„Was ist es dann? Willst du uns eine Lebensversicherung andrehen?", fragte Dirk und sorgte mit seiner Frage bei den anderen für Heiterkeit.

Van Heezen winkte ab. „In eurem Alter? Wohl kaum. Das wäre kein gutes Geschäft. Aber keine Angst. Ich bin nicht gekommen, um euch etwas zu verkaufen. Indes hätte ich vielleicht einen Job für euch."

Vier verwirrte Augenpaare richteten sich auf van Heezen.

„Und der wäre?", wollte Ruud sofort wissen. Er war gespannt, denn mit seinen siebzig Jahren war er der jüngste des Quartetts und deshalb nicht abgeneigt, sein monotones Leben etwas aufzupeppen.

„Das werde ich euch später erklären. Erst will ich euch kennenlernen. Muss ja schließlich wissen, mit wem ich's zu tun habe."

Van Heezen war vorsichtig. Der fatale Missgriff, der ihm vor einem Jahr unterlaufen war, saß ihm noch in den Knochen. Ein Desaster wie damals durfte sich unter keinen Umständen wiederholen. Van Heezen schaute angespannt auf seine Uhr. Schon drei. Spätestens um fünf musste er wieder in Utrecht sein und noch immer wusste er nichts über die vier Rentner. Ungeduldig forderte er: „Erzählt von eurem Leben! Wer von euch macht den Anfang?"

Die vier Rentner erzählten gerne von ihrem Leben, und ohne zu zögern legte Eric Vandekerckhove los. Er war kurz vor seinem achtzigsten Geburtstag und damit nicht bloß der Älteste des Quartetts, sondern auch der Kleinste. Seine korpulente Gestalt ließ ihn noch kleiner erscheinen, als er in Wirklichkeit war. So klein, dass man ihn unter vielen Menschen vermutlich übersehen würde. Er hatte ein quellendes Doppelkinn, rote Nackenwülste und eine auf Hochglanz polierte Glatze. Und er redete unglaublich schnell, so dass sein Lispeln kaum jemandem auffiel. Eric Vandekerckhove verbrachte sein ganzes Leben in Mijdrecht, wo er über vierzig Jahre bei der Post gearbeitet hatte.

Dirk van Ekris war das pure Gegenteil. Er war groß und bedächtig. Sein krauses Haar war noch blond, was ihm ein jugendliches Aussehen verlieh. Der blonde Hüne war mit Leib und Seele Fernfahrer gewesen. Wegen eines akuten Augenleidens musste er diesen Beruf aber im Alter von dreiundsechzig Jahren aufgeben. Als Folge davon war er in ein tiefes Loch gefallen, unfähig seinem Leben einen neuen Inhalt zu geben. Erst nachdem er im *Rusthuis Tertianum* die Bekanntschaft der drei anderen gemacht hatte, hellte sich seine Gemütsverfassung wieder auf. Seither galt er gar als Spaßvogel des Quartetts.

Arno Verthongen arbeitete als Gärtner auf einer Tulpenfarm. Er hatte lange graue Haare, die er zu einem dicken Pferdeschwanz zusammenband. Obwohl er dreiundsiebzig Jahre alt war, erweckte er immer noch den Eindruck eines ausgeflippten, wenn auch in die Jahre gekommenen Hippies. Er kiffte und war stolz, dass er bis zu seinem Eintritt ins *Rusthuis Tertianum* ausschließlich Marihuana aus eigener Produktion konsumiert hatte. Jetzt musste er sich den Stoff in einem der zahlreichen Coffeeshops besorgen. Dabei wurde er nicht müde zu betonen, wie viel besser *sein* Gras im Vergleich zu der dort angebotenen Ware gewesen war.

Ruud de Nijs war der einzige von ihnen, der einen Schnurrbart trug, was sein ohnehin schon breites Gesicht noch breiter erscheinen ließ. Vielleicht aber wollte er mit diesem kunstvoll gezwirbelten Schnurrbart auch nur von seiner großen Nase ablenken. Niemand wusste das so genau. Ursprünglich hatte er Automechaniker gelernt. Schon bald aber hatte er gemerkt, dass ihm die Werkstatt nicht sonderlich behagte. Er war jung und wollte die Welt sehen. Aus diesem Grund heuerte er als Mechaniker auf einem Frachter an. Diesen Entscheid hatte er bis zu seiner Pensionierung vor fünf Jahren nie bereut. Ruud de Nijs bereiste sämtliche Weltmeere, war sprachgewandt und fühlte sich überall zu Hause. Ruuds Vita sorgte bei van Heezen für besondere Befriedigung.

„Sehr schön", sagte van Heezen, „ihr seid wirklich ein tolles Quartett. Mit euch sollte es klappen", gab er sich überzeugt. Die vier schauten sich an. „Wie müssen wir das verstehen?", fragte Ruud und zwirbelte seine Schnurrbartspitze.

„Ich suche Männer, die nicht auffallen, die gerne reisen und die verschwiegen sind. Kurz: Männer wie euch!", antwortete er mit vielsagendem Lächeln. Nach einem erneuten Blick auf seine Uhr hüstelte er und meinte: „Alles andere werde ich euch später erklären. Ich muss jetzt fahren. Ich habe in Utrecht noch eine Besprechung. Aber wenn ihr einverstanden seid, werde ich euch nächste Woche wieder besuchen." Die vier nickten zögerlich. Van Heezen erhob sich von seinem Stuhl und verabschiedete sich mit einem „Prettige avond". Zurück blieben vier verdatterte Rentner, die rätselten, was es mit dem geheimnisvollen Angebot auf sich hatte.

Gut gestimmt stieg van Heezen in seinen alten Opel. Er konnte es kaum erwarten, den Boss über das nachmittägliche Zusammentreffen mit den vier Alten zu informieren. Es war punkt fünf, als er Stijn Vermeers Nummer wählte. Nur einen Sekundenbruchteil nachdem er die letzte Zahl eingetippt hatte, meldete sich die Stimme des Boss: „Hast du die Kuriere?", dröhnte es durch den Lautsprecher. Van Heezen hatte ihm versprochen, bis spätestens an diesem Abend vier neue Kuriere zu organisieren.

„Ja Boss! Und alle in den Siebzigern. Vier ganz tolle Kerle." Dass er den vieren noch keinen reinen Wein eingeschenkt hatte, behielt er einstweilen für sich. Er wollte den Boss nicht unnötig gegen sich aufbringen.

„Gut gemacht, van Heezen!", sagte Vermeer, bevor er auflegte.

Van Heezen konnte sich nicht erinnern, vom Boss jemals gelobt worden zu sein. Zufrieden lehnte er sich in seinem Bürosessel zurück. Aus der obersten Schublade seines Schreibtisches nahm er einen Flachmann und gönnte sich einen Schluck Whisky. Jetzt musste er die vier Alten nur noch für die Reise gewinnen. Ein Kinderspiel. Dachte er.

Zur selben Zeit im Diamond Beach in Bavaro

Hatte er nicht soeben van Heezen gelobt? Stijn Vermeer konnte es kaum glauben. Van Heezen war ein notorischer Versager, ein Taugenichts, und es ärgerte ihn noch heute, dass er ihm damals das Angebot gemacht hatte, für ihn zu arbeiten. Mehr aus Mitleid denn aus Überzeugung. Einfach, weil er einen ehemaligen Klassenkameraden nicht vor den Kopf stoßen wollte.

Vermeer war um neun in der Lobby mit José Noguera, dem Polizeichef von Punta Cana, verabredet. Sie hatten sich drei Wochen nicht mehr gesehen und wollten gemeinsam frühstücken. Als Vermeer aus dem Lift trat, stürzte sich der Polizeichef auf ihn und umarmte ihn herzlich. Dass der rechte Arm seines Freundes dick einbandagiert war, bemerkte er erst, nachdem sich Stijn aus der Umklammerung gelöst hatte.

„Was um Himmels Willen ist passiert?", wollte Noguera sogleich wissen.

„Das erzähle ich dir später. Lass uns zuerst frühstücken. Ich habe einen Mordshunger", antwortete Vermeer.

Gemeinsam verließen sie das Hotel, um ins *Cala Mar* zu gehen. Draußen wurden sie von der brütenden Hitze beinahe erschlagen. „Schade kann man die Wärme nicht nach Holland umleiten", scherzte Stijn, „dann bräuchten wir hier nicht so zu schwitzen und meine Landsleute nicht so zu frieren."

José grinste: „Es reicht doch schon, dass wir euch mit Schnee eindecken."

Am Vormittag war die Strandbar *Cala Mar* der ideale Ort für vertrauliche Gespräche. Stijn und José setzten sich an einen Zweiertisch, der keine fünf Meter vom türkisblauen Meer entfernt war. Sie waren aber nicht in Stimmung, den Ausblick zu genießen. Der Betriebsunfall beim letzten Transport bewegte noch immer ihre Gemüter. Was war der Grund, dass ein scheinbar sicheres Versteck auffliegen konnte? „Nicht einmal Schwangere sind gegen körperliche Durchsuchungen gefeit. Dabei war die Idee mit der Bauchattrappe schlicht genial", stellte Stijn ernüchtert fest. Und José meinte: „Vielleicht schöpfte der Zöllner Verdacht. So jung und sexy wie Pilar nun mal ist. Da passt eine Schwangerschaft nicht unbedingt ins Bild."

3. Januar, 08.39 Uhr, Flughafen Zürich, Passkontrolle

Der Grenzpolizist blätterte ungewöhnlich lange im Reisepass. Pilar Dominguez wurde immer nervöser. Plötzlich verlor sie die Nerven und nannte den Grenzpolizisten einen ‚Idiota senil'. Das hätte sie besser nicht tun sollen. Verärgert über das ausfällige Verhalten rief er postwendend seine Kollegen.

Wenige Minuten später wurde Pilar von einer Polizistin und einem Polizisten auf direktem Weg in ein Untersuchungszimmer, eine kleine fensterlose Kammer, geführt. Die Art von Polizeibüro, die auch als Besenkammer durchgehen konnte.

„Hat Tina heute Dienst?", fragte die Polizistin ihren Kollegen.

„Weshalb?"

„Sie ist die einzige von uns, die Spanisch spricht."

„Ich frag mal bei der Zentrale nach", antwortete der Polizist.

„Wir haben Glück. Tina ist gerade auf Patrouille im Terminal B. Sie wird jeden Augenblick hier sein." Daraufhin verließ er den Raum, um draußen zu warten. Tina forderte kurz darauf Pilar auf, sich zu entkleiden. Widerwillig kam sie der Aufforderung nach und öffnete zaghaft die Knöpfe ihrer Bluse. Noch bevor sie sich ihrer Bluse vollständig entledigt hatte, kam der geschickt angefertigte Bauch zum Vorschein.

„Was ist das?", fragte Tina. Ihre Kollegin starrte fasziniert auf den künstlichen Bauch, dessen Schwarz leicht glänzte.

Pilar schwieg.

„Ausziehen!", befahl Tina.

Pilar gehorchte. Angestrengt versuchte sie, sich aus dem engen Korsett zu befreien. Vergeblich. Ohne Tinas Hilfe schaffte sie es nicht. Vorsichtig löste diese die festgezurrten Gurte. Pilar atmete auf. Über Stunden hinweg hatte ihr die Corsage die Bewegungsfreiheit gestohlen. „Armes Ding", dachte Tina beim Anblick der tiefen Furchen und der blutunterlaufenen Stellen, die die viel zu eng geschnürten Tragriemen auf dem Körper der jungen Frau zurückgelassen hatten. Die danebenstehende Polizistin brachte nur ein entsetztes „Jesses Gott" über ihre Lippen. Peinlich berührt reichte Tina Pilar die Bluse und forderte sie auf, sich wieder anzukleiden. Erst als sie wieder vollständig bekleidet war, rief sie ihren Kollegen ins Zimmer und reichte ihm das Korsett. „Drogen?", fragte sie.

„Bestimmt", sagte er, „ich schätze ein Kilo." Er hielt das Korsett mit der rechten Hand in die Höhe und bewunderte die Bauchattrappe: „Dieser Latexranzen. Was für ein raffiniertes Versteck."

„Und der Wert der Drogen?", wollte Tina wissen.

„Ein Kilo Kokain von exzellenter Qualität? Zirka 60'000 Franken. Und das ungestreckt, wohlverstanden!", antwortete der Polizist.

„Und gestreckt?"

„Der Straßenverkaufswert? Vermutlich das Dreifache."

„Was? So viel? Das gibt's doch nicht", sagte Tina und schüttelte ungläubig den Kopf.

„Die Nachfrage bestimmt den Preis", bemerkte der Kollege besserwisserisch, „und im Moment boomt der Kokainkonsum."

Pilar, die daneben stand, verstand kein Wort, von dem die beiden redeten. Sie nahm jedoch an, dass sich die Polizisten über sie unterhielten, denn unvermittelt wurde sie von Tina aufgefordert, ihr zu folgen.

Mitten im Einvernahmezimmer stand ein Schreibtisch, auf dem ein Computer platziert war. „Setzen Sie sich!", befahl Tina und zeigte auf den Stuhl vor dem Pult. Sie selbst nahm hinter dem Computer Platz.

Pilars Augen wanderten von der einen Wand zur anderen. Es gab in diesem kahlen Raum nichts zu sehen. Kein Bild, kein Fenster. Das grelle Neonlicht ließ den Raum noch kälter erscheinen, als er ohnehin schon war. Sie fröstelte. Ihr Herz hämmerte in der Brust. Ihr Kopf brummte, als wäre ein Bienenschwarm in ihre Ohren geflogen. Die wenigen Fragen, die ihr Tina stellte, lösten sich in diesem Rauschen auf. Pilar wurde festgenommen und erkennungsdienstlich behandelt. Später wurde ihr mitgeteilt, dass sie der Staatsanwaltschaft zugeführt würde. Sie ahnte, dass sie Punta Cana so schnell nicht mehr wiedersehen würde.

„Gut nur, dass die Polizei mit Pilar beschäftigt war. Die vier Kuriere konnten die Passkontrolle unbehelligt passieren und das Koks an unsere Verbindungsleute weitergeben. Die Lieferung ist planmäßig bei Harry angekommen", fuhr Stijn fort.

„Super!", freute sich José. Er war beruhigt, denn mit 800 Gramm hielt sich der Verlust in Grenzen. Viel bedeutsamer war, dass die anderen 60 Kilo in Amsterdam eingetroffen waren. Das hellte seine Miene mit einem Schlag wieder auf. „Auf diesen Erfolg müssen wir anstoßen", rief er begeistert und bestellte eine Flasche Champagner.

„So, und jetzt erzählst du mir, was mit deinem Arm passiert ist."

Stijn hob seinen Kopf und sah José in die Augen. José spürte, dass es seinem holländischen Freund schwer fiel, über den Vorfall zu reden.

„Komm schon, erzähl endlich. Manchmal hilft's schon, wenn man darüber reden kann", forderte er ihn auf.

Stijns Gesichtsausdruck verdüsterte sich. Er hustete, aber sein Husten wirkte gekünstelt. Natürlich hatte José Recht, wenn er meinte, dass Reden entlastet. Aber war es wirklich ratsam, José einzuweihen? Bis zu diesem Zeitpunkt waren es nur zwei, die von diesem Zwischenfall wussten: van Heezen und er selbst. Von van Heezen ging keine Gefahr aus. Der war, wenn auch nur am Rande, an der Tat mitbeteiligt. Also würde er sich hüten, Stijn zu denunzieren. Hinzu kam, dass van Heezen den pensionierten Kriminalkommissar umgebracht hatte. Er war also gut beraten, den Mund zu halten. José dagegen könnte die Neuigkeit zu seinem eigenen Vorteil missbrauchen. Er wäre mit einem Schlag erpressbar. Aber erpressen sich langjährige Freunde? Stijn war hin- und hergerissen. Schließlich fasste er Vertrauen, und so erzählte er José, wie er vor zwei Wochen nur mit knapper Not einem Mordanschlag entgangen war. José war schockiert. Stijn erzählte, wie er, nachdem er das Büro von van Heezen verlassen hatte, auf dem Vorplatz des Bestattungsunternehmens von zwei maskierten und mit Macheten bewaffneten Männern angegriffen worden war. „Der eine hat sofort zugestochen und mir am rechten Arm eine tiefe Fleischwunde zugeführt. Zum Glück bin ich Linkshänder. Das hat mir das Leben gerettet. Mit der linken Hand habe ich meine Pistole aus dem Schulterhalfter gerissen und gleich geschossen."

„Konnten sie entkommen?"

„Die sind nicht mehr aufgestanden."

„Wow!", staunte José. „Und, was hast du mit ihren Leichen gemacht?" Als Polizeikommandant wusste er, wie schwierig es war, eine einzelne Leiche zum Verschwinden zu bringen, ohne dabei Spuren zu hinterlassen. Aber gleich deren zwei?

Bei dieser Frage musste Stijn schmunzeln, und er berichtete seinem Freund, wie van Heezen die beiden Toten präpariert und einfach zu zwei eingesargten Leichen dazugelegt hatte, die für die Kremation am nächsten Tag vorbereitet waren. „Du siehst, es hat auch seine Vorteile, einen Bestatter im Team zu haben!" Kaum hatte er das gesagt, ergingen sie sich in lautem Lachen, das solange anhielt, bis es in Husten ausartete. Als sich José von diesem Lachanfall etwas erholt hatte, meinte er ehrfurchtsvoll: „Dieser Gullit ist ein wahrer Tausendsassa. Packt einfach zwei Leichen in einen Sarg! Ein Teufelskerl mit Köpfchen!"

Stijn vermochte dieser Lobhudelei nichts abzugewinnen. Stattdessen zischte er: „Es war meine Idee. Er bleibt trotz allem ein Versager!"

„Und weshalb?", wunderte sich José.

„Das ist eine andere Sache."

„Und die wäre?" Für José war Stijns heftige Abneigung gegen van Heezen nicht nachvollziehbar. Er ahnte: Irgendetwas musste zwischen den beiden vorgefallen sein. Aber was? Er war neugierig und schaute ihm gespannt ins Gesicht.

Stijn seufzte: „Ist eine lange Geschichte. Van Heezen, der sein Geld als Taxifahrer verdiente, erbte vor wenigen Jahren das Bestattungsunternehmen seines Vaters. Es lief gut. Jeder halbwegs vernünftige Unternehmer hätte dieses lukrative Geschäft mit dem Tod problemlos weiterführen, wenn nicht sogar ausbauen können. Nicht so van Heezen. Weil dieser ,Alcornoque' die gesamten Einnahmen verprasste, konnte er schon sehr bald die fälligen Rechnungen nicht mehr bezahlen. Es drohte der Konkurs. In seiner Not wandte er sich an mich. Vermutlich weil wir Schulfreunde waren. Und ich Idiot wollte ihn nicht im Stich lassen. Er tat mir leid. In der Folge habe ich den Laden übernommen und damit seine Existenz gerettet."

„Und van Heezen?"

„Der ist bloß noch der Geschäftsführer."

„Was für ein weiser Entscheid! So hast du jemanden, der die Leichen entsorgt", stellte José mit einem Augenzwinkern fest und kam sogleich wieder auf den Anschlag zu sprechen: „Aber hast du eine Ahnung, wer dahinter stecken könnte?"

„Nein. Ich habe die beiden Angreifer zuvor noch nie gesehen. Ich vermute aber, dass es sich um Auftragskiller handelte. So schnell und gezielt, wie die vorgegangen sind, müssen es echte Profis gewesen sein."

„Ja, aber nicht Profi genug. Sonst hätten sie gewusst, dass du Linkshänder bist. Das hat dir das Leben gerettet! Hast du Feinde?", fragte José. Das Wohlergehen seines holländischen Freundes lag ihm am Herzen.

„Enemigos?", wiederholte Stijn. „Hinter vorgehaltener Hand wird gemunkelt, dass die albanische Mafia ins Kokaingeschäft einsteigen will."

„Und weshalb?"

„Weil die Nachfrage nach Heroin völlig eingebrochen ist. Heute wollen die Leute Koks. Kann sein, dass uns die Albaner aus diesem Markt drängen wollen. Lukrativ ist es ja. Aber sollte an diesem Gerücht etwas Wahres dran sein, dann wäre der Angriff eine Kriegserklärung!"

„Hast du eine Idee, wie man die Albaner ausschalten könnte?"

„Nein. Aber ich kenne jemanden bei der Einwanderungsbehörde. Sobald ich Näheres über diesen Clan in Erfahrung gebracht habe, lasse ich meine Beziehungen spielen."

„Und wann gedenkst du wieder zurückzufliegen? Der Bestatter wartet bestimmt schon auf dich."

Stijn fand diese Bemerkung völlig daneben und warf José einen derart vernichtenden Blick zu, dass dieser entschuldigend die Hände hob. „Lo siento", sagte er, „hab's nicht so gemeint", und er gab Stijn einen versöhnlichen Klaps auf die Schulter. „Aber du wirst doch zu Hause gebraucht, oder etwa nicht?"

„Ein paar Wochen werde ich schon noch hier bleiben. Ich muss zuerst Gras über die ganze Geschichte wachsen lassen." Wehmut klang in seiner Stimme. Natürlich genoss er das Leben in Punta Cana. Die Annehmlichkeiten eines 5-Sterne Hotels. Die Sonne. Das Meer. Den Luxus, den er sich hier leisten konnte. Und nicht zu vergessen die Frauen. Aber seine Heimat war Holland. Da fühlte er sich zu Hause. Dorthin wollte er schnellstmöglich wieder zurückkehren.

10. Januar, 06.30 Uhr, im Büro 461

Die Büros des neuen Betäubungsmitteldezernats waren großzügig konzipiert und modern eingerichtet. Was die Abteilung freute, diente aber nicht nur der Verbesserung der Arbeitsbedingungen der Polizisten. In den letzten Jahren hatte sich der Flughafen Zürich zu einer Drehscheibe des internationalen Drogenhandels entwickelt.

Im Büro 461 brannte seit halb sieben Licht. Hans Maurer saß missmutig an seinem Schreibtisch, auf dem sich die Akten türmten. Dabei war er vor einer halben Stunde noch leidlich gut gelaunt von zu Hause aufgebrochen, und dies obwohl er schlecht geschlafen hatte, weil er am Vorabend ein Glas zu viel getrunken hatte. Und die kurze Begegnung mit einem Kollegen in der S-Bahn hatte ihn sogar noch fröhlicher gestimmt.

Gelangweilt blätterte er im Dossier mit dem roten Aufkleber *Haft*, das ihm die Sekretärin am Vorabend kurz vor ihrem Feierabend noch aufs Pult gelegt hatte. Daneben lag eine Handnotiz: „Einvernahme morgen Vormittag, 10.00 Uhr! Dolmetscherin wurde organisiert."

„Mist", dachte er und legte das Aktenbündel beiseite, „soll sich die Neue darum kümmern!" Die Neue, wie er sie despektierlich nannte, war Rita Gubler, mit der er seit einer Woche sein Büro teilte. Ja, teilen musste. Mit Tobias Keusch, ihrem Vorgänger, machte die Arbeit noch Spaß. Da war alles anders: unkompliziert, kumpelhaft, unverkrampft. Mit ihm konnte er sich austauschen. Von Mann zu Mann. Ohne gleich jedes

19

Wort auf die Goldwaage legen zu müssen. Gemeinsam konnten sie lästern, sich schlüpfrige Witze erzählen und sich über die Angeschuldigten lustig machen. Kurz, mit Tobias Keusch hatte er sich ausgezeichnet verstanden. Doch Keusch wollte nach drei Jahren Tätigkeit beim Betäubungsmitteldezernat in die Abteilung für Vermögensdelikte wechseln. Rita Gubler war seine Nachfolgerin. Sie war sechsundzwanzig, großgewachsen und von sportlicher Statur. Ihre Sommersprossen und die Kurzhaarfrisur verliehen ihr ein spitzbübisches Aussehen. Rita Gubler war mit Leib und Seele Polizistin. Schon als Kind war es ihr Traumberuf gewesen. Und daran hatte sich auch während der Gymnasialzeit nichts geändert. Für sie stand fest, dass sie nach der Matura in den Staatsdienst treten würde, und sie bewarb sich für die Aufnahme in die Polizeischule, die sie zwei Jahre später mit Auszeichnung abschloss. Nach dem sechsmonatigen Flughafen-Praktikum arbeitete sie für drei Jahre als Protokollführerin bei der Staatsanwaltschaft Zürich-Sihl, und zwar auf einer Abteilung, die sich auch mit Betäubungsmitteldelikten befasste. Was lag also näher, als ihre polizeiliche Laufbahn im Betäubungsmitteldezernat fortzusetzen?

„Ausgerechnet!", wetterte Hans Maurer, als er erfuhr, dass sich Rita Gubler für das Betäubungsmitteldezernat entschieden hatte, und er wäre vor Wut beinahe explodiert. Noch nie zuvor hatte sich eine Frau für diese Stelle interessiert. Dafür hatte er gesorgt.

„Wunderschönen guten Morgen, Herr Maurer", flötete Rita Gubler beim Betreten des Büros und erkundigte sich voller Elan: „Gut geschlafen? Was steht heute an?"

Ihre übertriebene Freundlichkeit trieb ihn die Wände hoch. „Tag, Frau Gubler", grüßte er mürrisch und drückte ihr das Dossier von Pilar Dominguez in die Hand. „Hier sind die Akten. Um zehn wird die Angeschuldigte vorgeführt, und Sie werden die Einvernahme durchführen! Noch Fragen?"

„Kein Problem", sagte sie, nahm das Dossier, setzte sich an ihren Arbeitsplatz und startete den Computer. Sie blieb gelassen, obwohl es ihre erste Einvernahme sein sollte. „Jetzt nur keine Schwäche zeigen", machte sie sich selber Mut und vertiefte sich in die Akten. Wenige Minuten später fing sie an, Fragen in den Computer einzutippen. Aus ihrer Zeit bei der Staatsanwaltschaft wusste sie genau, worauf es bei einer Einvernahme ankam. Dennoch wunderte sich Maurer: Seit er das Betäubungsmitteldezernat leitete, hatte er noch nie erlebt, dass ein Neuling ohne seine Unterstützung in der Lage gewesen wäre, eine Einvernahme vorzubereiten. Er ließ sie gewähren und freute sich insgeheim auf den Zeitpunkt, wenn er während der Einvernahme korrigierend eingreifen konnte.

Das Klopfen an der Bürotür beendete seine Gedankenspiele. Es war Dolores Gonzales, die Spanisch-Übersetzerin. Maurer und Gonzales kannten sich seit über fünfzehn Jahren. Sie war Lehrerin am Neusprachlichen Gymnasium und übersetzte ohne Fehl und Tadel, daher konnte ihr Maurer rückhaltlos vertrauen. Er respektierte und schätzte sie.

Für Rita war es offensichtlich, dass sich die beiden mochten. Sie tauschten Wangenküsse, und sie duzten sich. Dolores Gonzales hatte ihren Mantel noch nicht abgelegt, als ihr Maurer einen Kaffee anbot, und ohne ihre Antwort abzuwarten, wies er Rita an, einen Espresso zu machen.

„Das ist übrigens Rita Gubler. Sie ist seit Anfang dieser Woche die neue Mitarbeiterin. Sie hat die heutige Einvernahme vorbereitet und wird sie auch gleich selber durchführen." Dolores Gonzales warf ihr einen wohlwollenden Blick zu, und Rita Gubler streckte ihr die Hand zum Gruß hin. „Erst eine Woche im Betäubungsmitteldezernat und schon in der Lage, eine Befragung vorzunehmen?", staunte sie. Aber noch bevor Rita Gubler etwas entgegnen konnte, warf Maurer ein: „Mal schauen, was dabei herauskommt." Der spöttische Unterton in seiner Stimme blieb Dolores Gonzales nicht verborgen. Dafür kannte sie Maurer viel zu gut. Sie wusste, dass Maurer seit seiner Scheidung seine Haltung gegenüber Frauen radikal geändert hatte. Insbesondere ehrgeizige Frauen waren ihm ein Gräuel. Für ihn waren sie bloß Weiber, die weder zu großen geistigen noch körperlichen Leistungen fähig sind. Umso mehr wunderte sie sich, dass eine junge Frau im Betäubungsmitteldezernat arbeiten wollte.

„Bitte erläutern Sie der Dolmetscherin den Sachverhalt", forderte er Rita Gubler auf. Und während diese der Dolmetscherin die Umstände der Verhaftung von Pilar Dominguez erklärte, begab sich Maurer ins Anwaltszimmer, um die Angeschuldigte sowie deren Verteidiger abzuholen. Zurück im Büro wies er den beiden ihre Plätze zu. Die Angeschuldigte musste sich am Schreibtisch gegenüber von Rita Gubler hinsetzen. Dolores Gonzales saß rechts von ihr, sodass sie freie Sicht auf den Bildschirm hatte. Das ermöglichte ihr, die Fragen, die sie übersetzen musste, direkt vom Bildschirm abzulesen.

Eugen Fröhlich, der Pflichtverteidiger, war fünfunddreißig Jahre alt und schon seit sechs Jahren als Anwalt tätig. Er hatte ein rundliches Gesicht und eine spitze Nase, auf der eine große rote Hornbrille saß. Seine blauen Augen waren klein, aber nicht flink, wie kleine Augen manchmal sind, sondern langsam und gründlich. Er hatte leicht zurückversetzt an einem kleinen Pult Platz genommen, das hinter seiner Klientin postiert war. Bevor er sich hinsetzte, nahm er aus seiner Aktentasche einen Schreibblock und einen Kugelschreiber. Beides legte er vor sich auf den Tisch.

Maurer räusperte sich, ehe er dem Verteidiger und der Angeschuldigten vorschriftsgemäß das Prozedere erläuterte. Dabei verlor er nie viele Worte. Das Ritual war stets dasselbe: Bevor er die Dolmetscherin auf die Straffolgen einer falschen Übersetzung aufmerksam machte, stellte er der Angeschuldigten die anwesenden Personen namentlich vor. Hinterher bat er die Übersetzerin, der Angeschuldigten zu erklären, dass sie von der am Computer sitzenden Rita Gubler befragt werden würde. Zuletzt machte er die Angeschuldigte auf ihr Aussageverweigerungsrecht aufmerksam. Für den Fall aber, dass sie aussagen wolle, ermahnte er sie zur Wahrheit.

Die Angeschuldigte verzog keine Miene. Mit einem kurzen Kopfnicken gab Maurer Rita Gubler das Zeichen, mit der Einvernahme zu beginnen.

„Wie geht es Ihnen?", wollte sie als Erstes von Pilar Dominguez wissen.

„¿Cómo está usted?", übersetzte die Dolmetscherin.

Obwohl Pilar Dominguez erst zwanzig war, machte sie einen abgeklärten Eindruck. Allem Anschein nach hatte sie schon viel durchgemacht.

Pilar Dominguez schwieg. Auch die folgenden Fragen beantwortete sie nicht, was von Rita Gubler mit der Feststellung „Die Angeschuldigte schweigt" im Protokoll festgehalten wurde.

Nach einer halben Stunde des Schweigens hielt der Pflichtverteidiger den Zeitpunkt für gekommen, eine Unterbrechung der Einvernahme zu verlangen. Er wollte unter vier Augen mit seiner Mandantin reden.

Maurer war mit dem Vorschlag einverstanden und führte sie ins Anwaltszimmer. Er wusste, dass die meisten Angeschuldigten eher bereit sind, Aussagen zu machen, wenn ihnen die Vorteile eines kooperativen Verhaltens erläutert wurden.

Rita Gubler blieb mit Dolores Gonzales alleine im Büro zurück. „Wird sie reden?", fragte sie die Dolmetscherin.

„Ich glaube, sie hat Angst. Das sieht man ihr an. Daher bezweifle ich, dass sie aussagen wird." Sie sollte Recht behalten. Pilar Dominguez beantwortete an diesem Vormittag keine einzige Frage.

Im Anschluss an die Befragung zum Sachverhalt fragte Rita Gubler den Pflichtverteidiger, ob er noch Ergänzungsfragen hätte. Dieser winkte ab und war froh, als Maurer ihm eröffnete, die Befragung zur Person auf einen späteren Zeitpunkt zu verschieben.

„Vielleicht gelingt es Ihnen, Ihre Klientin doch noch zum Reden zu bewegen", gab er ihm mit auf den Weg, als er sich verabschiedete. Der Pflichtverteidiger aber zuckte bloß mit den Achseln und murmelte: „Ich werd's versuchen."

Die Rückübersetzung ins Spanische ging zügig vonstatten. Pilar Dominguez visierte jede Seite des Protokolls. Als sie damit fertig war, wurde sie von Maurer in die Abstandszelle zurückgebracht.

Pilar hasste diese Zelle. Das Mobiliar bestand aus einem kleinen Tisch und einer kleinen Sitzbank, die gerade mal Platz für eine Person bot, sodass man sich nicht hinlegen konnte. Tisch und Bank waren fest mit der Wand verschraubt und im Fußboden verankert. Die ursprünglich weißen Wände waren voller Graffiti. Botschaften verzweifelter Menschen, die auf diese Weise ihrer Wut und ihrer Ohnmacht Luft gemacht hatten. Sie setzte sich auf die Sitzbank und wartete darauf, abgeholt zu werden. Und sie zermarterte sich ihr Gehirn: Hatte sie alles richtig gemacht? Oder hätte sie gescheiterweise doch aussagen sollen? Die einzige Person, mit der sie darüber reden könnte, war ihr Pflichtverteidiger. Konnte sie ihm vertrauen? Oder war er bloß Komplize des Staatsanwalts? Sie wusste es nicht. Ihre anfänglich zur Schau getragene Abgeklärtheit wich jetzt der Angst. Angst vor der eigenen Zukunft.

Rita Gubler prüfte ein letztes Mal ihr erstes Einvernahmeprotokoll. Sie war mit sich zufrieden. Sie hatte an alles gedacht und keine Frage vergessen. Einzig das Ergebnis war unbefriedigend. Alle ihre Fragen waren unbeantwortet geblieben. Damit hatte sie nicht gerechnet, und sie fragte sich, was sie falsch gemacht haben könnte. Die Antwort erhoffte sie sich von Hans Maurer, doch der zeigte ihr nur die kalte Schulter. Kein Lob. Keine Kritik. Kein aufmunterndes Wort.

Mijdrecht, 11. Januar

Van Heezen war überrascht, als bei seiner Ankunft keiner der sechs Besucherparkplätze besetzt war. Nichtsdestotrotz stellte er seinen Wagen direkt vor dem Haupteingang des *Rusthuis Tertianum* ab, was niemanden störte. Sein Opel war als Taxi gekennzeichnet.

Hastig sprang er aus dem Fahrzeug, knallte die Autotür hinter sich zu und nahm mit einem Satz die drei Treppenstufen zum Haupteingang, um danach im Gebäudeinneren zu verschwinden. Den Weg zum Gemeinschaftsraum kannte er noch von seinem ersten Besuch. Als er beim Getränkeautomaten vorbeikam, stoppte er. Er hatte Lust auf einen Kaffee. Er steckte die geforderte Ein-Euro-Münze in den dafür vorgesehenen Schlitz. Der Automat rasselte und gurgelte. Nach wenigen Sekunden ergoss sich eine dunkle Brühe in die bereits volle Abtropfschale und von dort weiter auf den Boden.

Der Vorrat an Pappbechern war aufgebraucht und nicht wieder nachgefüllt worden.

„Scheiße", fluchte er, als er die Bescherung sah, und er versetzte dem Getränkeautomaten mit seinem rechten Fuss einen derart kräftigen Tritt, dass die volle Abtropfschale aus der Halterung sprang und ebenfalls zu Boden fiel. Ohne sich um die angerichtete Schweinerei zu kümmern, begab er sich in den Gemeinschaftsraum, wo er hoffte, die vier Senioren anzutreffen. Er brauchte nicht lange zu suchen. Die vier spielten Karten am gleichen Tisch. Jeder mit einem Pappbecher Kaffee vor sich.

„Da seid ihr ja", rief er ihnen zu.

Die vier schauten auf und begrüßten van Heezen.

„Nimm dir einen Stuhl und setz dich zu uns", wurde er von Ruud aufgefordert.

„Willscht einen Kaffee?", fragte Eric.

Van Heezen errötete. Hatten sie ihn beim Hantieren am Kaffeeautomaten etwa beobachtet? Doch Eric zerstreute seine Bedenken, indem er aufstand, um für ihn einen Kaffee zu besorgen. Van Heezen bedankte sich und mimte den Unschuldigen.

Es dauerte nicht lange, da hörten sie Eric schimpfen und nach dem Hausmeister rufen. Als er zehn Minuten später mit einem Becher Kaffee zurückkehrte, berichtete er ihnen von der angetroffenen Sauerei und dass der Hausmeister zuerst den Boden reinigen musste, bevor er den Becher füllen konnte.

„Die Alten schind alle bekloppt. Können nicht einmal mehr einen Kaffeeautomaten bedienen", ärgerte er sich und schüttelte verächtlich seinen Kopf. „Haben die tatschächlich den Kaffee auf den Boden auschlaufen laschen!"

„Das kann doch jedem passieren", nahm van Heezen den Pechvogel in Schutz.

„Jawohl", legte Dirk nach, und in Erinnerung an den Brandfall vom November des letzten Jahres fügte er an: „Und es ist vor allem viel weniger gefährlich, als eine brennende Kerze im Zimmer zurückzulassen."

„Kommen wir zur Sache", wechselte van Heezen rüde das Thema. „Wie ich euch bei meinem ersten Besuch gesagt habe, bin ich auf der Suche nach reisefreudigen Senioren, denen ich blind vertrauen kann."

„Wie willst du uns vertrauen? Du kennst uns ja gar nicht", entgegnete Ruud.

„Genau. Gerade das ist ja mein Problem. Ich kenne euch nicht und trotzdem muss ich sicher sein, dass alles, was wir heute miteinander besprechen, unter uns bleibt."

Neugierig sahen die Rentner van Heezen an. Und Ruud gelobte: „Was immer du uns erzählst, ist wie ins offene Grab gesprochen." Die anderen nickten, und Dirk, ganz ungeduldig, schob nach: „Unsere Lippen sind versiegelt, aber sag uns endlich, worum es geht!"

Van Heezen fiel es schwer, mit der Wahrheit herauszurücken. Die Gedanken an den toten Kommissar ließen ihm keine Ruhe. Der musste nur deshalb sterben, weil er zu früh zu viel wusste. Van Heezen machte eine fahrige Handbewegung. Die Augen starr auf die vier Alten gerichtet, rang er sich nach langem Zögern zu einer Antwort durch: „Okay, ich will euch nicht länger auf die Folter spannen. Es ist geplant, dass ihr zu viert von Zürich nach Punta Cana fliegt ..."

„Wo zum Teufel ischt dasch?", funkte Eric dazwischen. Und Ruud antwortete: „In der Dominikanischen Republik."

„Und wasch machen wir dort?"

„Urlaub! Ihr werdet eine Woche in einem Hotel verbringen und anschließend wieder nach Zürich zurückfliegen, wo ich euch mit dem Auto abholen werde."

„Du offerierst uns eine Woche Ferien in Punta Cana?", wiederholte Arno und schüttelte ungläubig den Kopf.

„Und das ist noch nicht alles. Darüber hinaus erhält jeder von euch 5000 Euro!"

„Hm ... So was gibt's doch nicht", wunderte sich Ruud und zwirbelte nervös seine Schnurrbartspitze, „da muss doch mehr dahinterstecken."

„Eine kleine Gefälligkeit wird freilich schon erwartet", ergänzte van Heezen sein Angebot.

„Gefälligkeit? Äh ... Was genau soll das heißen: Eine kleine Gefälligkeit?", wollte Dirk wissen und drückte kräftig sein Ohrläppchen.

„Es ist ganz einfach. Jeder von euch bringt ein Handgepäckstück nach Zürich." Die vier kamen aus dem Staunen nicht mehr heraus. Van Heezen machte nicht den Eindruck eines Wohltäters. Und 5000 Euro Lohn für das Mitführen eines Handgepäckstückes war eine Menge Geld. Vor allem für sie, die von einer bescheidenen Rente lebten und keine Ersparnisse hatten. Und erst die verlockenden Reise in die Karibik. Wo lag der Haken bei der Sache?

„Was ist im Handgepäck?" Dirk pochte auf eine klare Antwort.

„Nichts. Äh ..., nichts Besonderes ..." Van Heezen druckste sich um eine Antwort herum. Bis jetzt war er sich nicht zu einhundert Prozent sicher, ob er den Alten völlig vertrauen konnte. Was, wenn einer plötzlich Skrupel kriegen und die Polizei informieren sollte? Konnte er mit der Wahrheit rausrücken, ohne Gefahr zu laufen, verraten zu werden? Seine

Miene verfinsterte sich. Er sann und sann, aber es fiel ihm kein Ausweg ein.

„Drogen?", mutmaßte Arno.

„Und wenn schon. Ihr braucht euch deswegen nicht gleich in die Hosen zu scheißen. Null Risiko! Kein Mensch würde je auf den Gedanken kommen, dass ihr etwas Verbotenes im Handgepäck mitführt", versuchte er, ihre Bedenken zu zerstreuen.

„Also doch: Drogen?" Arno ließ nicht locker, bohrte unbeirrt weiter und brachte mit seiner Hartnäckigkeit van Heezens Blut in Wallung.

Van Heezen atmete tief durch, als ob er zu einem Sprung über ein Hindernis ansetzen wollte. Dabei musterte er das Quartett mit zusammengekniffenen Augen. Aber statt zu antworten, drohte er: „Wer redet ...", dabei fuhr er mit seinem Finger über die eigene Halskehle, „der wird den nächsten Morgen nicht mehr erleben!"

Die vier waren schockiert.

„Du traust uns nicht, richtig? Sonst würdest du uns nicht drohen", stellte Ruud verärgert fest und blickte ihm wütend in die Augen. „Aber du kannst sicher sein: Wir haben die Drohung verstanden", schnaubte er.

Arno, Eric, und Dirk drückten mit heftigem Kopfnicken ihre bedingungslose Zustimmung aus.

„Du kannst dich auf uns verlassen", fauchte Dirk, „wir sind die personifizierte Verschwiegenheit."

Van Heezen schämte sich. Er spürte, dass er ihnen mit seinen Verdächtigungen Unrecht getan hatte. Beinahe entschuldigend murmelte er: „Sicher?"

„Sicher!", wiederholte Ruud, und die anderen nickten.

Van Heezen schwieg. Nach nochmaligem Zögern sagte er: „Kokain!"

„Kkkkokain?", stotterte Eric und zuckte zusammen. Aschfahl und entgeistert rief er aus: „Aber dasch ischt doch rischkant. Wenn man unsch damit erwischt ..." Van Heezen aber schnitt ihm das Wort ab: „Das wird man nicht. Unsere Sicherheitsmaßnahmen funktionieren!", entgegnete er energisch. Er machte den Eindruck, als wäre ihm der Geduldsfaden gerissen.

„Null Risiko?", stammelte Dirk und betrachtete van Heezen mit weit aufgerissenen Augen. Dabei rieb er in einem fort sein Ohrläppchen.

„Ja! Garantiert", versicherte van Heezen.

„Und was macht dich da so sicher?", argwöhnte Arno.

„Meine Erfahrung. Bis heute ist noch nie ein Rentner erwischt worden. Das Rezept ist simpel und hat sich bewährt: Ein Kurier darf die Reise nur ein einziges Mal antreten ..."

„... sonst würde er auffallen", fuhr Ruud dazwischen und kombinierte, „darum bist du immer auf der Suche nach neuen Kurieren."

„Genau so ist es. Das ist der Grund, weshalb ich hier bin."

Dirk atmete auf. Eric nickte erleichtert und nahm wieder etwas Farbe an.

Eine Woche Urlaub in Punta Cana und dabei auch noch 5000 Euro verdienen, klang in der Tat sehr verlockend. Nur Arno war hin und her gerissen. Van Heezens Beschwichtigungsversuche vermochten ihn nicht restlos zu überzeugen. Nachdenklich strich er sich mit der rechten Hand über seinen Pferdeschwanz. Van Heezen erschrak: „Ein Mann mit einem Pferdeschwanz macht sich verdächtig!" Und im gleichen Atemzug forderte er: „Der Pferdeschwanz muss weg! Oder wollt ihr in der Zollkontrolle hängen bleiben?"

„Und auffliegen?", warnte Ruud und zwirbelte seine Schnurrbartspitze.

Eric pflichtete ihm bei. Und Dirk fügte an: „Ruud hat Recht! Ein Mann mit Pferdeschwanz provoziert."

„Ich soll wegen 5000 Euro meinen Pferdeschwanz abschneiden? Kommt überhaupt nicht in Frage! Dann bleibe ich lieber zu Hause", protestierte Arno.

Arno Verthongen ohne Pferdeschwanz? Unvorstellbar! Seit seinem fünfzehnten Lebensjahr trug er einen Pferdeschwanz. Selbst in der Rekrutenschule war ihm das Tragen des Pferdeschwanzes erlaubt worden. Das Abschneiden wäre für ihn das Gleiche wie die Aufgabe seiner Identität. Dazu war er nicht bereit.

„Nicht noch einmal so eine Geschichte wie letztes Jahr. Alles, nur das nicht", schoss es van Heezen durch den Kopf, und er kratzte sich sorgenvoll am Kinn. Er grübelte lange, schließlich sagte er: „Ich mach euch folgenden Vorschlag: Arno, du haust dir deinen Pferdeschwanz ab, und im Gegenzug könnt ihr zwei Wochen in Punta Cana bleiben. Das ist doch ein faires Angebot, oder etwa nicht?" Van Heezen hatte den Köder ausgelegt. Jetzt brauchten sie nur noch anzubeißen. „Ich gebe euch drei Tage Bedenkzeit, dann komme ich wieder." Er stand auf und verließ die vier, ohne ein weiteres Wort zu verlieren.

„Habt ihr gehört", rief Ruud ganz aufgeregt, nachdem van Heezen außer Sichtweite war, „wir kriegen zwei Wochen Gratisferien in Punta Cana!" Er war von der Idee begeistert und erweckte bei den anderen den Eindruck, als ob er sich in Gedanken bereits am weißen Sandstrand von Punta Cana räkeln würde.

„Wollt ihr tatsächlich dieses Risiko eingehen?", fragte Arno. Er klang besorgt.

„Was heißt schon Risiko?", meldete sich Dirk zu Wort. „Du hast ja selbst gehört, was uns van Heezen zugesichert hat: NULL RISIKO!"

„Genau!", schaltete sich Eric in die Diskussion ein. „Null Rischiko!", wiederholte er, und um seiner Aussage noch mehr Gewicht zu verleihen, haute er mit seiner rechten Faust so heftig auf den Tisch, dass die Kaffeebecher erzitterten und Arno vor lauter Schreck auf seinem Stuhl zusammenzuckte. Eric war ganz offensichtlich fest entschlossen. Bis zum heutigen Tag hatte er nur die Nordsee gekannt. Und die war kalt. Nicht zu vergleichen mit der Karibik. Nur, für ihn blieb die Karibik ein Leben lang unerschwinglich. Ein Traum eben. Stattdessen musste er sich mit Campingferien in Oostkapelle bescheiden. Und ehe er sich's versah, versank er in seinen Erinnerungen: Die zahlreichen Feste, die er mit den anderen Zeltplatzbewohnern gefeiert hatte. Die Riesensause im Sommer 1968, als er gerade seine Scheidung hinter sich hatte und während zwei Wochen so richtig die Sau raus lassen konnte. Und erst die Mädels. Mit seinem Charme und seinem Witz hatte er sich schon nach wenigen Tagen den Kosenamen ‚de prachtige kale' eingehandelt. Das war vor fünfundvierzig Jahren. Hoffte er tatsächlich, in Punta Cana die alten Zeiten wieder aufleben zu lassen? Bei diesem grotesken Gedanken musste er seine Kollegen angrinsen.

„Und, was soll daran so lustig sein?", wurde er von Arno angeherrscht. Er schien der Einzige zu sein, der die Gefahren dieser zweifellos verlockenden Reise nicht auf die leichte Schulter nahm.

„Oh, nichtsch", antwortete Eric, „die Vorschtellung, am Schtrand zu liegen und die Scheele baumeln zu laschen, erinnert mich an alte Zeiten."

Arno kniff die Augen zusammen: „Habt ihr euch denn keine Gedanken darüber gemacht, was mit uns passieren könnte, wenn man uns erwischt? Wollt ihr wegen läppischer 5000

Euro und etwas Spaß in der Karibik wirklich Kopf und Kragen riskieren? Wollt ihr das?"

Dirk und Eric zuckten mit den Schultern. Und Ruud erwiderte trotzig: „Weshalb riskieren? Sehen wir aus wie Drogenkuriere?" Dabei schnitt er eine Grimasse.

Dirk und Eric lachten. Nur Arno war nicht zum Lachen zumute. Er hatte nicht die Absicht, sein bescheidenes Zimmer im *Rusthuis Tertianum* gegen eine noch bescheidenere Gefängniszelle einzutauschen. „Und woher weißt du, wie ein Drogenkurier ausschaut?", konterte er. „Es gibt ihn nicht: *den* Drogenkurier!"

Doch sie wollten nicht auf ihn hören. Stattdessen entgegnete Dirk: „Komm schon Arno. Sei kein Spielverderber! So eine Chance erhältst du nie wieder. Oder willst du hier versauern?"

„Ja aber…", wollte Arno aufbegehren, doch Dirk schnitt ihm das Wort ab: „Du willst uns doch nicht im Stich lassen?", redete er ihm ins Gewissen. „Wir vier gehören zusammen. Uns kann man nicht trennen!" Ruud und Eric nickten eifrig. Für sie war klar, dass sie die Reise nur zu viert antreten würden.

„Kapiert doch…", versuchte er sich zu erklären, „ich habe Angst!"

„Feigling, uns wird schon nichts passieren", hielt Ruud dagegen.

Und Eric zeigte auf seinen kahlen Schädel und meinte: „Du muscht keine Angscht haben. Du muscht dir nur die Haare schneiden. Glaub mir, dasch ischt die beschte Lebenschversicherung!"

„Auch das noch!", dachte Arno. Das Gerede der drei war nicht mehr auszuhalten. Zum Glück musste er sich nicht sofort entscheiden. Noch blieben ihm drei Tage. „Lasst mich in Ruhe!", schnauzte er seine Kollegen an und sprang wütend von seinem Stuhl auf und eilte in sein Zimmer. Wenig später konnten die Zurückgebliebenen das Zuschlagen einer Zimmertür hören. Eric wollte sogleich aufstehen und ihm folgen, doch Ruud hielt ihn am Arm zurück. „Lass ihn. Wir dürfen ihn nicht noch mehr unter Druck setzen."

Arno hatte sich in sein Zimmer zurückgezogen, wo er sich aufs Bett warf und regungslos an die Decke stierte. Irgendwann übermannte ihn der Schlaf. Als er aufwachte, war es kurz nach Mitternacht. Der Hunger hatte ihn geweckt. „Mist", dachte er. Um diese Zeit war es im *Rusthuis Tertianum* ein Ding der Unmöglichkeit, noch etwas Essbares aufzutreiben. Und die Tafel Schokolade, die er als Notvorrat in seiner Nachttischschublade aufbewahrt hatte, hatte er vor drei Tagen mit den anderen geteilt. Da war die Welt noch in Ordnung gewesen. Zu viert hatten sie in seinem Zimmer gesessen und sich bei einer Flasche Kräuterschnaps über die senilen Alten lustig gemacht. Und jetzt, da sie die Möglichkeit hätten, aus diesem langweiligen Alltagstrott auszubrechen, war ausgerechnet er derjenige, der ihnen einen Strich durch die Rechnung machte. Hatte er mit seinem Leben schon abgeschlossen, so wie alle anderen alten Säcke hier auch?

Während er diesen Gedanken nachhing, hatte er ganz vergessen, dass er vom Hunger geweckt worden war. Und dieser meldete sich mit geballter Kraft zurück. Nur eben: Es gab nichts, um ihn zu stillen. In der Not drehte sich Arno eine Zigarette. Dass das Rauchen in den Zimmern strikt verboten war, kümmerte ihn keinen Deut. Er hatte nur ein Ziel: Er musste das lästige Hungergefühl überlisten, sonst würde er nicht wieder einschlafen können.

Wie er so auf seinem Bett saß und gierig den Rauch seiner Zigarette in sich hineinzog, dachte er unablässig an seine drei Freunde, von denen er annahm, dass sie jetzt friedlich schliefen und von der Reise nach Punta Cana träumten, und er fragte sich, weshalb ausgerechnet er ihre Begeisterung nicht teilen konnte? Vor allem ihre Drohung, dass sie ohne ihn die Reise nicht antreten würden, lastete schwer auf seinen Schultern, und er war sich plötzlich nicht mehr sicher, ob seine Bedenken wirklich berechtigt oder die von ihm heraufbeschworenen Gefahren nur eingebildet waren. „Aber eigentlich stimmte es ja", besann er sich, als er einen weiteren Zug nahm. Während ihrer gemeinsamen Zeit im *Rusthuis Tertianum* waren sie zu einer verschworenen Gruppe zusammengewachsen. Sie hatten im Speisesaal ihren eigenen Tisch. Sie spielten jeden Tag Karten. Sie gingen zusammen in die Stadt. Sie besuchten zusammen die Heimspiele des *SV Argon*. Und jeden letzten Montag des Monats gingen sie zusammen ins *Casablanca*. Nur gemeinsame Ferien hatten sie bis anhin noch nie gemacht. Dafür fehlte ihnen das Geld. Dass sie im Laufe der Jahre zu einem unzertrennlichen Quartett wurden, konnte selbst Arno nicht verleugnen. In guten wie in schlechten Zeiten. Und gute Zeiten sollten ja unmittelbar bevorstehen. Weshalb also sollte er da abseits stehen und ihnen die Freude vermiesen? War es nicht besser, gute Miene zum bösen Spiel zu machen? Und für seinen Pferdeschwanz gäbe es bestimmt auch eine Lösung. Arno nahm einen allerletzten Zug. Dann drückte er die Zigarette in der Seifenschale aus. Er hatte sich entschieden.

Als Dirk, Eric und Ruud am nächsten Morgen den Speisesaal betraten, saß Arno schon längst an seinem Platz, vor sich einen Teller gefüllt mit Rührei und Speck. Die drei musterten ihn aufmerksam. Verlegen zwirbelte Ruud seine Schnurrbartspitze. Plötzlich sagte er: „Tut mir leid wegen gestern", entschuldigte er sich, als er sich zu Arno setzte, „wir wollten dich nicht unter Druck setzen."

„Und vielleicht hast du ja recht", legte Dirk nach, „womöglich haben wir uns tatsächlich voreilig von dieser Idee begeistern lassen…", und nach einer kurzen Atempause, „… ohne uns des großen Risikos bewusst zu sein."

Arno hielt für einen kurzen Moment inne, bevor er ungläubig von seinem Teller aufblickte. Dieser unerwartete Sinneswandel machte ihn stutzig. Gestern noch hatten sie sich über ihn lustig gemacht und heute, keine zwölf Stunden später, tönte alles ganz anders.

„Was hat euch denn gepackt?", fragte er. „Habt ihr schlecht geträumt?"

Wieder war es Ruud, der redete: „Mach' dir mal deswegen keine Sorgen. Wir sind dir nicht böse. Wir mögen dich trotzdem!", besänftigte er ihn.

Und Dirk meinte: „Man sollte ein Quartett nie trennen, das bringt nur Unglück. Denk nur an die vier Evangelisten…"

„… und die vier Muschketiere …"

„Drei, Eric. Es waren drei Musketiere", wurde er von Ruud korrigiert.

„Ob drei oder vier, dasch schpielt doch allesch keine Rolle. Wasch zählt: Schie alle waren untschertrennlich", entgegnete Eric und warf Arno einen treuherzigen Blick zu.

„Und was ist, wenn ich mich in der Zwischenzeit anders entschieden habe?", entgegnete Arno.

„Was hast du?", rief Ruud überrascht.

„Ich hab's mir überlegt. Ich komme mit!", wiederholte er. „Ihr habt doch selbst gesagt, dass man ein Quartett nie trennen sollte, oder etwa nicht?"

Für einen Augenblick schien es so, als ob es den dreien die Sprache verschlagen hätte. Sie saßen wie paralysiert auf ihren Stühlen.

„Ja, ihr habt richtig gehört: *Ich komme mit!*", wiederholte Arno.

„Super!", jubelte Dirk und fiel Arno spontan um den Hals.

„Bravo!", rief Eric hinterher und klatschte in die Hände. Noch immer konnten sie kaum glauben, was sie soeben gehört hatten.

Mijdrecht, 3 Tage später

Würden sie sein Angebot annehmen? Diese Frage verursachte van Heezen viel Kopfzerbrechen und brannte ihm noch während der Fahrt nach Mijdrecht unter den Nägeln. Dass dieser sture Pferdeschwanzträger unter Umständen Schwierigkeiten machen könnte, jagte ihm einen Schauder über den Rücken. „Wieso habe ich das getan?", sprach er zu sich selber, und wie er das sagte, war er abermals da: der Geist des toten Kriminalkommissars. Marcus Groothuis ließ ihn nicht zur Ruhe kommen. Immer und immer wieder spielte sich vor seinem inneren Auge die gleiche Szene ab: der greise Kriminalkommissar mit seinen weitaufgerissenen, von Panik ergriffenen Augen, die ihn flehend anstarrten. Van Heezen zögerte, doch er hatte keine Wahl. Er musste den Alten beseitigen. Er drückte die Kehle so fest und so lange zu, bis Groothuis kein Lebenszeichen mehr von sich gab. Als der leblose Körper auf den Waldboden glitt, überkamen ihn heftige Skrupel: er, Gullit van Heezen, ein Killer?! Van Heezen stand unter Schock. Fassungslos kniete er neben seinem Opfer und weinte. Erst das Stimmengewirr herannahender Männer ließen ihn aufhorchen. Er musste verschwinden, und zwar schleunigst. Hastig verstaute er den Leib des toten Kriminalkommissars im Kofferraum seines alten Opels und raste davon.

Van Heezen fuhr schnell. Vielleicht etwas zu schnell, denn er erreichte das *Rusthuis Tertianum* früher als erwartet. Er stellte den Wagen auf dem Besucherparkplatz ab. So eilig wie an diesem Nachmittag war er noch nie aus seinem Wagen gestiegen. Im Sturmschritt spurtete er in Richtung Gemeinschaftsraum. Auf dem Weg dorthin wäre er um Haaresbreite mit einem alten Mann zusammengeprallt, der im selben Augenblick mit seinem Rollator um die Ecke bog. „Entschuldigung!", rief van Heezen und hastete weiter. Der alte Mann aber blieb entgeistert stehen, schüttelte sein schütteres Haupt und schimpfte laut: „Rüpel! Wo bleibt der Respekt vor dem Alter?"

Arno, Dirk, Eric und Ruud saßen wie immer an ihrem Tisch und waren in ihr Kartenspiel vertieft, als van Heezen schwer atmend an ihren Tisch trat.

„Du schaust mitgenommen aus", bemerkte Ruud.

„Kaffee?", fragte Eric. Ohne eine Antwort abzuwarten, stand er auf und holte einen Kaffee.

Van Heezen wartete, bis Eric an den Tisch zurückgekehrt war. Er war nervös. Seine Hand zitterte, als sie den Becher zum Mund führte.

„Was ist mit dir los?", wollte Ruud wissen. Aber statt zu antworten, fragte van Heezen: „Und, wie habt ihr euch entschieden?"

Die vier schauten sich an und Eric rief: „Wir schind dabei! Punta Cana, wir kommen!"

Van Heezen fiel ein Stein vom Herzen. Die ganze Aufregung war umsonst gewesen! Er lachte laut auf. Die vier Alten schauten sich verständnislos an. „Was lachst du?", fragte Dirk und zupfte an seinem Ohrläppchen.

Van Heezen errötete. Verschämt suchte er nach einer Ausrede. „Ich ... äh, ja, ich meine ... äh." Es wollte ihm nichts Plausibles einfallen. „Ich hab' mich doch nur so gefreut, dass ihr dabei seid", antwortete er verlegen und nahm einen weiteren Schluck Kaffee.

„Und wann können wir die Reise antreten?", erkundigte sich Ruud.

„Ich weiß es nicht. Ich schätze im Februar. Das entscheidet der Boss", antwortete van Heezen, der heilfroh war, sich leidlich aus dieser peinlichen Situation gerettet zu haben.

„Im Februar", murmelte Dirk, „dann bleibt uns ja genügend Zeit, um die notwendigen Dokumente zu beschaffen."

„Wasch für Dokumente?", fragte Eric, der noch nie im Ausland war.

„Ihr braucht einen gültigen Reisepass", antwortete van Heezen.

„Kein Visum?", warf Dirk ein.

Van Heezen schüttelte den Kopf. „Aber ihr benötigt die Bestätigung eurer Krankenkasse, dass ihr im Ausland versichert seid. Das ist schon alles."

„Schon allesch!?", spottete Eric. „Aber wer von unsch hat schon einen Reischepasch?"

„Das hab' ich mir gedacht", sagte van Heezen, „aber keine Bange, ihr habt genügend Zeit. In der Regel dauert es nur ein paar Tage. Ich werde in zwei Wochen wieder kommen. Dann will ich die Pässe sehen." Die vier nickten. Van Heezen stand auf und verabschiedete sich.

„Jetzt wissen wir, was zu tun ist", sagte Ruud.

Wieder im Auto überlegte van Heezen, ob er Stijn jetzt gleich anrufen sollte, um ihm die frohe Botschaft mitzuteilen. „Ach was, der kann warten", entschied er und steckte das Handy in seine Jackentasche.

Er war guter Dinge, als er den Wagen startete und sich auf den Heimweg machte. Nach einer Stunde bog er auf den Vorplatz des Bestattungsunternehmens ein. Es hatte aufgehört zu regnen, und die Sonne bahnte sich einen Weg durch das Gewölk. Die schmalen langen Fenster des roten Backsteinbaus aus den Fünfzigerjahren leuchteten in der winterlichen Nachmittagssonne.

Van Heezen beschäftigte keine Mitarbeiter. Nur eine Raumpflegerin kam alle zwei Wochen. Als er sein Büro betrat, war sie eben dabei, den Schreibtisch abzustauben. Freundlich komplimentierte er sie aus dem Raum. Er wollte ungestört sein. Er setzte sich ans Pult, nahm den Telefonhörer und wählte Stijns Nummer.

Als auf dem Display der Name von van Heezen aufleuchtete, schaltete Stijn sein Handy postwendend auf lautlos.

„Wer war das?", hauchte eine Frauenstimme. „Irgendein Idiot", fauchte Stijn und warf das Handy wütend auf seine am Boden liegende Hose.

Um fünf Uhr nachmittags saß Stijn im *Cala Mar* und trank ein Bier. Er hatte sich für sechs Uhr mit José verabredet. Dieser hatte ihn vor zwei Tagen angerufen und informiert, dass für anfangs März eine weitere Lieferung in Aussicht gestellt wurde. Jetzt galt es, den Transport nach Europa zu organisieren.

Während Stijn die sich sonnenden Mädchen beobachtete, erinnerte er sich plötzlich, dass van Heezen vor wenigen Stunden versucht hatte, ihn anzurufen. „Weshalb ruft mich dieser Blödmann immer zum ungünstigsten Zeitpunkt an?", sagte Stijn halblaut zu sich selbst, als er sein Handy nahm. Obwohl es in Holland halb elf war und er wusste, dass van Heezen früh zu Bett geht, wählte er dessen Nummer. Er musste nicht lange warten, bis van Heezen sich meldete. „Stijn, bist du's?", schrie er ins Telefon. Seine Stimme überschlug sich.

„Wo zum Teufel steckst du? Ich kann dich nicht verstehen!"

„Ich bin in der Amsterdam Arena. Ajax spielt heute gegen ..." Der Rest des Satzes ging im Lärm unter. „Ruf' dich später zurück!", war das Einzige, was Stijn noch halbwegs verstehen konnte, bevor van Heezen die Verbindung kappte.

Stijn legte sein Handy auf den Tisch und bestellte ein zweites Bier. In der Zwischenzeit war es sechs geworden. Und wie immer um diese Zeit entvölkerte sich das *Cala Mar*. Die meisten Strandbesucher zogen sich langsam in ihre Hotels zurück, und bis zum Eintreffen der ersten Nachtschwärmer dauerte es noch vier Stunden. Stijn genoss diese täglich wiederkehrende Ruhe am Strand, die Weite des Meeres und den Sonnenuntergang.

Als José um sieben noch immer nicht aufgetaucht war, wurde er nervös. Seit er José kannte, war dieser noch nie zu spät zu einer Verabredung erschienen. Stijn versuchte, ruhig zu bleiben. Nach weiteren fünfzehn Minuten hielt er es nicht mehr aus. Er stand auf, um auf dem Parkplatz Ausschau zu halten. Auf halbem Weg kam ihm José entgegen. Er lachte und war gutgelaunt.

Stijn führte José an seinen Tisch, auf dem immer noch ein halbleeres Bierglas stand. Mit einer lässigen Geste schleuderte José seine Schirmmütze auf den freien Stuhl. Erst jetzt bemerkte Stijn, dass José uniformiert war.

„Ich hatte noch eine Unterredung mit dem Transportminister", beantwortete er Stijns fragenden Blick, „und die hat etwas länger gedauert als geplant. Und dann erst dieser Verkehr! Ich habe fast drei Stunden für die Fahrt hierher gebraucht."

José bestellte einen Caipirinha und erzählte Stijn von seinem Treffen mit dem Transportminister. Es galt, das Sicherheitsdispositiv für das bevorstehende Treffen der Transportminister von Ecuador und Venezuela in Punta Cana auszuarbeiten.

„Führt ihr jetzt neuerdings das Koks auf diplomatischem Weg ein?", frotzelte Stijn.

Während José den Grund des Treffens näher erklärte, schrillte Stijns Handy, das er gut sichtbar mitten auf den Tisch gelegt hatte. Auf dem Display leuchtete van Heezens Name. „Na endlich", dachte Stijn, als er das Handy ergriff.

„Der Bestatter?", fragte José mit hochgezogenen Augenbrauen. Stijn grinste und nickte.

„Was gibt's Neues?"

„Gute Nachrichten, Boss", antwortete van Heezen ausgelassen. Er liebte es, Stijn auf die Folter zu spannen. Dieser wiederum konnte diese Angewohnheit nicht leiden, und energisch forderte er ihn auf, zur Sache zu kommen. Van Heezen verzog wegen Stijns harschem Befehlston verärgert sein Gesicht. Kleinlaut meldete er: „Die vier Alten werden die Reise antreten!"

„Willst du mich verarschen? Das hast du mir doch schon vor zehn Tagen gesagt!", zeterte Stijn.

„Ja, aber jetzt ist es definitiv. Alle haben zugesagt. Sogar der mit dem Pferdeschwanz", antwortete er mit zittriger und kaum noch hörbarer Stimme. Dass er ihnen einen zweiwöchigen Aufenthalt in Aussicht gestellt hatte, behielt er für sich.

Stijn zeigte sich unbeeindruckt. Stattdessen entgegnete er mit gewohnt herablassender Stimme: „Dann hast du ja nochmal Schwein gehabt!", und legte auf.

Van Heezen spürte diese Bemerkung wie einen Schlag auf seinen Hinterkopf. „Stijn, du bist und bleibst ein Arschloch!", schrie er ins Handy. Niemand hörte ihn.

„Und, was ist?", fragte José. „Hat er wieder mal zwei in einem Sarg entsorgt?"

„Nein. Viel besser. Er hat vier Halbtote als Kuriere angeheuert."

„Was für ein Glücksfall: Dein Freund. Der Bestatter!", sagte José und schaute ihn belustigt an. „Damit wäre unser Transportproblem ja gelöst."

„Das Transportproblem gelöst?", schmollte Stijn. „Ich hoff's für ihn!"

„Du magst van Heezen nicht. Hab' ich Recht?"

Stijns Augen verengten sich. „Ich kann ihn nicht ausstehen! Dieser Idiot bringt es immer wieder fertig, sich und andere in Schwierigkeiten zu bringen."

„Aber auf ihn verzichten kannst du trotzdem nicht, oder etwa doch? Immerhin rekrutiert er die Kuriere und hat damit verstanden, sich unentbehrlich zu machen. Außerdem hat sich der Einsatz von Rentnern bewährt. Nur die von ihnen transportierte Menge reicht nicht mehr aus, um die steigende Nachfrage zu befriedigen. Ich halte daher den Zeitpunkt für gekommen, dass wir uns Gedanken machen, wie wir größere Mengen transportieren können."

Stijn nickte: „Bin ganz deiner Meinung. Und, hast du schon eine Idee?"

Ein geheimnisvolles Lächeln überflog Josés Gesicht, und hinter seiner vorgehaltenen Hand flüsterte er: „Sicher! Wir treffen uns am 26. Januar im Büro des Transportministers. Ich erwarte dich um vier vor dem Regierungsgebäude."

„Aber das ist ja ein Samstag", gab Stijn zu bedenken.

„Gerade darum", erwiderte José.

Flughafengefängnis, 14. Januar, 14.30 Uhr

Etwa zur selben Zeit, als van Heezen das *Rusthuis Tertianum* verließ, drückte Rechtsanwalt Fröhlich beim Eingangstor des Untersuchungsgefängnisses auf den roten Knopf der Gegensprechanlage. Nachdem er seinen Namen und den Grund seines Besuchs genannt hatte, öffnete sich das schwere Eisentor. In einem mit Panzerglas geschützten Raum saßen drei Beamte. An den Wänden hingen zahlreiche Monitore, mit denen sowohl die allgemein zugänglichen Gefängnisräume als auch die Außenumgebung überblickt werden konnten.

Obwohl Fröhlich kein Unbekannter war, musste er seine Identitätskarte gegen einen Badge eintauschen und sein Handy abgeben. Seine Aktentasche wurde geröntgt. So verlangten es die Vorschriften. Dann durfte er die Sicherheitsschleuse passieren. Die auf der anderen Seite der Schleuse wartende Vollzugsbeamtin begrüßte ihn mit einem freundlichen „Guten Tag, Herr Fröhlich", und führte ihn in eines der vier Anwaltszimmer. Der Raum war mit einem Pult und vier Stühlen bestückt. An der einen Wand hing ein großes Ölgemälde. Auf einem kleinen Informationsschild, das daneben befestigt war, konnte man Folgendes lesen: ‚Sonnenaufgang am Strand'. Gemalt hatte das Bild eine ehemalige Insassin.

Im Anwaltszimmer entledigte sich Fröhlich seiner Jacke und legte sie über die Stuhllehne. Seiner Aktentasche entnahm er einen Schreibblock, einen Kugelschreiber und die von seiner Sekretärin noch am Vorabend kopierten Untersuchungsakten. Jetzt trat er an das vergitterte Fenster, das den nahegelegenen Flughafen in kleine Quadrate einteilte. Der ohrenbetäubende Lärm der startenden Flugzeuge war selbst bei geschlossenem Fenster gut zu hören, und als ein Dreamliner über das Gefängnis hinwegdonnerte, wurde ihm bewusst, wie nah grenzenlose Freiheit und Gefängnistrakt beieinander lagen.

Das Anklopfen der Vollzugsbeamtin riss Fröhlich aus seinen Gedanken. Er wendete sich vom Fenster ab und blickte gespannt auf die Tür. Pilar Dominguez machte einen erschöpften Eindruck. Vermutlich hatte sie die letzten Nächte nicht oder nur wenig geschlafen. Fröhlich ging auf sie zu und streckte ihr zum Gruß die Hand entgegen. Pilar reagierte nicht. Stattdessen musterte sie ihn kühl. Anlässlich der ersten Einvernahme hatten sie nur wenig Zeit gehabt, um sich auszutauschen. Aus diesem Grund hatte er ihr versprochen, sie an einem der nächsten Tage zu besuchen.

„Tut mir leid, dass wir das letzte Mal nicht länger miteinander reden konnten", begann Fröhlich das Gespräch in tadellosem Spanisch.

„Ist schon okay. Jetzt sind Sie ja hier", erwiderte Pilar. Zum ersten Mal konnte er in ihrem Gesicht so etwas wie ein zaghaftes Lächeln ausmachen.

„Wie lange muss ich hier bleiben?", fragte sie besorgt.

Fröhlich betrachtete sie lange, dann zuckte er mit den Achseln: „Ich weiß es nicht."

Es war stets dieselbe Antwort auf dieselbe Frage. Pilar Dominguez zeigte sich enttäuscht. Ihr anfängliches Lächeln war verflogen.

„Und was machen Sie jetzt?", fragte sie mit leerem Blick.

„Ich muss Sie erstmals kennenlernen. Danach schauen wir weiter."

Pilar Dominguez senkte schuldbewusst ihren Blick, wie ein Kind, das sich schämte, die Wahrheit zu sagen. Oder hatte sie einfach nur Angst?

„Sie brauchen sich nicht zu ängstigen. Alles was wir miteinander besprechen, bleibt unter uns. Versprochen!"

„Gilt das auch gegenüber der Polizei?"

„Vor allem gegenüber der Polizei. Ich muss schweigen, sonst mache ich mich selbst strafbar und verliere meine Zulassung."

Sie zögerte. Konnte sie ihm vertrauen? Oder war er ein Polizeispitzel, der nur gekommen war, um sie auszuspionieren?

In der Dominikanischen Republik gab es keinen vom Staat bezahlten Pflichtverteidiger. Und jeder Staatsdiener war in der Regel korrupt. Eugen Fröhlich kannte diesen Zwiespalt. Er hatte schon viele südamerikanische Drogenkuriere verteidigt, meistens einfache Leute. Daher wusste er, wie schwierig es war, deren Vertrauen zu gewinnen.

Pilar Dominguez blieb stumm.

„Sind Sie bereit, meine Fragen zu beantworten?"

Nach längerem Zögern flüsterte sie: „Ja."

Fröhlich blätterte im Polizeirapport, bevor er seine erste Frage stellte: „Was hat man ihnen für den Transport versprochen?"

„5000 Dollar."

„5000 Dollar? Das ist aber ein Haufen Geld."

„Ich brauchte das Geld", schluchzte sie, „meine Tochter ist schwer krank und muss operiert werden."

Die Geschichte vom kranken Kind kam Fröhlich bekannt vor. Ihm war klar, dass ein Teil ihrer Geschichte der Phantasie entsprungen sein musste. Er ließ sich jedoch nichts anmerken. Stattdessen sagte er: „Ich hab' auch eine Tochter. Sie hat soeben ihre ersten Schritte gemacht."

„Dann können Sie sich ja vorstellen, was es heißt, ein krankes Kind zu haben. In einer solchen Situation ist man zu allem bereit."

„Das kann ich mir sogar sehr gut vorstellen", sagte Fröhlich und fragte: „Und wo ist Ihr Kind jetzt?"

„Bei meiner Freundin. Sie ist die Patin von Teresa. Aber sie muss morgen wieder zur Arbeit, und ich weiß nicht, was dann mit Teresa geschieht", antwortete sie und sah ihn mit traurigen Augen an.

Fröhlich heuchelte aufrichtige Anteilnahme. Für Pilar Dominguez war der Moment gekommen, ihr Schweigen zu brechen. Sie begann, ihre Geschichte zu erzählen. Fröhlich versuchte, jedes Wort zu protokollieren, doch musste er ihren Redeschwall immer wieder unterbrechen, weil er ihrem Tempo nicht folgen konnte. Nach drei Stunden war sie zu einem Ende gekommen.

„Eine Frage noch", sagte Fröhlich, nachdem sie verstummt war, „weshalb haben Sie bei der Passkontrolle getobt?"

„Weil ich aus diesem verdammten Korsett raus musste. Darum!"

Fröhlich hatte die Bilder ihres geschundenen Körpers gesehen: Die tiefen Furchen und die blutunterlaufenen Stellen an ihrem zierlichen Körper zeugten von ihren Qualen. „Ich verstehe", sagte er.

„Wann sehen wir uns wieder?", fragte sie, nachdem Fröhlich alle Unterlagen in seiner Aktentasche verstaut hatte.

„Vor der nächsten Einvernahme."

„Wann ist das?", wollte Pilar wissen.

„Ich weiß es noch nicht. Ich werde Sie aber bald informieren." Er stand auf und begab sich zur Tür, wo er den grünen Knopf, der sich rechts neben dem Türrahmen befand, drückte. Während er auf das Erscheinen der Vollzugsbeamtin wartete, zog er seine Jacke an und warf einen letzten Kontrollblick in seine Mappe. Er hatte nichts vergessen. Bevor er das Anwaltszimmer verließ, wandte sich Fröhlich noch einmal zu seiner Klientin und verabschiedete sich mit einem „Hasta luego!"

Pilar blieb alleine zurück.

Als Fröhlich kurz vor fünf in seine Kanzlei zurückkehrte, war es bereits dunkel. Linda, seine Sekretärin, empfing ihn mit einer Liste von Namen und Telefonnummern. Alles Klienten, die während seiner Abwesenheit versucht hatten, ihn zu erreichen, und die jetzt auf seinen Rückruf warteten. Er nahm die Liste und setzte sich an seinen Schreibtisch. Nachdem er alle geschäftlichen Anrufe erledigt hatte, wählte er die Nummer seiner Frau, um ihr mitzuteilen, dass er heute Abend voraussichtlich etwas später nach Hause kommen würde, da er noch eine Aktennotiz diktieren wollte. Er hatte es sich zur Gewohnheit gemacht, unmittelbar nach jeder Besprechung seine Mitschrift zu einer detaillierten Aktennotiz zu verarbeiten.

Er holte sein Diktiergerät aus der Schreibtischschublade hervor und begann mit dem Diktat:

Besprechung vom 14. Januar mit Pilar Dominguez. Ort: Flughafengefängnis. Zeit: 13.00 bis 16.30 Uhr.

Kaum hatte er die Einleitung aufs Band gesprochen, betrat Linda sein Büro, um sich zu verabschieden. „Ich diktiere das hier noch fertig", dabei zeigte er auf seinen Notizblock, „damit du gleich morgen früh mit der Niederschrift beginnen kannst."

Wieder alleine machte er weiter:

Pilar stammt aus ärmlichen Verhältnissen. Aufgewachsen ist sie als ältestes von vier Kindern in El Rubio, einem kleinen Dorf in der Provinz Santiago. Ihr Vater verdingte sich als Taglöhner. Ihre Mutter betreute die Kinder. Das Geld reichte kaum fürs Essen. Aus diesem Grund wurde Pilar mit 13 an eine reiche Familie von Santo Domingo verkauft, wo sie als Haushaltshilfe von morgens früh bis abends spät arbeiten musste. Lohn erhielt sie keinen, im Gegenzug wurden ihr freie Kost und Logis gewährt. Mit 15 passierte es zum ersten Mal: Als an einem Nachmittag die Hausherrin zusammen mit den beiden Kindern und dem Kindermädchen das Haus verlassen hatte, fiel der Ehemann über Pilar her und vergewaltigte sie. Weil der Polizeikommandant von Santo Domingo ein regelmäßiger Gast im Haus ihres Arbeitgebers war, habe Pilar gewusst, dass man ihr bei der Polizei keinen Glauben schenken würde. Aus diesem Grund habe sie auf eine Anzeige verzichtet. Ab diesem Tag wurde Pilar bei jeder sich bietenden Gelegenheit vom Hausherrn missbraucht. Das Martyrium hatte über ein Jahr gedauert, dann hatte sie das Haus in einem günstigen Moment verlassen und war nach Punta Cana geflüchtet. Zum ersten Mal in ihrem Leben war sie völlig auf sich allein gestellt. Mit dem wenigen Gepäck, das sie hatte, stand sie vor dem Bahnhof und wusste nicht, wohin sie gehen solle. Plötzlich wurde sie von einem jungen Mann angesprochen, der vorgab, ihr helfen zu wollen. Weil sie keine andere Wahl hatte, nahm sie sein Angebot an und folgte ihm in seine schäbige Wohnung. Anfänglich sei der Unbekannte sehr nett zu ihr gewesen. Er bereitete ihr sogar etwas zu essen zu. Nachdem sie gegessen hatten, holte er aus einem Versteck eine kleine Plastiktüte hervor. Mit dem Inhalt, einem weißen Pulver, hatte er auf dem Tisch eine Linie gezogen und sie aufgefordert, das Pulver mir einem Strohhalm durch die Nase reinzuziehen. Pilar, die so etwas noch nie zuvor gesehen hatte, weigerte sich, dieser Aufforderung nachzukommen. Der Unbekannte aber hatte nur gelacht und an ihrer Stelle das Pulver reingezogen. Kaum war er damit fertig, begann er, an Pilar herumzufummeln. Sie stieß ihn von sich, doch er wollte nicht von ihr ablassen. Sie bekam es mit der Angst zu tun und schrie so lange aus Leibeskräften, bis schließlich ein Nachbar auf ihre Schreie aufmerksam wurde und ihr zu Hilfe eilte. Dieser Nachbar war es denn auch, bei dem sie die Nacht verbringen konnte.

Weil das Telefon läutete, musste Eugen Fröhlich das Diktieren erneut unterbrechen. Es war seine Frau, die wissen wollte, ob sie mit dem Nachtessen auf ihn warten sollte.

„Ich bin in einer Stunde zu Hause."

„Geht in Ordnung, Liebling. Ich warte."

Eugen Fröhlich hatte eine verständnisvolle Frau. Und er liebte sie vielleicht gerade deshalb, weil sie so verständnisvoll war.

Nachdem er den Hörer aufgelegt hatte, fuhr er fort:

Am darauffolgenden Tag begab sich Pilar an den Strand. Sie hatte Hunger und suchte eine Strandbar auf. Sie blieb nicht lange allein. Eine attraktive, großgewachsene junge Frau mit langen schwarzen Haaren, die sich als Àngela vorstellte, setzte sich zu ihr und begann mit ihr zu plaudern. Die beiden waren sich auf Anhieb sympathisch. Und als ihr Pilar erzählte, dass sie keine Bleibe hatte, lud sie Àngela spontan ein, vorübergehend bei ihr zu wohnen. Pilar nahm das unerwartete Angebot dankend an. Nachdem sie gegessen hatten, begaben sie sich in Àngelas Wohnung. Es ist eine moderne große Wohnung mit fünf Zimmern und teurem Mobiliar gewesen. Pilar wunderte sich, wie sich eine junge Frau eine solch luxuriöse Wohnung leisten konnte. Sie stellte aber keine Fragen, sondern genoss das ihr zur Verfügung gestellte Zimmer. Sie könne sich ausruhen, hatte ihr Àngela gesagt. Sie erwarte jetzt Besuch und wollte dabei nicht gestört werden. Pilar legte sich aufs Bett und schlief sogleich ein.

Kaum hatte er diesen Satz zu Ende diktiert, legte er das Diktiergerät auf den Schreibtisch, nahm die rote Hornbrille ab und rieb sich die Augen. Sie brannten. Der heutige Nachmittag hatte ihm mehr zugesetzt, als er wahrhaben wollte. Er war müde. Er entschloss sich, nach Hause zu gehen.

Als er am nächsten Morgen um neun in seiner Kanzlei erschien, hatte Linda die Post bereits gesichtet und auf seinen Schreibtisch gelegt. Er überflog die paar Briefe, machte sich ein paar Notizen und legte sie beiseite. In Gedanken war er ganz bei seiner Aktennotiz, die er noch vor dem Mittagessen fertigstellen wollte. Darum bat er Linda, keine Telefonate durchzustellen. Er wollte in seiner Konzentration nicht gestört werden. Er schloss die Tür hinter sich ab, nahm sein Diktiergerät in die Hand und fuhr an der Stelle fort, wo er am Vorabend aufgehört hatte:

Zwei Stunden später wurde Pilar von Àngela geweckt, die mit ihr einen Stadtbummel unternehmen wollte. Sie müsse in der Stadt noch Einkäufe tätigen, hatte Àngela behauptet. Im Stadtzentrum fand sich ein Kleidergeschäft neben dem anderen. Àngela zog es ins San Juan Shopping Center . „Hast du keine Lust, dir etwas Nettes zu kaufen?", habe Àngela gefragt. Aber Pilar hatte kein Geld. „Und wenn ich die Kleider bezahle, was würdest du dir aussuchen?", habe Àngela wissen wollen. Pilar konnte diesem Angebot nicht widerstehen. Sie wollte auch so schön gekleidet sein wie Àngela. „Du kannst es mir ja später zurückzahlen", habe Àngela nebenbei noch bemerkt. Doch in diesem Augenblick war sich Pilar nicht bewusst, was es heißt, Schulden zurückzahlen zu müssen. Sie war glücklich, in der Person von Àngela eine verständnisvolle und großzügige Freundin gefunden zu haben. Nach drei Stunden verließen sie das Geschäft mit drei vollen Kleidertaschen. Pilar erinnerte sich, dass sie ihre alten Klamotten gleich dort zurückgelassen hatte.

Neuer Absatz: Den Abend wollte Àngela am Strand verbringen. Um Freunde zu treffen, hatte sie ihr erklärt. Nach dem Nachtessen, das sie in einer Schnellimbissbude eingenommen hatten, machten sie sich auf den Weg ins Jellyfish, wo hauptsächlich junge Frauen, alle knapp bekleidet, mit wesentlich älteren Männern schäkerten. Reggae dröhnte aus den Lautsprechern. Die Stimmung war ausgelassen. Sämtliche Tische waren besetzt. An der Bar herrschte ein dichtes Gedränge. Àngela nahm Pilar bei der Hand und steuerte auf die Bar zu. Sie war keine Unbekannte, denn sie wurde von allen mit ‚Angie' begrüßt. Einige Männer zeigten auf Pilar und fragten Àngela, wen sie da mit sich führe. „Eine Freundin", habe diese geantwortet. Dann versuchten einige, Pilar zu begrabschen, doch Àngela wehrte sie ab. „Lasst sie in Ruhe", fauchte sie die Männer an. Pilar fühlte sich nicht mehr wohl in ihrer Haut, und am liebsten wäre sie nach Hause gegangen, aber Àngela hielt sie zurück. Plötzlich tauchte ein attraktiver Mann auf. Er umarmte Àngela und küsste sie auf den Mund. „Ihr Freund", dachte Pilar. Hierauf musterte er Pilar und flüsterte Àngela irgendetwas Unverständliches ins Ohr. Àngela nickte und lachte. Danach verschwand er ebenso schnell, wie er gekommen war. Später erfuhr sie von Àngela, dass dieser Mann sie am nächsten Morgen besuchen würde. Nach einem weiteren Mojito kehrten die zwei Frauen in die Wohnung zurück.

Neuer Absatz: Pilar schlief noch tief, als sie von Àngela geweckt wurde. Àngela trug ein knapp geschnittenes rotes Korsett. Ihre High Heels hatten exakt dieselbe Farbe wie ihr Korsett. Und sie duftete verführerisch. Sie forderte Pilar auf, sich zu beeilen, weil Carlos einer halben Stunde kommen würde, und sie befahl ihr, sich anzukleiden. Dabei zeigte sie mit der Hand auf die Couch im Wohnzimmer, wo sie die für Pilar bestimmten Kleidungsstücke bereit gelegt hatte: Einen Strumpfhalter mit den dazu passenden roten Strümpfen, das gleiche Korsett wie Àngela und die selben Schuhe. Pilar wäre am liebsten davongelaufen. „Du schuldest mir etwas. Hast du das etwa schon vergessen?", hatte Àngela gesagt und die Wohnungstür verriegelt. Jetzt fiel es Pilar wie Schuppen von den Augen. Es war nicht Nächstenliebe, die Àngela bewogen hatte, sie bei sich aufzunehmen und sie neu einzukleiden. Àngela, die sich seit ihrem 16. Altersjahr prostituierte, wollte, dass andere für *sie arbeiteten. Und Pilar sollte ihre erste Angestellte sein. Neuer Absatz.*

Jetzt brauchte Fröhlich einen Kaffee. Er ging ins Sekretariat, wo sich die Kaffeemaschine befand. Gemeinsam mit Linda trank er einen Espresso. Bei dieser Gelegenheit informierte er sie über das gestrige Gespräch mit seiner Klientin.

„Die Aktennotiz wird etwas ausführlicher ausfallen als sonst", sagte er, als er in sein Büro zurückkehrte. „Die Angeschuldigte hat praktisch während drei Stunden ununterbrochen auf mich eingeredet."

Zurück an seinem Pult nahm er aufs Neue das Diktiergerät in die Hand:

Neuer Absatz: Nach zwei Jahren trennte sich Pilar von Àngela. Das heißt: Àngela stellte sie vor die Tür, nachdem sie von dritter Seite erfahren hatte, dass Pilar hinter ihrem Rücken Kunden bediente. Für Pilar war dies nicht weiter tragisch. In der Zwischenzeit hatte sie die Bekanntschaft von Ignacio Bazan gemacht. Er war der begehrteste Surflehrer am Strand von Punta Cana, und die Frauen lagen ihm zu Füßen (Anm.: Pilar gerät ins Schwärmen). Er nahm Pilar ohne zu zögern bei sich auf.

Neuer Absatz: Nach wenigen Monaten wurde Pilar schwanger. Ein ‚Betriebsunfall'. Sie hatte keine Ahnung, wer der Vater sein könnte. Ignacio tobte. Er wollte keine Kinder, und er warf sie kurzerhand aus seiner Wohnung. Pilar stand wieder auf der Straße. Mit den wenigen Ersparnissen, die ihr geblieben waren, mietete sie ein möbliertes Zimmer. Sie wollte sich nicht mehr prostituieren. In einem der zahlreichen Strandgeschäfte fand sie eine Anstellung als Verkäuferin. Das Einkommen reichte knapp. Sie arbeitete bis kurz vor ihrer Niederkunft. Am

29. September 2011 gebar sie eine Tochter. Sie taufte sie auf
den Namen ihrer Mutter: Teresa.

Fröhlich hielt für einen Moment inne. „Mutter Teresa",
wiederholte er und musste dabei schmunzeln. Der Blick auf
die Uhr zeigte ihm, dass es halb zwölf war. Um zwölf wollte
er mit dem Diktieren fertig sein. Noch fehlten ein paar Seiten. Weil aber seine Handschrift immer unleserlicher wurde,
nahm das Entziffern seines Gekritzels mehr Zeit als üblich
in Anspruch. Viel kürzer wollte er sich trotzdem nicht fassen.
Der Telegrammstil behagte ihm nicht. Seine Aktennotizen
dienten ihm als Grundlage für seine späteren Plädoyers. Aus
diesem Grund legte er Wert auf eine sorgfältige Formulie-
rung, die er später nicht noch einmal überarbeiten musste. Er
zählte noch einmal die Blätter, ordnete sie in der richtigen
Reihenfolge und fuhr fort:

Neuer Absatz: Das Kind wurde mit einer Hasenscharte ge-
boren und hätte operiert werden müssen. Pilar war verzweifelt.
Sie hatte kein Geld und Prostitution kam für sie nicht mehr
in Frage. Schließlich war sie jetzt Mutter. Und als Verkäuferin
verdiente sie nicht genug, um Ersparnisse anzulegen. Als Pi-
lar an einem Sonntagnachmittag mit dem Kinderwagen an der
Strandpromenade spazierte, wurde sie von einem unbekann-
ten Mann, der sich ihr als Enrique vorstellte, angesprochen.
Dieser wollte sie zu einem Drink einladen. Da er ihr nicht un-
sympathisch war, willigte sie ein. Während sie in der Strandbar
saßen, nahm Pilar Teresa auf den Arm, um ihr das Fläschchen
zu geben. Bei dieser Gelegenheit bemerkte Enrique die Hasen-
scharte, und er meinte, dass dieser Geburtsfehler problemlos
operativ korrigiert werden könnte. Kaum hatte er den Satz fer-
tig gesagt, brach Pilar in Tränen aus. Sie hätte kein Geld, um
diesen Eingriff bezahlen zu können, erklärte sie ihm. Doch En-
rique tröstete sie, indem er eine Lösung für ihr Geldproblem in

Aussicht stellte, und er forderte sie auf, am nächsten Morgen
so gegen zehn ins Cala Mar zu kommen.

Und wieder schaute Fröhlich auf seine Uhr. Er musste seine Hoffnungen begraben, um zwölf mit der Aktennotiz fertig zu sein. Er tauschte das Diktiergerät gegen den Telefonhörer und informierte seinen Tennispartner, dass es eine halbe Stunde später werden würde. Der war über diesen unerwarteten Zeitgewinn heilfroh, lief ihm doch eine Beschwerdefrist ab, und Fröhlich konnte ohne Hast das Diktat fortsetzen:

Neuer Absatz: Am nächsten Morgen traf Pilar pünktlich um
zehn im Cala Mar ein. Enrique war bereits dort. Er war in Be-
gleitung eines unbekannten Mannes. Diese betrachtete sie
von oben bis unten, ohne auch nur ein Wort zu sagen. Dann
gab er Enrique ein Zeichen, ihm zu folgen. Enrique seinerseits
forderte Pilar auf, am Tisch auf ihn zu warten, bis er zurück-
kommen würde. Die beiden Männer standen auf und entfern-
ten sich. Pilar blieb alleine zurück. Von weitem konnte sie be-
obachten, wie sich die beiden Männer angeregt unterhielten.
Nach etwa fünf Minuten kehrte Enrique an den Tisch zurück.
Er war alleine. Nachdem er sich wieder gesetzt hatte, wollte er
von ihr wissen, ob sie bereit wäre, für 5000 Dollar eine kleine-
re Menge Kokain zu transportieren. Dieser Betrag würde bei
weitem ausreichen, um die Operation zu bezahlen. Zudem sei
das Ganze ohne Risiko, weil sie das Kokain an einem sicheren
Ort verstecken würden. Pilar musste nicht zweimal überlegen.
Wollte sie ihrer Tochter helfen, blieb ihr gar keine andere Wahl,
als diesen Vorschlag anzunehmen.

Neuer Absatz: Der Plan war, dass Pilar die Reise als Schwan-
gere getarnt antreten sollte. Die Nacht vor ihrer Abreise muss-
te sie in einem Hotel in unmittelbarer Nähe des Flughafens
verbringen. Auf der Fahrt zum Hotel erklärte ihr Enrique, dass
sie nach Zürich fliegen werde. Dort werde sie von einer jungen

Frau in Empfang genommen. Die werde ihr die Drogen abneh-
men, und Pilar hätte nach Amsterdam weiterfliegen sollen, wo
ein älterer Mann auf sie gewartet hätte. Dieser hatte den Auf-
trag, sie ins Hotel und am nächsten Tag wieder an den Flug-
hafen zu fahren. Mehr hatte ihr Enrique nicht gesagt. Als Pilar
von ihm wissen wollte, wie sie die junge Frau erkennen konnte,
hatte er nur gelacht und gemeint, es genüge, dass die junge
Frau sie erkennen würde.

Neuer Absatz: Am Nachmittag des 3. Januars wurde sie
von Enrique abgeholt. Er half ihr beim Anziehen des Korsetts.
Dieses war viel zu eng geschnitten, und die fest angezoge-
nen Tragriemen schmerzten fürchterlich. Pilar, eingezwängt in
das mit Drogen gefüllte Korsett, konnte nur mit Mühe atmen.
Trotzdem bemühte sie sich, einen entspannten Eindruck zu
machen. Im Flughafeninnern, wenige Meter von der Passkon-
trolle entfernt, wurden sie von einem Polizisten in Uniform in
Empfang genommen. Dieser begrüßte Enrique. Dann prüfte er
mit kritischem Blick Pilar. Sein Gesichtsausdruck verriet, dass
er mit Enriques Wahl zufrieden war. Nachdem ihr Enrique die
Flugtickets ausgehändigt und sich von ihr verabschiedet hatte,
wurde sie vom Polizisten aufgefordert, ihm zu folgen. Mit ihm
an ihrer Seite passierte sie unbehelligt sowohl die Pass- als
auch die Sicherheitskontrolle. Er begleitete sie sogar bis zum
Flugzeug. Hier verabschiedete er sich von ihr und wünschte ihr
einen guten Flug.

So. Das wär's. Fertig! Für einen kurzen Augenblick lehnte sich Fröhlich zufrieden in seinem bequemen Ledersessel
zurück, schlug die Füße übereinander und streckte zur Entspannung beide Arme in die Höhe. Daraufhin stand er auf
und begab sich ins Sekretariat, wo er die Tonbandkassette,
für Linda gut sichtbar, auf deren Pult legte. Weil sie in der
Mittagspause war, klebte er noch rasch einen Post-it-Zettel

auf die Tonbandkassette mit dem Vermerk: ‚Aktennotiz in Sachen Pilar Dominguez. Werde gegen vier zurück sein.'

„Hast du da nicht eben das Drehbuch für einen billigen B-Film diktiert?", wurde Fröhlich bei seiner Rückkehr von Linda gefragt. „Da kommen einem ja gleich die Tränen. Ist Pilar auch noch hübsch?"

„Hübsch? Nein, Pilar ist atemberaubend schön!", antwortete Fröhlich.

„Dann wird sie mit dieser Geschichte zweifellos punkten", sagte Linda mit einem verschmitzten Blick.

„Ganz bestimmt", entgegnete Fröhlich, „schließlich hat sie einen guten Verteidiger!"

„Den Besten!", fügte Linda an. Und wie sie das sagte, mussten beide herzhaft lachen.

Mijdrecht, 16. Januar

Es war noch dunkel, und es regnete in Strömen, als sich Ruud, Dirk, Eric und Arno auf den Weg zur nächstgelegenen Bushaltestelle machten. Ihr Ziel war das Zentrum von Mijdrecht. Sie mussten sich die Pässe beschaffen und wollten daher rechtzeitig in der Stadt sein.

Sie waren nicht die Einzigen, die um diese Zeit in die Stadt wollten. An der Bushaltestelle drängten sich die Pendler unter das Dach des viel zu kleinen Bushäuschens. Sie alle suchten Schutz vor dem niederprasselnden Regen.

Für die vier Spätankömmlinge war unter dem Dach kein Platz mehr. Sie mussten im Regen ausharren. Missmutig starrten sie in die Richtung, wo der Bus herkommen würde. Endlich konnten sie die Lichter des herannahenden Busses erkennen, und sie machten sich zum Einsteigen bereit. Jetzt waren sie gegenüber den im Bushäuschen Wartenden im Vorteil. Da sie die Vordersten waren, konnten sie als Erste einsteigen. Zum Glück, denn im Bus herrschte ein derart dichtes Gedränge, dass es für die nachkommenden Passagiere keinen Platz mehr gab. Ihnen blieb nichts anderes übrig, als die Ankunft des nächsten Busses abzuwarten.

„Wenigstens kann man hier drinnen nicht umfallen", rief Ruud seinen Kumpels zu. Wie alle anderen war auch er zwischen den Fahrgästen eingequetscht, sodass er sich nicht mehr rühren konnte. Doch das hinderte Dirk nicht, ihm zuzurufen: „Und man kommt sich näher!" Dabei schaute er der neben ihm stehenden jungen Frau mit den blonden Haaren in die Augen. Ihre Blicke trafen sich, und zu seiner Überraschung schenkte sie ihm ein kurzes Lächeln, das er umgehend erwiderte.

Die Fahrt mit dem Schnellbus ins Stadtzentrum dauerte dreißig Minuten. Die Luft war stickig und die Fenster waren beschlagen. Die Körperwärme, die von den Fahrgästen ausging, heizte den Bus mächtig auf. Auf Ruuds Stirn bildeten sich Schweißperlen, und Eric atmete schwer. Das unfreiwillige Dampfbad machte ihm zu schaffen. Das Quartett war froh, als der Bus am Zielort eintraf und sich die automatischen Türen öffneten. „Dasch nächschte Mal nehmen wir den Neun-Uhr-Busch", stöhnte Eric, nachdem er ausgestiegen war, „dasch war ja nicht zum Auschhalten."

„Und erst diese Hitze", klagte Ruud, der seine verschwitzte Stirn mit einem Taschentuch abtrocknete.

„Also mir hat's gefallen", stellte Dirk mit spitzbübischem Lächeln fest. „Ich hatte schon lange keinen so engen Kontakt mit einer Blondine."

„Du bist und bleibst ein alter geiler Bock", hielt ihm Arno entgegen und gab ihm einen Klapps auf die Schultern.

Im Fotogeschäft öffnete ihnen eine junge Frau die Tür. Ruud erklärte unvermittelt: „Wir brauchen Passfotos."

„Kein Problem", antwortete sie und bat die vier, nachdem sie sich ihrer nassen Regenmäntel entledigt hatten, auf einem alten Louis Philippe Sofa Platz zu nehmen. Gegenüber dem Sofa war ein weißes Tuch gespannt, vor dem ein Hocker platziert war. Links und rechts des Hockers waren zwei Leuchten aufgestellt und davor ein Dreibeinstativ mit einer aufgeschraubten Digitalkamera. Auf einem Beistelltisch neben der Tür fanden sich ein Spiegel, eine Haarbürste, ein Kamm und eine Dose Haarspray. „Mein Schminkraum", scherzte sie, „aber den habt ihr feschen Jungs ja wohl nicht nötig."

Eric nahm als Erster auf dem Hocker Platz und wartete geduldig, bis Pascale Bohn den Scheinwerfer in die richtige Stellung gebracht und die Kamera eingerichtet hatte. Die drei anderen schauten ihr interessiert zu. Als sie damit fertig war, forderte sie Eric auf, sich zu entspannen und geradeaus zu schauen. Dann drückte sie mit dem Zeigfinger der rechten Hand den Auslöser. Fertig. Jetzt war die Reihe an Dirk. Weil er Eric um Haupteslänge überragte, musste Pascale Bohn die Höhe des Stativs anpassen. Eric hatte in der Zwischenzeit wieder auf dem Sofa Platz genommen. Auf Dirk folgte Ruud. Der lächelte in die Kamera. „Auf Passfotos darf nicht gelächelt werden", belehrte ihn Pascale Bohn, „sonst wird das Foto nicht akzeptiert." Ruud brummelte irgendetwas Unverständliches vor sich hin. Daraufhin strich er noch einmal über seinen Schnurrbart und posierte mit ernster Miene. „So ist es besser", sagte die Fotografin und betätigte den Auslöser.

„Und jetzt Sie", sagte die Fotografin und zeigte auf Arno.

Arno stand auf und begab sich zum Beistelltisch. Er wollte seinen Pferdeschwanz so tragen, dass er auf dem Passfoto nicht zu erkennen war. Nachdem er seine Haare fest nach hinten gezurrt hatte, setzte er sich auf den Hocker. Steif, als ob sein Oberkörper von einer Eisenstange am Zusammenklappen gehindert würde, saß er auf dem Schemel, sein Blick starr auf die Kamera gerichtet.

„Herr Verthongen, bitte! Wir machen doch hier keine Fahndungsbilder. Bleiben Sie locker!", wurde er von der Fotografin aufgefordert. Doch Arno blieb wie versteinert sitzen und verzog keine Miene. Nach zehn Versuchen gab Pascale Bohn ihre Bemühungen resigniert auf. Sie entnahm der Kamera die Speicherkarte und verschwand damit in einem Nebenzimmer. „Bin gleich wieder da", rief sie über die Schulter zurück, als sie die Tür zum anderen Zimmer öffnete. Tatsächlich kehrte sie nach wenigen Augenblicken mit einem Laptop in der Hand in das Atelier zurück und präsentierte die Aufnahmen. Mit Ausnahme von Arno waren alle zufrieden. „Grauenhaft!", urteilte dieser, nachdem er die Fotos kritisch gemustert hatte. „Können wir nicht einen zweiten Versuch machen?"

„Selbstverständlich", antwortete sie und forderte ihn ein weiteres Mal auf, vor der Kamera Platz zu nehmen. Jetzt gab sich Arno redlich Mühe, entspannter in die Kamera zu schauen. Mit Erfolg, denn die Bilder der zweiten Serie überzeugten ihn schon eher. Er entschied sich für das Foto, auf dem er ein Lächeln andeutete und sein Pferdeschwanz kaum sichtbar war. Sogar die drei anderen fanden seine Entscheidung ein gute Wahl, und Ruud scherzte: „Mit diesem Porträt wird bestimmt kein Zöllner misstrauisch werden."

„So, ich mache jetzt von jedem Foto vier Abzüge", erklärte Pascale Bohn, bevor sie erneut im Nebenzimmer verschwand.

Das Quartett blieb alleine im Atelier zurück und wartete geduldig. Nach zehn Minuten kam sie zurück und händigte jedem einen kleinen Umschlag mit seinen Passbildern aus.

Wieder im Freien stellten die vier erfreut fest, dass es aufgehört hatte zu regnen. Der Gehsteig, den sie benutzten, war schmal und in schlechtem Zustand. Die vielen Löcher im Straßenbelag waren alle mit Wasser gefüllt. Vorsicht war geboten. Im Gänsemarsch machten sie sich auf den Weg zum Stadthaus, wo sie gegen elf Uhr eintrafen. Das Passbüro befand sich im ersten Stock. An der Tür war eine große unübersehbare Tafel befestigt: ‚Bitte anklopfen und eintreten‘. Ohne anzuklopfen betraten sie den Schalterraum. Als der diensthabende Beamte die vier Gestalten an der Theke, die ihn wie ein Schutzwall vor Eindringlingen schützen sollte, stehen sah, zuckte er zusammen. Sein bis anhin beschaulicher Vormittag hatte ein abruptes Ende gefunden. Und das auch noch so kurz vor der Mittagspause!

„Der sieht aber verschlafen aus", flüsterte Arno, und Ruud ergänzte: „Ich glaube, wir haben ihn soeben geweckt."

Jetzt konnten sich Dirk und Eric das Lachen nicht mehr länger verkneifen.

„Was gibt's hier zu lachen?", fragte der Beamte mit mürrischer Stimme. Gesicht und Stimme passten vortrefflich zueinander. Beide waren kühl, schroff und unfreundlich.

„Nichts", antwortete Ruud, „wir brauchen vier Reisepässe."

Der Mann am Schreibtisch bückte sich und entnahm seiner Pultschublade vier Antragsformulare. „Die müsst ihr ausfüllen", sagte er barsch, „und habt ihr Passfotos dabei?"

Die vier holten ihre Passfotos hervor und legten sie auf den Schaltertisch. Der Beamte prüfte die Bilder und sagte: „In Ordnung."

„Und noch etwas: Wir verreisen in zwei Wochen. Wann können wir die Pässe abholen?", fragte Ruud mit unschuldiger Stimme.

„Was, in zwei Wochen? Und wieso kommt ihr erst heute?", fragte er und schüttelte ungehalten seinen Kopf.

„Weil wir erscht scheit geschtern wischen, dasch wir verreischen werden. Darum!", gab ihm Eric resolut zu verstehen.

Diese Unverfrorenheit brachte den Beamten auf die Palme, und er war drauf und dran, Eric nachzuäffen und ,scho, scho' zu sagen, doch er hielt sich im letzten Augenblick zurück. Stattdessen kramte er aus seiner Schublade vier Aufkleber mit der Aufschrift *EILT* hervor. Die klebte er bedächtig auf die ausgefüllten Antragsformulare. Anschließend legte er diese zuoberst in das Ablagefach mit der Aufschrift *PENDENZEN*.

„Wann können wir die Pässe abholen?", wiederholte Ruud seine Frage.

„In zwei Wochen!", antwortete er missgelaunt.

„In zwei Wochen?" Ruud spürte ein Kribbeln in seinen Adern. „Nur jetzt die Fassung nicht verlieren, sonst gibt's gar nie einen Pass", dachte er und schwieg.

„Geht's nicht etwas schneller?", fragte Dirk und warf dem Beamten einen fordernden Blick zu.

„Doch, aber das Eilverfahren kostet extra."

„Wie viel?"

„30 Euro."

„Und wann können wir die Pässe abholen?"

„Ihr müsst sie nicht abholen. Sie werden euch in drei bis vier Tagen per Post zugestellt."

„Sehr gut! Wir bezahlen den Zuschlag", gab ihm Ruud zu verstehen und zückte seine Brieftasche. Die vier schauten sich zufrieden an. Sie bezahlten, ohne zu murren, und verließen eilig das Passbüro.

Fröhlich stand neben seinem Pult, den Telefonhörer in der Hand. Er telefonierte mit Rita Gubler.

„Befragung zur Person. Nächsten Freitag. 25. Januar. 13.30 Uhr. In Ordnung", wiederholte er und legte auf. Er nahm sein Handy und tippte den Termin in seine Agenda. Anschließend bat er Linda, mit der Gefängnisverwaltung einen Besuchstermin für kommenden Donnerstag zu vereinbaren.

Als Fröhlich das Anwaltszimmer betrat, wurde er von Pilar bereits erwartet. Ihr Anblick schockierte ihn. Sie sah nicht mehr nur müde, sie sah ausgezehrt aus. Ihre Augen starrten ausdruckslos geradeaus; ihre Hand fühlte sich eiskalt an. Die Haft hatte ihre Spuren hinterlassen. Pilar tat ihm leid. Für einen kurzen Augenblick wusste er nicht, wie er das Gespräch beginnen sollte. Dann gab er sich einen Ruck und sagte: „Sie werden morgen Nachmittag ein weiteres Mal von der Polizei befragt."

Sie zuckte zusammen. „Muss ich reden?", fragte sie mit leiser Stimme.

„Ja", antwortete er, „nur so kann ich das Beste für Sie herausholen."

Sie begann zu schluchzen: „Ich kann nicht. Sie haben meine Tochter."

Fröhlich wurde schlagartig ernst: „Ich werde Ihnen jetzt erklären, was Sie *sagen müssen*, um eine Strafmilderung zu bekommen. Alles andere können Sie für sich behalten."

Pilar beruhigte sich. Fröhlich öffnete seine Mappe und entnahm dieser die Aktennotiz sowie eine Kopie des Untersuchungsberichts. Gemäß diesem Bericht wies das von Pilar Dominguez eingeführte Kokain einen Reinheitsgrad von 94 Prozent auf. Das entsprach einer Menge von 752 Gramm reinem Kokain. Er erläuterte ihr das Gutachten und fragte: „Sind Sie mit dem Gutachten einverstanden?"

Pilar schaute ihn an und zuckte mit den Schultern. „Muss ich?", fragte sie.

„Das Gutachten ist korrekt", versicherte er, „Sie können es akzeptieren."

„Und wie geht's weiter?"

„Man wird Sie wegen der illegalen Einfuhr von 752 Gramm Kokain anklagen."

„Und wie lange muss ich dafür ins Gefängnis?"

Fröhlich erklärte: „In Anbetracht der Notlage, in der Sie sich befunden haben, und vorausgesetzt, Sie geben zu, gewusst zu haben, dass Sie Drogen transportierten, rechne ich mit einer Freiheitsstrafe von höchstens zwei Jahren."

Pilar schluchzte laut auf: „Zwei Jahre? Und wenn ich bestreite, etwas von den Drogen gewusst zu haben?"

„Das würde ich an Ihrer Stelle nicht tun. Zum einen würde Ihnen der Richter keinen Glauben schenken, und zum anderen würde er sie zu einer höheren Strafe verurteilen."

Die Gedanken rasten durch ihren Kopf. Sie dachte angestrengt nach. Auf einmal sagte sie: „De acuerdo! Ich werde alles zugeben."

Fröhlich atmete befreit auf. Danach erklärte er Pilar anhand seiner Aktennotiz, worauf sie bei der morgigen Befragung besonderes Gewicht legen sollte und was sie bedenkenlos weglassen konnte. Sie hörte ihm konzentriert zu und versprach, sich an seine Anweisungen halten zu wollen.

„Eine Frage hab' ich noch. Muss ich Namen nennen?"

Fröhlich schüttelte verneinend den Kopf: „Sagen Sie einfach, dass Sie keine Namen kennen."

In der Nacht auf Freitag fand Pilar Dominguez kaum Schlaf. Während Stunden wälzte sie sich unruhig in ihrem schmalen

Zellenbett hin und her. Ihre Gedanken kreisten ununterbrochen um die bevorstehende Einvernahme. Dabei gingen ihr alle möglichen Fragen durch den Kopf, und sie legte sich zu jeder Frage die passende Antwort zurecht. Dabei kamen ihr wieder die mahnenden Worte ihres Anwalts in den Sinn, der ihr eingetrichtert hatte, immer erst dann zu antworten, wenn sie ganz sicher war, die Frage richtig verstanden zu haben.

Als um sechs Uhr dreißig das Frühstück in die Zelle gebracht wurde, musste sie von der Vollzugsbeamtin geweckt werden. Irgendwann in den frühen Morgenstunden war sie eingeschlafen. Aus dem Tiefschlaf gerissen, verspürte sie überhaupt keinen Appetit.

„Sie müssen etwas essen", meinte die Vollzugsbeamtin fürsorglich. Pilar reagiert auf ihren Rat mit einem zaghaften Lächeln. Sie nahm das Tablett und stellte es auf den kleinen Tisch, der unter dem Zellenfenster festgeschraubt war. Sie musste zuerst wach werden. Sie nahm ihren Waschlappen, tauchte diesen in das eiskalte Wasser, mit dem sie das Waschbecken gefüllt hatte, und fuhr sich damit mehrmals über ihr Gesicht. Doch obwohl sie jetzt hellwach war, brachte sie keinen Bissen hinunter. An die Stelle der appetithemmenden Schlaftrunkenheit war nunmehr die lähmende Angst vor der bevorstehenden Einvernahme getreten. Als sie am Mittag von zwei uniformierten Polizisten abgeholt wurde, stand das Tablett mit dem Frühstück immer noch unangetastet auf dem Tisch.

Während Pilar in ihrer Zelle darauf wartete, abgeholt zu werden, war Rita Gubler damit beschäftigt, die Befragung zur Person vorzubereiten. Sie war alleine. Entgegen seiner Gewohnheit war Hans Maurer bei ihrem Eintreffen noch nicht an seinem Arbeitsplatz. Als er um halb neun noch immer nicht eingetroffen war, begab sie sich ins Sekretariat, um sich nach seinem Verbleib zu erkundigen. „Der Hans? Der ist wohl wieder abgestürzt. War gestern nicht Vollmond?", fragte die Sekretärin mit boshaftem Lachen.

„Aha, also noch jemand, der mit Maurer auf Kriegsfuß stand", dachte Rita und kehrte an ihren Schreibtisch zurück.

„Und versuch ja nicht, ihn anzurufen. Dann ist der Teufel los!", rief ihr die Sekretärin hinterher.

Rita hatte verstanden.

Eine halbe Stunde später öffnete sich die Tür. Herein kam Hans Maurer. Er sah angeschlagen aus. Die Augen waren gerötet, die Haare hingen ihm unordentlich ins Gesicht, und er war unrasiert. Zudem roch er penetrant nach Rauch und Alkohol. Ohne auch nur ein Wort zu sagen, machte er sich an der Kaffeemaschine zu schaffen. Rita wollte aufspringen, um ihm dabei behilflich zu sein. Er aber winkte ab und knurrte: „Kommt um halb zwei nicht die Schwangere?"

„Pilar Dominguez? Ja", antwortete Rita. „Ich habe soeben den Fragenkatalog fertiggestellt. Wollen Sie ihn sehen?"

Aber statt zu antworten, befahl er schroff: „Vergessen Sie nicht, ihr den Bericht des wissenschaftlichen Dienstes vorzuhalten!"

Maurer setzte sich an seinen Platz. Nachdem er eine Weile reglos dagesessen hatte, nahm er Zuflucht zu den Akten auf dem Schreibtisch. Er tat so, als ob er die Akten studieren würde. In Wahrheit aber versuchte er, den gestrigen Abend zu rekonstruieren, den er in der *Elisaburg* verbracht hatte. Er musste wohl sehr besoffen gewesen sein, denn noch immer rätselte er, wie er den Heimweg geschafft hatte. Geweckt wurde er vom Krach des Müllwagens, der wie immer am Freitagmorgen die Container leerte. Sofort wusste er, dass er verschlafen hatte. Beim Aufwachen merkte er, dass er sich mit samt den Kleidern ins Bett gelegt hatte. Nur die Schuhe hatte er neben der Wohnungstür abgestellt. So wie er es immer tat, wenn er seine Wohnung betrat. Aber die Erinnerung an die gestrige Nacht ließ ihn völlig im Stich. „So etwas darf nie mehr vorkommen", schwor er und blätterte weiter in den Akten. Er las immer wieder Worte, die auf den Seiten tanzten, und wartete, dass sie einen Sinn ergäben. Vergeblich. Unablässig dachte er an den gestrigen Abend: Gegen neun suchte er, wie fast jeden Abend, die *Elisaburg* auf. Nach Hause wollte er nicht gehen. Die Stille, die dort herrschte, machte ihn krank. In der *Elisaburg* war er nie allein. Dort fühlte er sich wohl. Er setzte sich an die Bar und bestellte ein Bier und, weil er Hunger hatte, gleich noch ein Paar Wienerwürste, die er mit einem doppelten Schnaps runterspülte. Später gesellte sich Georges zu ihm. Er war um einiges jünger als er. Genau wie Maurer war auch er von seiner Frau verlassen worden. Und auch sie hatte sich wegen eines anderen von ihm getrennt. In Sachen Frauen waren sie sich einig: alles Schlampen.

Georges hatte Geburtstag. „Mein erster Geburtstag seit der Scheidung", sagte er deprimiert. Zum Feiern war ihm nicht zumute.

Maurer, in der gutgemeinten Absicht ihn aufzumuntern, bestellte eine Flasche Beaujolais. Gemeinsam tranken sie die Flasche. Georges wollte sich revanchieren und bestellte zwei Williams, die sie auf Ex kippten. Jetzt war die Reihe wieder an Maurer. Als der Wirt um Mitternacht das Lokal schließen wollte, drohten die zwei, vom Barhocker zu fallen. „So, Schluss jetzt", hatte der Wirt gesagt und sie freundlich, aber bestimmt zum Verlassen der Elisaburg aufgefordert. Mühsam schleppten sie sich aus dem Lokal. Sie konnten sich kaum noch auf den Beinen halten und mussten sich gegenseitig stützen. „Hat mich Georges nach Hause gebracht?", grübelte Maurer. Er konnte sich an nichts mehr erinnern.

Maurers Benehmen machte Rita Gubler immer mehr zu schaffen. Trotzdem ließ sie sich nicht entmutigen. Sie mochte ihre Arbeit viel zu sehr. Den restlichen Vormittag nutzte sie für die Vorbereitung des Schlussberichts. Eine Arbeit, die wesentlich aufwendiger war als der Fragenkatalog, da dieser Bericht dem Staatsanwalt als Grundlage für die Schlusseinvernahme diente.

„Ich mache jetzt Mittag", sagte sie, als sie mit dem Schlussbericht fertig war. Sie war mit Patrick Lüscher verabredet, mit dem sie die Polizeischule absolviert hatte. Patrick Lüscher war Polizeisekretär bei Willy Messerli, dem Leiter der Mordkommission. Er wusste immer Spannendes zu berichten. Heute aber saß er mit gesenktem Kopf in der Kantine. „Was ist los?", fragte Rita, als sie sich zu ihm setzte.

„Seit heute Morgen bin ich mir nicht mehr sicher, ob ich für diesen Beruf geeignet bin", antwortete er mit erstickter Stimme.

„Wieso, was ist passiert?", wiederholte Rita ihre Frage. Und Patrick berichtete, wie er heute am frühen Morgen wegen eines Tötungsdeliktes ausrücken musste. Der Anblick, der sich ihm am Tatort bot, sei grauenhaft gewesen: Zwei Kleinkinder habe man erstickt in ihren Bettchen gefunden. Auf dem Küchenboden habe blutüberströmt die Mutter der Kinder gelegen. Ihr Körper sei mit Messerstichen übersät gewesen. Nur den Täter habe man bis jetzt nicht finden können. „Zwei kleine herzige Kinder. Tot. Einfach tot!", schluchzte er.

Rita nahm seine Hand. „Schlimm. Ganz schlimm", sagte sie, „willst du reden?"

Patrick hob seinen Kopf. Rita konnte die Tränen in seinen Augen sehen.

„Ich habe um zwei einen Termin beim Psychologen", antwortete er, „und ich hoffe, dass es mir nach diesem Gespräch besser gehen wird."

„Bestimmt", sagte Rita und drückte seine Hand.

„Und wie geht es dir?", fragte Patrick. Beim letzten Treffen hatte ihm Rita von ihren Problemen mit Maurer erzählt.

„Ich bin wütend auf ihn. Ich glaube, er kann mich nicht ausstehen ..." Rita war den Tränen nah und sagte: „Ich weiß nicht, wie lange ich es mit ihm noch aushalte. Er macht mich fix und fertig."

Den Rest der Mittagspause saßen sie sich schweigend gegenüber. Nur beim Abschied wünschten sie sich gegenseitig Mut und Kraft.

Als sich Rita ihrem Büro näherte, sah sie auf dem Flur Dolores Gonzales, die aus dem Lift trat. Gemeinsam betraten sie das Büro. Maurer saß bereits an seinem Arbeitsplatz. Er war frisch rasiert und trug einen eleganten Anzug, was ziemlich ungewöhnlich war, da er in der Regel Jeans bevorzugte. Sein Rasierwasser verbreitete einen herben Duft, den selbst Rita als angenehm empfand. Er hatte die Mittagspause genutzt, um nach Hause zu fahren und sich frisch zu machen. Sogar seine schlechte Laune schien er zu Hause zurückgelassen zu haben, denn er begrüßte Dolores Gonzales mit einem herzhaften Kuss auf die Wange. Rita war irritiert, ließ sich jedoch nichts anmerken.

Zu Dolores Gonzales gewandt sagte er, wobei seine Stimme auffallend freundlich klang: „Rita Gubler wird ein weiteres Mal Pilar Dominguez befragen. Im Vordergrund stehen ihre persönlichen Verhältnisse. Und wer weiß, vielleicht gibt sie den Drogentransport heute sogar zu." Nicht umsonst hielt sich das verbreitete, aber nicht erwiesene Gerücht, dass Untersuchungshaft gesprächig machen konnte.

„Ist der Verteidiger schon da?", fragte Rita. „Dann könnten wir nämlich beginnen."

Kaum hatte sie den Satz zu Ende gesagt, klopfte es an der Tür, und Fröhlich trat ein. Noch bevor er seinen Notizblock aus der Mappe nehmen konnte, fragte ihn Maurer, ob er vorgängig noch mit seiner Klientin reden wolle. Er schüttelte den Kopf und meinte, das wäre nicht nötig.

„Dann hole ich jetzt Ihre Klientin." Maurer begab sich in die Abstandszelle, wo er von Pilar ungeduldig erwartet wurde.

Beim Betreten des Einvernahmezimmers wirkte Pilar äußerst konzentriert. Sie grüßte ihren Anwalt und setzte sich auf den noch freien Stuhl. Nach den üblichen Präliminarien begann Rita Gubler mit der Einvernahme: „Haben Sie Ihrer Einvernahme vom 16. Januar noch irgendetwas beizufügen?"

Pilar schaute zu ihrem Anwalt. Sie war verunsichert. Ihr Herz flatterte vor lauter Adrenalin. Fröhlich nickte und ermunterte sie zum Reden. Und weil sie am Vortag so viel mit ihm über die Sache gesprochen hatte, rasselte sie jetzt die Ereignisse herunter, als hätte sie sie auswendig gelernt. Sie erzählte, wie sie mit dreizehn von ihren Eltern an eine reiche Familie verschachert worden war. Wie sie mit fünfzehn vom Hausherrn zum ersten Mal vergewaltigt worden war. Wie sie ein Jahr später nach Punta Cana flüchtete und dort am Tag ihrer Ankunft von einem jungen Mann angesprochen wurde, der sie zu sich nach Hause mitnahm, wo er über sie herfiel. Sie berichtete, wie sie am nächsten Tag die Bekanntschaft von Àngela gemacht hatte, und wie sie von Àngela anfänglich verwöhnt und zwei Tage später von ihr gezwungen wurde, mit einem wildfremden Mann zu schlafen. Sie erzählte von Ignacio und davon, dass sie von ihm vor die Tür gesetzt worden war, als er erfahren hatte, dass sie schwanger war. Als sie von Teresa erzählte, die mit einer Hasenscharte geboren wurde, musste sie weinen: „Mir fehlte das Geld für die Operation“, schluchzte sie, „darum habe ich mich bereit erklärt, die Drogen zu transportieren.“

„Sie haben also gewusst, was im Korsett versteckt war?“, hakte Rita Gubler nach.

„Ja … Kokain.“

„Und wussten Sie auch wie viel?“

„Eine kleinere Menge … hatte man mir gesagt. Ich wusste nicht genau wie viel. Mein Anwalt hat mir gestern erklärt, dass es 800 Gramm waren.“

„Das ist richtig. Der wissenschaftliche Dienst hat das Kokain auf seinen Reinheitsgehalt geprüft und einen Reinheitsgrad von 94 Prozent festgestellt.“ Sie entnahm den Untersuchungsakten das Originalgutachten und zeigte es Pilar.

„Anerkennen Sie das Gutachten?“

Pilar nickte.

Während Rita die Befragung fortsetzte, hatte Maurer aus einem anderen Ordner nicht weniger als fünf Fotobögen mit Bildern von Tatverdächtigen hervorgeholt, die er jetzt einen nach dem anderen Pilar vorlegte: „Auf Vorhalt von Aktenstück I/12/30: Kennen Sie eine der hier abgebildeten Personen?“, schaltete sich Maurer in die Einvernahme ein.

Pilar nahm den Fotobogen und betrachtete diesen aufmerksam. Dann schüttelte sie den Kopf und legte das Aktenstück auf den Tisch zurück. Bei den vier anderen Fotobögen verhielt sie sich nicht anders: Obwohl sie sich viel Zeit beim Betrachten der Fotos ließ, konnte sie keine der abgebildeten Personen identifizieren.

„Aber kennen Sie wenigstens Ihren Auftraggeber?“, setzte Rita Gubler die Befragung fort.

„Nein. Ich habe ihn zufällig am Strand getroffen. Ich war mit Teresa spazieren. Als er den Geburtsfehler sah, sagte er mir, dass man die Hasenscharte problemlos operieren könne. Als ich ihm aber erklärte, dass mir das Geld für diesen Eingriff fehle, machte er mir ein Angebot."

„Konkreter: Was für ein Angebot hatte er Ihnen gemacht?"

„Er versprach mir 5000 Dollar, wenn ich eine kleine Menge Kokain nach Zürich transportieren würde. Verstehen Sie? Ich hatte gar keine andere Wahl, als dieses Angebot anzunehmen. Ich hab's doch nur für Teresa getan!" Bei diesen Worten hielt sie ihre Tränen nicht mehr zurück.

Fröhlich schaute zu Maurer. Der aber zuckte bloß mit den Schultern. Keiner von beiden wusste so richtig, was er tun sollte. Schließlich war es Dolores Gonzales, die Pilars Hand ergriff und sie fest drückte. Die Wirkung blieb nicht aus. Nach kurzer Zeit beruhigte sich Pilar wieder, wischte sich die Tränen aus dem Gesicht und entschuldigte sich für ihren Gefühlsausbruch. Rita Gubler reichte ihr daraufhin ein Glas Wasser und sagte, dass sie keine weiteren Fragen mehr hätte.

Maurer fielen, nachdem er auf dem Bildschirm das Einvernahmeprotokoll überflogen hatte, ebenfalls keine Fragen mehr ein. Die Reihe war jetzt an Fröhlich, aber auch er verzichtete auf Ergänzungsfragen.

„Dann können wir ja das polizeiliche Ermittlungsverfahren mit der heutigen Einvernahme abschließen", erklärte Rita Gubler. „Wir werden jetzt die Akten dem zuständigen Staatsanwalt zustellen, der die Schlusseinvernahme durchführen und Anklage erheben wird."

„Darf ich mit meiner Klientin kurz alleine reden?", fragte Fröhlich. Er hielt es für sinnvoll, Pilar das weitere Vorgehen unter vier Augen zu erläutern. Maurer hatte nichts dagegen einzuwenden. Er bat Rita und Dolores Gonzales, das Büro für einen Augenblick zu verlassen. „Wir warten im Flur. Geben Sie uns Bescheid, wenn Sie fertig sind!", antwortete er.

Kaum hatte Rita Gubler die Tür hinter sich geschlossen, gratulierte Fröhlich seiner Klientin für ihr Aussageverhalten. „Excelente!", rief er zufrieden. Am liebsten hätte er sie geherzt. „Jetzt können wir die Strafe mit dem Staatsanwalt aushandeln. Der Richter muss danach nur noch den Urteilsvorschlag genehmigen", erklärte er euphorisch.

Obwohl Pilar nichts von dem verstand, was ihr Anwalt soeben zu erklären versucht hatte, spürte sie, dass es eine gute Nachricht sein musste, und mit einem Schlag schöpfte sie neue Hoffnung.

„Ich werde Sie in einer Woche wieder besuchen", versprach Fröhlich. Er stand auf, nahm seinen Mantel und trat auf den Flur hinaus. Gonzales und Maurer saßen an einem runden Tischchen, das in einer Nische des Flures platziert war. Sie unterhielten sich angeregt. Rita stand einige Meter daneben und schaute teilnahmslos aus dem Fenster.

„Ich bin fertig", rief er und winkte ihnen zum Abschied lässig zu.

Samstag, 26. Januar, im Büro des Transportministers

Es war kurz vor vier, als Stijn beim *Palacio Nacional* eintraf. Zwei breite Treppen, die durch einen mit großblütigen Blumen in allen Farben bepflanzten Rasenstreifen voneinander getrennt waren, führten zum imposanten Hauptportal des im Sonnenlicht weiß strahlenden Regierungsgebäudes. Am Ende der Treppe wartete José. Nach einer kurzen Begrüßung führte er Stijn durch einen Nebeneingang in den Innenhof des Regierungsgebäudes. Die imposanten Arkaden und Balkone wirkten barock. Die mächtigen Jacarandabäume mit ihren violetten Trompetenblüten, die unzähligen Palmen sowie

Palmfarne und mittendrin ein kunstvoll angelegter Spring-
brunnen aus weißem Marmor verliehen dem Regierungs-
palast zusätzlichen Glanz. Stijn war beeindruckt und hätte
sich gerne noch etwas länger im Hof umgeschaut, doch José
marschierte unbeirrt weiter in Richtung des Hintereingangs.
Dort angelangt entnahm er seiner Brusttasche den Badge und
hielt ihn an das Lesegerät. Daraufhin öffnete sich die stähler-
ne Sicherheitstür und die beiden konnten ins Gebäude eintreten. Eine Aura der Macht umgab Stijn. „Hier also wird die Geschichte des Landes geschrieben", ging ihm durch den Kopf,
als er neben José durch den breiten Flur schritt. Die Wände
zierten mannshohe Ölgemälde ehemaliger Präsidenten und
verdienter Minister. Unterbrochen wurde die Ahnengalerie
einzig durch schwere schwarze Holztüren, die jeweils in Ab-
ständen von zwanzig Metern folgten. Hinter diesen waren
die Büros der einzelnen Ministerien untergebracht. Die persönlichen Büros der Minister befanden sich im zweiten Stock.
Über ihnen thronte einzig noch der Präsident, der seinen Sitz
in der Kuppel des imposanten Gebäudes hatte.

José sprintete lockeren Schrittes die ausladende Treppe
hoch. Stijn hatte Mühe, ihm zu folgen. Oben angekommen
musste er sich am Treppengeländer festhalten und tief durchatmen. José wusste, dass Stijn jede Art sportlicher Tätigkeit hasste. Beim Anblick seines schwer atmenden Freundes
musste er schmunzeln. „Du mokierst dich doch nicht über
mich?", keuchte Stijn und betrachtete ihn tadelnd.

„Nein, wo denkst du hin. Natürlich nicht", schwindelte José
und ging unverdrossen weiter.

Die Tür zum Büro des Transportministers stand einen
Spalt weit offen. Das eintönige Gemurmel einer lockeren
Unterhaltung drang nach draußen. Stijn und José betraten
ein großes und äußerst komfortabel ausgestattetes Büro. Der

Teppich war weich. An den Wänden hingen überdimensionierte Bilder von Frachtschiffen und Flugzeugen, vornehmlich ältere Modelle, dazwischen zahlreiche kleinere gerahmte Fotos, die den Minister händeschüttelnd mit Persönlichkeiten aus Politik, Sport und der Showszene zeigten. Offensichtlich wusste sich der Minister in Szene zu setzen.

Zwei Männer saßen in üppig gepolsterten Ledersesseln, die um einen runden Salontisch gruppiert waren. Sie unterhielten sich angeregt. Jeder von ihnen hatte ein Glas in der Hand. Eine angebrochene Flasche Rum stand auf dem Tisch. Der Minister, eine dicke Zigarre rauchend, thronte hinter einem imposanten Schreibtisch aus Ebenholz.

„So, da wären wir", sagte José beim Betreten des Büros. Die beiden Männer am Salontisch drehten sich gleichzeitig um und erhoben sich von ihren Plätzen. Der Minister hob selbstgefällig seinen Kopf. Felipe Gamarra war ein stattlicher Mann mit dunklen Augen, schwarzem Haar und einem ebensolchen Schnurrbart. Er trug einen weißen, vermutlich maßgeschneiderten Leinenanzug und elegante hellbraune Schuhe aus feinstem Leder. „Ein Mann, der keine Hemmungen hat, seinen Wohlstand zur Schau zu stellen", dachte Stijn beim Anblick des Ministers. Der Gegensatz zu Stijn hätte grösser nicht sein können: In seinen ausgebeulten Jeans und seinem knallig bunten Polohemd erweckte er eher den Eindruck eines Paradiesvogels als den des Chefs des holländischen Ablegers eines prosperierenden karibischen Drogenkartells. Aber keiner der Anwesenden schien sich daran zu stören. Am allerwenigsten Stijn.

Ernesto Ortiz, der Hafenmeister von Santo Domingo, ging auf Stijn zu und begrüßte ihn wie einen alten Freund. Fernando Estevez, genannt Nando, tat es ihm gleich. Nando war Teilhaber einer Reederei und zählte zu den reichsten und einflussreichsten Männern in der Dominikanischen Republik. Noch während sich die beiden die Hände schüttelten, war der Transportminister hinzugetreten und setzte sich in einen der Ledersessel. Die anderen folgten seinem Beispiel, und José ergriff das Wort: „Wir haben im letzten Monat achtzig Kilo nach Europa geschleust. Das ist zu wenig", begann er seine Ausführungen, „die Leute wollen mehr, und allein mit Kurieren können wir die Menge unmöglich steigern."

Und Stijn ergänzte: „Und zudem wird es immer schwieriger, Rentner zu finden, die bereit sind, diese Transporte auszuführen. Wie wär's, wenn man anstelle von Kurieren einfach herrenlose Koffer auf die Reise schicken würde?"

„Wie muss ich das verstehen?", fragte Ernesto.

„Fácilmente", antwortete Stijn, und er erklärte in seinem holländisch gefärbten Spanisch seinen Plan: „Von einem ordnungsgemäß eincheckenden Passagier wird dessen Gepäckschein zwei Mal ausgedruckt. Das Doppel dieses Gepäckscheins wird anschließend an dem von uns präparierten Koffer befestigt. Am Zielort bleibt dieser Koffer, da er keinem Passagier gehört, auf dem Gepäckband liegen und kann von unseren Leuten leicht identifiziert und in Empfang genommen werden."

„Keine schlechte Idee, aber ich glaube kaum, dass man damit die Menge wesentlich steigern kann. Wir können ja unmöglich zehn Koffer gleichzeitig auf die Reise schicken. Das würde über kurz oder lang auffallen. Da hätte ich einen besseren Vorschlag", hielt José dagegen.

„Und der wäre?"

José sah sich verschwörerisch um. Dann nahm er einen Schluck Rum und stellte das Glas wieder auf den Tisch. Bevor er anfing, beugte er sich zu Ernesto Ortiz, dem Hafenmeister, und flüsterte ihm ins Ohr: „Korrigiere mich, falls ich etwas Falsches sagen sollte!"

Ortiz nickte beifällig.

„Also", begann er, „meines Erachtens gibt es zwei Varianten, wie wir die Menge massiv erhöhen könnten: Bei der ersten werden die Drogen in einem Schiffscontainer mit doppeltem Boden versteckt. In diesem Zwischenboden lassen sich problemlos bis zu zweitausend Kilo transportieren. Die zweite ist einiges aufwendiger: Die Drogen werden in Dosen verpackt und für den Transport palettiert. Parallel dazu wird eine zweite Palette mit identischen Dosen, deren Inhalt allerdings unauffällig ist, mitverschifft. Am Bestimmungsort wird dann zuerst die saubere Ware gelöscht, verzollt und für den Weitertransport freigegeben. Bis die Palette auf den Lastwagen geladen wird, verbleibt sie in der Kontrollstelle. Jetzt folgt der schwierigste Part der ganzen Operation: Die Frachtbriefe der beiden Paletten und die Paletten selbst müssen ausgetauscht werden ..."

„Das ist ja der reinste Wahnsinn", fiel ihm Stijn ins Wort, der ob dieses tollkühnen Vorschlags nur den Kopf schüttelte. „Viel zu riskant! Die Wahrscheinlichkeit, dass der Schwindel auffliegt, ist riesig. Zu viele Leute sind involviert", gab Stijn zu bedenken.

„Und erst die Kosten!", monierte Nando. „Wenn ich allein an die Summe der Schmiergelder denke, die wir bezahlen müssten, wird mir schwindlig." Stijn stimmte ihm mit einem heftigen Kopfnicken zu.

„Glaubt ihr wirklich?", entgegnete José kleinlaut. Die Enttäuschung, dass sein Vorschlag bei Stijn und Nando auf wenig Begeisterung stieß, schmerzte. Der Hafenmeister kratzte sich entmutigt am Kopf. „Das war wohl nichts", sprach er leise zu sich selber.

Felipe Gamarra, der aufmerksam zugehört hatte, wiegte den Kopf und grinste, dann klopfte er sich auf seinen Bauch und sagte: „Somit bleibt als taugliche Alternative einzig noch die Variante mit dem Container mit dem Zwischenboden."

„Und weshalb füllen wir den Container nicht einfach mit Bananen, verstecken das Kokain in den Bananenschachteln und verzollen die Ware ordnungsgemäß? Das fällt nicht auf und ist zudem ohne großen Aufwand zu bewerkstelligen", schlug Nando spontan vor.

„Ausgezeichnete Idee! Und ist die Ware erst einmal verzollt, kann sie auch sicher aus dem Hafengelände geschafft werden", legte der Transportminister nach.

„Bananen", entfuhr es Stijn, „ausgerechnet Bananen!" Und wie von der Tarantel gestochen sprang er von seinem Sessel hoch. Alle Blicke waren jetzt auf ihn gerichtet.

„Was hast du?", fragte Nando.

„Wart's ab", antwortete Stijn und kramte umständlich eine zerknitterte und schon leicht vergilbte Seite des *De Telegraaf* vom 7. Juni 2009 aus seiner Brieftasche hervor. Dieser Bericht hatte ihn damals so sehr beeindruckt, dass er ihn über all die Jahre hinweg wie ein Mahnmal stets bei sich getragen hatte.

„Da lest", sagte er zu den anderen und legte den Zeitungsausschnitt auf den Tisch.

„Pero eso es holandés", monierte der Transportminister, „no comprendo nada!"

„Wenn ihr wollt, kann ich euch das Wichtigste übersetzen", schlug Stijn vor: „1000 Kilo Kokain in Bananenschachteln. 8 und 7 Jahre Freiheitsstrafe für Beteiligung an großangelegter Einfuhr von Drogen. Der Fall kam ins Rollen, weil einem aufmerksamen Mitarbeiter des Rotterdamer Abfuhrwesens die Entsorgung von 40 Tonnen einwandfreien Bananen aufgefallen war. Unsere liebe Konkurrenz, die bedauerlicherweise heute keine mehr ist, hatte einen unverzeihlichen Fehler begangen", sagte er und grinste. Es war ein ganz unverhohlen schadenfrohes Grinsen. Die anderen schwiegen. Sie wussten nicht, worauf Stijn mit dieser Bemerkung hinaus wollte. Gespannt warteten sie auf seine Aufklärung. Stijn genoss den Augenblick und nahm einen Schluck Rum, bevor er mit seinen Erklärungen weiterfuhr: „Wenn wir das Kokain in einem mit Bananen gefüllten Container verstecken, dürfen wir sie am Zielort nicht einfach *entsorgen*, sondern müssen sie *verkaufen*. Habt ihr verstanden? VENDER! Und dafür benötigen wir Obsthändler aus der Region."

Ein zustimmendes Raunen machte die Runde, und Nando hatte auch schon die passende Lösung zur Hand: „Ein Fall für van Heezen!"

Stijn schnaubte und machte eine wegwerfende Handbewegung.

„Komm schon, Stijn", sagte José, „deine Halsstarrigkeit nervt. Van Heezen ist doch dafür der richtige Mann."

„Ja, wieso nicht?", wunderte sich Nando, der nicht verstand, weshalb Stijn den Vorschlag ablehnte.

„Was ist? Versuch' doch einfach mal, deine Animositäten gegenüber van Heezen zu überwinden", forderte ihn José auf.

Stijn schwieg und stierte in sein leeres Glas. Nervös kaute er auf seiner Unterlippe. Es dauerte ungewöhnlich lange, bis er den Blick hob und ein halbherziges „Meinetwegen" hervorpresste.

Zwei Wochen nach seinem letzten Besuch machte sich van Heezen ein weiteres Mal auf den Weg ins Seniorenheim. Stijn hatte ihn am Vorabend angerufen und ihm befohlen abzuklären, ob die vier im Besitz der erforderlichen Reisedokumente waren. Gleichzeitig wies er ihn an, von jedem Einzelnen mindestens ein Foto anzufertigen, das er ihm übermitteln musste.

Van Heezen traf gegen halb sechs im *Rusthuis Tertianum* ein. Mit der Kamera in der Hand begab er sich ins Gebäudeinnere. Zielstrebig ging er in Richtung des Gemeinschaftsraums. Der Weg dorthin war ihm vertraut. Den Kaffeeautomaten im Flur ignorierte er. Als er den Gemeinschaftsraum betrat, war dieser menschenleer. Der kleine Bistrotisch in der hintersten Ecke war verwaist. „Scheiße", fluchte er. Er hatte schon befürchtet, die Fahrt nach Mijdrecht vergeblich angetreten zu haben. Da er weder im Flur noch sonst wo einem Menschen begegnet war, begab er sich auf direktem Weg ins Büro der Heimleitung, wo er sich nach dem Verbleib der vier Alten erkundigen wollte. Er klopfte kurz und ohne eine Antwort abzuwarten, trat er ein. Eine Frau in den Vierzigern saß konzentriert vor einem Computer. Es war die Heimleiterin. Als sie van Heezen erblickte, setzte sie ein freundliches Lächeln auf und fragte: „Wie kann ich Ihnen behilflich sein?"

„Ich suche Dirk van Ekris und ..."

„Arno Verthongen, Eric Vandekerckhove und Ruud de Nijs", setzte sie die Aufzählung fort, „die sind alle ausgeflogen."

„Wissen Sie, wann sie zurückkommen?"

„Heute ist der letzte Montag des Monats."

„Und was heißt das konkret?", fragte van Heezen.

Die Heimleiterin zögerte, dann sagte sie: „Diesen Nachmittag verbringen die vier im *Casablanca*."

Van Heezen schaute auf seine Uhr. Erleichtert nahm er zur Kenntnis, dass es bereits halb sechs war. „Schwein gehabt, dann werden sie ja bald zurück sein", sagte er.

„Das bezweifle ich", zerstörte die Heimleiterin seine Hoffnungen, „vor Mitternacht kommen die nie zurück!"

„Ach so ist das", seufzte van Heezen enttäuscht. Ihm blieb nichts anderes übrig, als unverrichteter Dinge zum Wagen zurückzukehren und zu überlegen, was er tun sollte. Er wusste: Stijn erwartete noch heute Abend gesicherte Informationen und keine Annahmen! Er zückte sein Handy, gab die Koordinaten des *Casablanca* ein und fuhr in Richtung Stadtzentrum davon. Keine fünf Minuten später hielt er vor einem älteren dreistöckigen Gebäude, dessen leuchtend weißer Farbanstrich schon von weitem gut sichtbar war. Über der schweren Eingangstür aus massivem Holz war ein Metallschild angebracht, auf dem mit großen roten Buchstaben der Name des Etablissements geschrieben stand.

Alle Besucherparkplätze vor dem Haus waren belegt, sodass van Heezen gezwungen war, einen öffentlichen Parkplatz zu suchen. Er schimpfte. Er wusste, dass die öffentlichen Parkplätze rar waren. Nachdem er zehn Minuten im Quartier herumgekurvt war, erspähte er in einer schmalen Seitengasse eine Parklücke. Er bremste hart, riss das Lenkrad seines Opels herum und bog, ohne ein Zeichen zu geben, in die Straße ein. Der hinter ihm kommende Fahrer, durch das brüske Manöver irritiert, hupte und tippte sich mit seinem Zeigfinger an die Stirn. Van Heezen zeigte ihm den Mittelfinger. Selbst die Tatsache, dass er in eine Einbahnstraße eingebogen war, störte ihn nicht. Hauptsache, er hatte einen Parkplatz. Er packte die auf dem Beifahrersitz abgelegte Kamera und sprang aus dem Fahrzeug. Die Strecke vom Auto bis zum *Casablanca* legte er im Laufschritt zurück. Er wollte keine Zeit verlieren.

Kaum hatte van Heezen seinen Fuß ins Lokal gesetzt, näherte sich ihm ein nur spärlich bekleideter rothaariger Vamp undefinierbaren Alters und warf sich ihm an den Hals.

„Na Süßer, wie wär's mit uns beiden?", säuselte sie ihm ins Ohr und berührte mit der Spitze ihrer Zunge sein Ohrläppchen. „Verzieh dich!", raunzte er und stieß sie unsanft zurück.

Frustriert ließ sie von ihm ab und kehrte an die Bar zurück, wo dichtgedrängt Männer und Nutten am Tresen standen. Dort fand er auch Dirk, Eric und Arno, jeder mit einem Glas Bier vor sich. Einzig Ruud fehlte. „Hier also seid ihr", rief er ihnen zu, bevor er sich zu ihnen gesellte. Befremdet drehten sie sich um und starrten ihn fragend an.

„Was zum Teufel hast du mit diesem Fotoapparat vor?", entfuhr es Arno. Van Heezen errötete und kam sich wie ein ertappter Sünder vor. Er hatte ganz vergessen, dass er noch immer die Kamera um seinen Hals gehängt hatte. Verlegen stotterte er: „Äh …, ich brauche von euch Jungs noch ein paar Fotos."

Die Rothaarige, als sie das hörte, trat dazwischen und rief: „Das kostet aber extra!"

„Blöde Kuh, nicht diese Art von Bildern", gab ihr van Heezen zu verstehen und schüttelte herablassend seinen Kopf.

„Und wozu brauchscht du Fotosch?", wollte Eric wissen.

„Nicht ich, der Boss will sie", antwortete er.

Während van Heezen mit ihnen diskutierte, gesellte sich Ruud zu ihnen. Er war in Begleitung einer dunkelhaarigen Schönheit, die ihren Arm zärtlich um seine Taille geschlungen hatte.

„Schön dich zu sehen", begrüßte er ihn, „aber was machst du hier?"

Van Heezen, der seine Kamera in der Zwischenzeit in der Außentasche seines Anoraks verstaut hatte, antwortete: „Ich wollte mich vergewissern, dass ihr die Reisepässe habt. Zudem benötige ich von jedem von euch noch ein Foto."

„Wir haben die Pässe. Sie sind zu Hause. Aber wieso Fotos?"

„Für den Boss", wiederholte van Heezen.

Ruud machte ein erstauntes Gesicht.

„Der Boss holt euch am Flughafen ab. Darum braucht er ein Bild von euch", schwindelte van Heezen.

„Ach so. Gehen wir nach draußen, dort sind wir ungestört", schlug Ruud vor und löste sich von der dunkelhaarigen Schönheit. Zu fünft begaben sie sich vor die Eingangstür des *Casablanca*. Dort machte van Heezen von jedem ein Foto und verschwand gleich wieder.

Van Heezen konnte schon von weitem den unter dem rechten Scheibenwischer geklemmten Bussenzettel erkennen. Er ärgerte sich. Aber noch mehr ärgerte er sich, als er die Höhe der Busse sah. 150 Euro! Und das nur, weil er in der falschen Richtung in die Einbahnstraße reingefahren war. „Scheiße, scheiße und nochmals scheiße", zog er vom Leder. Aber alles Fluchen half nichts. Als Taxifahrer konnte er es sich nicht leisten, eine Busse nicht zu bezahlen. Zähneknirschend verstaute er das Strafmandat im Handschuhfach. Mit einer Stinkwut im Bauch startete er den Wagen und fuhr davon. Er kam nicht weit. Am Ende der Straße wurde er von einem Polizisten in Zivil angehalten.

„Sie wissen schon, dass Sie in verbotener Richtung unterwegs sind?", hielt ihm dieser vor.

Van Heezen errötete und schlug mit der flachen Hand aufs Lenkrad. „Ich wurde deswegen doch schon gebüßt", wehrte er sich und zeigte dem Polizisten den Strafzettel.

„Und weshalb haben Sie Ihr Fahrzeug nicht einfach gewendet?"

Van Heezen konnte schlecht zugeben, dass er nicht daran gedacht hatte. Verzweifelt versuchte er, sich zu rechtfertigen: „Weil die Straße zu schmal ist", stammelte er.

Der Polizeibeamte prüfte das Strafmandat. „Das nächste Mal passen Sie gefälligst besser auf, bevor Sie in eine Straße einbiegen! Kapiert?" Und mit einer schroffen Handbewegung befahl er ihm weiterzufahren.

„Genau wie Stijn", wetterte van Heezen. Es waren diese schulmeisterlichen Belehrungen, die ihn auf die Palme brachten. Wutschnaubend drückte er aufs Gaspedal und preschte davon. In diesem Augenblick war ihm so ziemlich alles egal. Mit Vollgas bretterte er nach Utrecht. Zu Hause hätte er beinahe das Tor der Einfahrt gerammt. Er hatte in seinem Ärger vergessen, rechtzeitig die automatische Türöffnung zu betätigen. Nur dank einer Vollbremsung konnte er im letzten Augenblick den Aufprall verhindern. Der Wagen kam einen Zentimeter vor dem schweren Holztor zum Stehen. Wutschnaubend packte er seine Kamera, schmetterte die Autotür hinter sich zu und rannte laut fluchend in sein Büro. Dort stolperte er, weil es dunkel war, über das am Boden liegende Kabel der Stehlampe. Er fiel der Länge nach hin. Ein höllischer Schmerz durchzuckte ihn. Er war mit dem Kopf heftig gegen die Wand geknallt. Als er am Boden lag, spürte er, wie etwas Warmes über seine rechte Wange floss. Hektisch suchte er nach dem Lichtschalter. Endlich gelang es ihm, das Licht anzuknipsen. Die plötzliche Helligkeit verschärfte das Hämmern in seinen Schläfen. Er stöhnte. Mit der Hand tastete er über seine Stirn. Unter dem Haaransatz, drei Finger breit über der Nase, hatte sich eine schmerzhafte Beule gebildet. Er betrachtete seine Hand und erschrak. Sie war blutig! „Stront! Stront! Stront!", brüllte er und verfluchte Stijn, den er für sein Malheur verantwortlich machte. Er entnahm seiner Hosentasche ein Taschentuch und drückte dieses auf die blutende Wunde. Den Schmerz ignorierend begab er sich in den Raum, wo die Leichen präpariert wurden. Im Spiegel über dem Waschbecken betrachtete er die Verletzung. Er hatte Glück. Es war nur eine kleine Schramme. Die Beule aber, die er sich beim Sturz geholt hatte, war unübersehbar. Aus dem Medizinschrank neben der Tür entnahm er Desinfektionsmittel und ein Heftpflaster, mit dem er die Platzwunde abdeckte. Nachdem die Blutung gestillt war, kehrte er in sein Büro zurück. Erschöpft ließ er sich in seinen Sessel fallen, griff in die Pultschublade und holte den Flachmann hervor. Er brauchte einen Schluck Whisky. Nach einem weiteren Schluck suchte er die Kamera. Sie lag unter dem Pult. Um sie aufzuheben, lehnte er sich in seinem Sessel zurück, streckte das rechte Bein und schob die Kamera mit dem Fuß unter dem Pult hervor. Jetzt konnte er sie auflesen, ohne Gefahr zu laufen, sich ein weiteres Mal den Kopf anzuschlagen.

Als auf dem Bildschirm das Resultat sichtbar wurde, besserte sich seine Gemütslage. Selbst dass auf dem Foto Arnos Pferdeschwanz zu erkennen war, störte ihn nicht. Arno hatte ihm versprochen, sich nächste Woche die Haare schneiden zu lassen.

Am 28. Januar, 22.43 Uhr, schrieb Gullit van Heezen folgende E-Mail an Stijn Vermeer:

Hi Stijn
Im Anhang übermittle ich dir Bilder der Teilnehmer der Reisegruppe ‚Delfin'. Dirk van Ekris (Foto 1), Arno Verthongen (Foto 2), Eric Vandekerckhove (Foto 3), Ruud de Nijs (Foto 4). Die Gruppe wird

auf Anraten des Arztes (Alter!) zwei Wochen in
Punta Cana bleiben müssen!
Gullit

Nur zehn Minuten später antwortete Stijn:

Buche die Flüge! Wichtig: Rückflug nach Zürich
ist am 11. März! Zwei Wochen? Zusatzwoche geht
zu deinen Lasten. Du bringst sie mit dem Wagen
nach Zürich!
Maile mir umgehend ihre Pässe sowie die Flugtickets!

„Stijn, du bist und bleibst ein Arschloch!" Er machte seinem
ganzen Frust mit diesem Fluch Luft. Dass er die Extrawoche
selber berappen musste, überraschte ihn am allerwenigsten.
Damit hatte er gerechnet. Natürlich hatte er auch schon eine
Idee, wie er sich schadlos halten konnte, ohne dass Stijn je
etwas davon erfahren würde. Aber die Art und Weise wie er
ihn behandelte, sprengte den Rahmen des Erträglichen. Van
Heezen war stinksauer.

Am Dienstagmorgen rief Stijn in aller Frühe José an. Er
konnte es kaum erwarten, ihm mitzuteilen, dass Ende Februar vier Kuriere in Punta Cana eintreffen würden.

„Toll", antwortete José, „die Lieferung von 60 Kilo wurde
mir für anfangs März zugesichert. Ich hoffe nur, die Alten
sind kräftig genug, um 15 Kilo in die Höhe zu stemmen."

„Das werden die bestimmt schaffen. Immerhin werden sie
zwei Wochen Zeit haben, um sich von den Strapazen zu erholen."

„Wieso zwei Wochen?", wunderte sich José. In der Regel flo-
gen die Kuriere nach fünf Tagen nach Europa zurück.

„Weil van Heezen, dieser Trottel, ihnen auf Anraten irgendeines Quacksalbers einen zweiwöchigen Aufenthalt zugesichert hatte. Darum!"

„Hm ..., er wird wohl seine Gründe gehabt haben", verteidigte José van Heezens Vorgehen und gab mit dieser Bemerkung Stijns Abneigung gegen van Heezen zusätzlichen Auftrieb. Entnervt konterte Stijn: „Van Heezen bleibt ein Vollidiot."

Am darauffolgenden Tag im Rusthuis Tertianum

„Van Heezen hat soeben angerufen. Er will im Laufe des Nachmittags hier sein", informierte Ruud seine Kollegen. Er war ganz aufgeregt.

„Er war doch gestern erst hier", entgegnete Arno.

„Ich glaube, der Tag der Abreische rückt näher", gab sich Eric überzeugt.

Eine Stunde später saßen Dirk, Eric, Arno und Ruud an ihrem angestammten Tisch und machten den Anschein, als ob sie, wie immer um diese Tageszeit, beim Klaverjassen wären. Van Heezens bevorstehende Ankunft raubte ihnen jedoch die Fähigkeit, sich aufs Spiel zu konzentrieren. Und als Eric zum denkbar ungünstigsten Zeitpunkt auch noch seine beste Trumpfkarte ins Spiel brachte, platzte Dirk, der sein Partner war, endgültig der Kragen. Entrüstet zog er vom Leder: „Wie kann man nur so dämlich sein?", und warf seine Karten verärgert auf den Tisch. Ob Vorsehung oder Zufall, just in diesem Augenblick betrat van Heezen den Gemeinschaftsraum. „Hallo", rief er gutgelaunt in den Raum. Die vier blickten gebannt in Richtung der Tür.

„Endlich", sagte Ruud.

„Zum Glück", dachte Eric, der heilfroh war, dass ihn Dirk nicht weiter rüffeln konnte.

Als van Heezen an ihren Tisch trat, bemerkte Ruud die blauverfärbte Beule an dessen Stirn. „Was um Himmelswillen ist passiert?", rief er entsetzt und zeigte auf dessen Kopf.

„Wollte gestern mit dem Kopf durch die Wand", spaßte van Heezen und wechselte schnell das Thema. „Und, wer gewinnt?", fragte er amüsiert, als er die Karten auf dem Tisch sah. Keiner antwortete. Nur Ruud legte den Zeigfinger ostentativ auf seinen Mund und zischte ein gut hörbares „Pssst." Van Heezen begriff und lächelte.

Arno aber, dem das Herz bis zum Hals schlug, hielt die Spannung nicht mehr länger aus. Ungeduldig fragte er: „Neuigkeiten?"

Van Heezen nickte und sagte: „Ihr fliegt am 23. Februar!" Da das Datum für den Rückflug vom Boss vorgegeben war, entschied sich van Heezen, den Hinflug für den 23. Februar zu buchen.

„Wow! Super! Großartig!", riefen alle durcheinander.

„Dasch ischt ja schon in drei Wochen", gab Eric zu bedenken, „und ich musch mir noch Schommerkleider kaufen!"

„Die werdet ihr brauchen. Die Temperaturen fallen nie unter 25 Grad. Aber holt jetzt eure Reisepässe! Ich will auf der Rückfahrt die Flüge buchen", forderte er sie auf. Die vier standen auf und begaben sich auf ihre Zimmer, derweil sich van Heezen am Kaffeeautomaten zu schaffen machte. Er hatte Lust auf Koffein. Jetzt, da er mit den Tücken des Automaten vertraut war, ging er vorsichtiger ans Werk. Er vergewisserte sich, ob genügend Pappbecher vorhanden waren. Danach fütterte er den Automaten mit einer Eineuromünze und drückte die Wahltaste. Der Automat funktionierte. Der Becher rutschte an die richtige Stelle. Nur die Brühe, die der Automat ausspuckte, hatte wenig Ähnlichkeit mit einem Kaffee. „Besser als nichts", konstatierte er.

In der Zwischenzeit waren Dirk und Ruud in den Gemeinschaftsraum zurückgekehrt. Stolz präsentierten sie ihm ihre noch druckfrischen Reisepässe. Wenig später kam Eric, gefolgt von Arno. Van Heezen nahm die vier Ausweise und legte sie vor sich auf den Tisch. Aufmerksam prüfte er jedes einzelne Dokument. Ein besonderes Augenmerk schenkte er dabei Arnos Passfoto. Befriedigt registrierte er, dass auf dem Passbild der Pferdeschwanz kaum sichtbar war.

Er verstaute die vier Ausweise in der Innentasche seines Jacketts und erklärte: „Ich werde euch am 22. Februar so gegen zwei Uhr abholen. Ich bring euch nach Utrecht, wo wir übernachten werden. Am nächsten Morgen fahren wir dann weiter nach Zürich."

„Wieso fahren wir nicht auf direktem Weg nach Zürich?", fragte Dirk.

Van Heezen war kein Freund langatmiger Erklärungen. Seine Antwort war kurz und bündig: „Der Boss will es so!"

„Und wieso fliegen wir nicht nach Zürich?", wollte Ruud wissen. „Das wäre doch viel einfacher und erst noch bequemer."

„Reine Vorsichtsmaßnahme", antwortete van Heezen.

„Vorsichtsmaßnahme? Das verstehe ich nicht."

„Ja, Vorsichtsmaßnahme!", wiederholte van Heezen und blieb Ruud die Antwort schuldig. Er machte nicht den Anschein, als ob er sich auf weitere Diskussionen einlassen wollte. Damit forderte er Dirk heraus, der ihn imitierte und mit gedämpfter Stimme sagte: „Der Boss will es so!"

„Genau so ist es", sagte van Heezen, womit auch dieser Punkt ein für allemal geklärt war. Daraufhin stand er auf und verließ eilig das Quartett. Die Zeit drängte, denn er musste noch die Flüge buchen.

In Utrecht begab sich van Heezen ins Reisebüro Sonja Reizen, das sich unweit des Domturmes befand. Er stellte seinen Wagen im nahegelegenen Parkhaus des Bahnhofes ab, denn rund um den Dom gab es keine öffentlichen Parkplätze. Weil es regnete, sputete er sich. Er überholte ein paar unentwegte Touristen, die trotz des nasskalten Wetters in den engen Gassen unterwegs waren. „Müssen wohl Amis sein", sagte er halblaut zu sich selbst und schüttelte verständnislos den Kopf.

Sonja de Boers, die Inhaberin des Reisebüros, war Stijn Vermeers Cousine. Ein Umstand, der den unbezahlbaren Vorteil hatte, dass die Buchungen mit der gebotenen Diskretion bearbeitet und keine unangenehmen Fragen gestellt wurden.

Als van Heezen das Reisebüro betrat, war Sonja de Boers gerade in ein Beratungsgespräch mit einem älteren Ehepaar vertieft. Auf ihrem Schreibtisch lag ein Berg bunter Reiseprospekte. Van Heezen grüßte sie kurz und ließ sich auf der Besuchercouch nieder. Er musste sich lange gedulden. Endlich, nach einer knappen Stunde, erhob sich das Paar von ihren Stühlen.

„Habe den beiden soeben eine dreiwöchige Kreuzfahrt verkauft", sagte Sonja freudestrahlend, als sie van Heezen begrüßte. In diesem Augenblick bemerkte sie die Beule auf seiner Stirn. „Was ist ...", wollte sie fragen, doch er machte eine abwehrende Handbewegung, und statt zu antworten, sagte er: „Willst du damit sagen, dass heute dein Glückstag ist?"

Sie verstand, was er meinte, und fragte gut aufgelegt: „Womit kann ich dir dienen?"

„Ich brauche für den 23. Februar vier Flüge von Zürich nach Punta Cana." Er griff in die Innentasche seines Jacketts und holte die vier Reisepässe hervor, die er auf ihrem Schreibtisch ausbreitete.

„Und wann müssen die vier Herren wieder zurück sein?"

„Am 11. März!"

„Okay, ich schau', was sich machen lässt. Geh du währenddessen einen Kaffee trinken. Ich ruf dich an, sobald ich hier fertig bin."

Van Heezen nickte. Eine Kaffeepause war immer willkommen. Er verließ das Reisebüro und begab sich in das ganz in der Nähe gelegene *Café Arte*, wo seit jeher der beste Espresso von ganz Utrecht serviert wurde.

Alle Tische waren besetzt. Platz gab es nur am Tresen. Dort saß ein kleiner, gebrechlich wirkender alter Mann mit weißen Haaren, der, als er van Heezen sah, ihm zurief: „He, Bestatter, komm setz dich zu mir!"

Van Heezen stutzte. Er konnte sich beim besten Willen nicht daran erinnern, diesen Mann je gesehen zu haben. Erst als er sich ihm näherte, dämmerte es ihm: Es war Bart, einer der engsten Freunde seines verstorbenen Vaters. Die beiden Männer schüttelten sich herzlich die Hand, und van Heezen setzte sich neben ihn. Bart prüfte ihn von oben bis unten. Nach einer Weile sagte er: „Viele Jahre nicht gesehen. Du siehst ja blendend aus. Wie geht's dir mein Junge?" Dabei lächelte er freundlich.

‚Mein Junge' war van Heezen seit seiner Schulzeit nicht mehr genannt worden. Er konnte seine Verschämtheit kaum verbergen. „Gut", stammelte er, „sehr gut!" Er war froh, dass Bart nicht auf die Beule zu sprechen kam.

Bart wirkte amüsiert, als er van Heezens Unsicherheit wahrnahm.

„Und, was treibst du so? Bist du verheiratet? Hast du Familie?", wollte er wissen.

„Nein, ich bin nicht verheiratet. Und Kinder habe ich auch keine."

„Und das Bestattungsunternehmen. Existiert das noch?"

„Ja. Und daneben fahre ich auch noch Taxi."

Mehr wollte Bart nicht wissen. Stattdessen begann er von sich zu erzählen. Er zückte seine Brieftasche aus seinem Jackett und entnahm dieser zwei vergilbte Fotos, die er sorgfältig auf den Tresen legte. Zuerst zeigte er van Heezen das Bild seiner Frau Selma: „Meine Frau ist schon vor langer Zeit gestorben. Wir lebten 47 Jahre glücklich zusammen. Dann wurde sie plötzlich krank und starb innerhalb weniger Wochen. Seither wohne ich allein."

„Und du, hast du Kinder?", fragte van Heezen, mehr aus Anstand denn aus Interesse.

„Nein. Leider nein." In seiner Stimme klang Trauer mit. Dann zeigte er ihm das zweite Bild. Auf diesem waren drei Teenager zu erkennen. Jeder mit einem Fahrrad.

„Kennst du den Mann in der Mitte?", fragte Bart.

„Noch nie gesehen. Nein!"

„Der in der Mitte, das ist dein Vater. Das war vor beinahe siebzig Jahren, also lange vor deiner Zeit."

„Und die beiden anderen?"

„Der rechts, das bin ich. Und der links, das ist Marcus Groothuis. Der ist vor einem Jahr spurlos verschwunden. Wir drei waren ein unzertrennliches Trio. Und heute bin ich der Letzte von uns dreien, der noch am Leben ist. Ist das nicht bitter?"

„Spurlos verschwunden? Und das vor einem Jahr?", stotterte van Heezen.

„Ja, spurlos verschwunden", wiederholte Bart, „ausgerechnet Marcus Groothuis. Er war der beste Kommissar, den die Amsterdamer Polizei jemals hatte. Und jetzt ist er wie vom

Erdboden verschluckt. Niemand weiß, was mit ihm geschehen ist. Ich habe das nie kapiert."

Aus Van Heezens Gesicht wich alles Blut. Wie versteinert saß er auf seinem Hocker und brachte kein Wort mehr heraus. Der Geist des toten Kommissars hatte sich wieder seiner bemächtigt und erinnerte ihn unbarmherzig an seine Tat: Auf der Suche nach einem geeigneten Kandidaten hatte er in einem Altersheim die Bekanntschaft von Marcus Groothuis gemacht und diesen fatalerweise bereits beim ersten Treffen gefragt, ob er interessiert wäre, für eine Entschädigung in der Höhe von 5000 Euro Kokain aus der Dominikanischen Republik nach Amsterdam zu transportieren. Eine Dummheit mit gravierenden Folgen. Van Heezen, der felsenfest davon überzeugt war, den richtigen Mann für dieses Abenteuer gefunden zu haben, hatte noch gleichentags Stijn angerufen und ihm von seiner Begegnung mit Marcus Groothuis berichtet. Aber statt des erwarteten Lobs gab es ein fürchterliches Donnerwetter. Noch heute packte ihn das nackte Entsetzen, wenn er sich an dieses Gespräch erinnerte: „Marcus Groothuis ...", hatte Stijn nach einer Pause wiederholt, „hast du wirklich Marcus Groothuis gesagt?" Seine Reaktion verhieß nichts Gutes. Van Heezen spürte, dass er einen kapitalen Fehler begangen haben musste. Aber welchen? „Bist du vollkommen übergeschnappt? Weißt du denn nicht, wer Marcus Groothuis ist? Nein, natürlich nicht", hatte Stijn seine Frage gleich selber beantwortet. „Groothuis war der beste Kriminalkommissar, den die Amsterdamer Polizei jemals hatte. Eine Legende!" Van Heezen erinnerte sich, wie ihm diese Worte einen Schock versetzt hatten, wie sein Atem stockte und wie er nach Luft rang. Er wollte sich rechtfertigen, doch er war unfähig, einen klaren Gedanken zu fassen. Seine Stimme versagte. In seiner Verzweiflung fing er an, wie ein geschlagenes Kind zu weinen. „Was flennst du?", hatte Stijn ins Telefon gebrüllt. „Reiß dich gefälligst zusammen und tu, was du tun musst: Leg ihn um, bevor er uns hochgehen lässt!"

Van Heezen gehorchte. Als am Morgen des übernächsten Tages der Marcus Groothuis zugewiesene Platz am Tisch verwaist war, fiel seine Absenz zunächst niemandem auf. Es war nichts Außergewöhnliches, dass ein Rentner auf das Morgenessen verzichtete, weil er länger schlafen wollte. Stutzig wurde die Heimleiterin erst, als Groothuis dem Mittagessen fernblieb. Daraufhin beauftragte sie einen Pfleger, in Groothuis' Zimmer Nachschau zu halten. Nachdem er auch dort nicht angetroffen wurde, befragte sie diejenigen Personen, mit denen der Vermisste regelmäßig Kontakt hatte. Da aber der Verschwundene ein ausgesprochener Einzelgänger war, beschränkte sich der Kreis der zu befragenden Personen auf deren zwei. Der eine von ihnen konnte überhaupt keine Angaben machen, weil er den ganzen Nachmittag schlafend vor dem Fernseher verbracht hatte. Der andere glaubte, sich schwach daran erinnern zu können, dass der pensionierte Kriminalkommissar in Begleitung eines unbekannten Mannes das Heim verlassen hatte. Es sollte der einzige Hinweis bleiben, denn ab hier verlor sich seine Spur. Für immer.

„Was ist los mit dir, Junge?", fragte Bart und fixierte van Heezen mit seinen Augen.

„Äh, … nichts!", murmelte er.

Zum Glück klingelte in diesem Augenblick sein Handy. „Kundschaft", japste er gehetzt, „ich muss gehen."

Er verabschiedete sich mit einem kameradschaftlichen Klaps auf Barts Schulter. Bevor er ging, legte er noch einen Zehneuroschein auf den Tresen. „Bist eingeladen", sagte er und verließ fluchtartig das Lokal. Bart schaute ihm mit großen Augen nach.

Draußen vor der Tür musste sich van Heezen beinahe übergeben. Hatte er tatsächlich den Freund seines Vaters umgebracht? Waren Marcus Groothuis, der erfolgreiche Kriminalkommissar, und Marcus Groothuis, der Jugendfreund seines Vaters, ein und dieselbe Person? „Unmöglich", redete er sich ein, doch je mehr er darüber nachdachte, desto mehr wurde diese Tatsache zur Gewissheit: Er war der Mörder des Freundes seines Vaters! Ein plötzlicher Schwindel erfasste ihn. Er lehnte sich gegen eine Hauswand. Er konnte kaum noch atmen.

„Ist Ihnen nicht gut?", fragte eine junge Frau beim Vorbeigehen.

„Geht schon, danke!", hechelte er. Van Heezen verharrte eine gefühlte Ewigkeit an diesem Ort. Als er den Schrecken halbwegs überwunden hatte, kehrte er ins Reisebüro zurück.

„Das hat aber lange gedauert", sagte Sonja vorwurfsvoll, als er das Geschäft betrat.

„Hab' noch einen alten Kumpel getroffen", entschuldigte er seine Verspätung. Er wirkte fahrig.

Auf dem Schreibtisch lagen vier dunkelblaue Umschläge. Sonja de Boers hatte sie fein säuberlich mit den Namen der Personen beschriftet, für die sie bestimmt waren.

„Wie ich sehe, hat ja alles bestens geklappt", stellte van Heezen emotionslos fest und lächelte verkrampft.

Sonja nickte und meinte: „Du hast Glück gehabt. Wärst du nur eine halbe Stunde später gekommen, wäre dieser Flug ausgebucht gewesen!"

Van Heezen überging diese Bemerkung. Die Begegnung mit Bart hatte ihm sein Innerstes aufgewühlt. Geistesabwesend packte er die vier Umschläge in seine Tasche und verließ überstürzt das Reisebüro, ohne sich von Sonja zu verabschieden. Sie schaute ihm besorgt hinterher. In dieser Verfassung hatte sie ihn noch nie gesehen.

Van Heezen ging ein paar Schritte in Richtung Bahnhof. Plötzlich blieb er stehen. Er war unschlüssig: Sollte er nach Hause gehen oder nicht? Seine Gedanken kreisten unablässig um Marcus Groothuis. Dann traf er eine Entscheidung. Er rannte zu seinem im Parkhaus abgestellten Wagen und raste zu der Stelle im Wald, wo er vor einem Jahr Marcus Groothuis umgebracht hatte. Dort angelangt, sprang er aus seinem alten Opel, machte ein paar Schritte durchs Unterholz und schrie aus Leibeskräften in den dunklen, kahlen Wald hinein: „Lass mich in Ruhe! Groothuis, geef me terug mijn ziel!" Für einen Augenblick schien es, als ob er die Last seiner Gräueltat abwerfen konnte. Befreit kehrte er zu seinem Wagen zurück und fuhr nach Hause.

Ein Spaziergänger, der mit seinem Hund unterwegs war und die Szene beobachtet hatte, schüttelte verständnislos den Kopf.

Freitag, 15. Februar, Flughafengefängnis

Fröhlich wartete im Anwaltszimmer auf seine Klientin. Er wollte mit ihr die bevorstehende Schlusseinvernahme bei der Staatsanwaltschaft vorbereiten. Als Pilar hereingeführt wurde, war er überrascht zu sehen, wie entspannt und anmutig sie nach sechs Wochen Untersuchungshaft wirkte. Sie lächelte sanft und streckte ihm zum Gruß ihre Hand entgegen. Fröhlich wurde fast verlegen. Um sich nichts anmerken zu lassen, kam er ohne Umschweife zur Sache: „Sie werden am Montagnachmittag dem Staatsanwalt für die Schlusseinvernahme zugeführt."

„Begleiten Sie mich?"

Fröhlich nickte: „Selbstverständlich."

„Kennen Sie den Staatsanwalt?"

Wieder nickte er: „Er heißt Albert Hofmann. Er befasst sich ausschließlich mit Drogendelikten. Er ist noch jung. Trotzdem verfügt er auf diesem Gebiet über eine beträchtliche Erfahrung."

„Ist das gut oder schlecht für mich?"

Fröhlich antwortete mit einem ratlosen Mienenspiel, was ihr Vertrauen in seine Fähigkeiten als Anwalt trübte. Nach einer Weile sagte er: „Es hängt alles davon ab, wie gut Sie sind!"

Pilar gab sich kämpferisch und entgegnete: „Ich werde gut sein!"

„Genau das wollte ich von Ihnen hören. Mit dieser Einstellung werden wir unser Ziel erreichen."

„Und das wäre?"

„Eine bedingte Strafe von maximal achtzehn Monaten!"

„Achtzehn Monate!? Das sind ja anderthalb Jahre, die ich im Gefängnis schmoren muss!", kreischte sie. „Das halte ich beim besten Willen nicht aus. Lieber bringe ich mich gleich um!" Der letzte Rest ihres Vertrauens in die Fähigkeiten ihres Anwalts hatte sich in Luft aufgelöst.

„Bedingt' heißt nichts anderes, als dass Sie die Strafe nicht werden absitzen müssen", erklärte Fröhlich mit gewohnt ruhiger Stimme.

„Ach so", beruhigte sie sich, „und ich habe mich schon für die nächsten achtzehn Monaten im Knast gesehen."

Montag, 18. Februar

Die Abteilungen A und B der Staatsanwaltschaft II des Kantons Zürich, die für die Betäubungsmitteldelikte zuständig sind, waren in der Neuen Börse untergebracht. Nur fünf Gehminuten vom Stauffacher entfernt, wo Fröhlich seine Kanzlei hatte. Weil es sintflutartig regnete, nahm er ausnahmsweise das Tram.

Fröhlich war gut vorbereitet. Den ganzen Vormittag hatte er mit dem Studium der Untersuchungsakten zugebracht und sich eine Strategie für die bevorstehende Einvernahme zurechtgelegt. Da seine Klientin als geständig galt, bestand die Möglichkeit, das abgekürzte Verfahren zu beantragen, das heißt, er konnte mit dem Staatsanwalt einen Urteilsvorschlag aushandeln, der vom Gericht nur noch genehmigt werden musste. Er hatte schon sehr konkrete Vorstellungen, wie dieser Urteilsvorschlag auszusehen hatte: eine aufgeschobene Freiheitsstrafe von 18 Monaten. Er war überzeugt, dem Staatsanwalt genügend stichhaltige Argumente für diese Strafe liefern zu können.

Fünf Minuten vor dem vereinbarten Termin traf Fröhlich bei der Staatsanwaltschaft ein. Urs Knüsel, der zuständige Polizeisekretär, forderte ihn auf, im Vorraum Platz zu nehmen. Gleichzeitig teilte er ihm mit, dass seine Klientin noch nicht eingetroffen sei. „Der Fahrer musste noch eine andere Angeschuldigte zum Bezirksgericht bringen", erklärte er die Verspätung. „Zudem müssen wir noch auf die Übersetzerin warten", fügte er hinzu.

„Wer übersetzt?", erkundigte sich Fröhlich.

„Dolores Gonzales."

Fröhlich war zufrieden. Pilar und Dolores Gonzales kannten sich von den polizeilichen Einvernahmen. Das schaffte ein vertrautes Klima.

Pünktlich um zwei betrat Dolores Gonzales den Vorraum. Sie war völlig durchnässt. Ihr Regenschirm triefte. Fröhlich erhob sich von seinem Stuhl und ging auf sie zu, um ihr den Regenmantel abzunehmen. Sie bedankte sich und nahm auf dem Stuhl neben ihm Platz. „Ich melde dem Polizeisekretär, dass Sie da sind", sagte er und klopfte an dessen Tür. Ohne eine Antwort abzuwarten, öffnete er die Tür einen Spaltbreit und informierte Knüsel. Ein paar Sekunden später trat Albert Hofmann aus seinem Büro. Er begrüßte die beiden und bat sie einzutreten. „Die Angeschuldigte wartet in der Abstandszelle", sagte Hofmann und wies Knüsel an, sie zu holen. Nach wenigen Augenblicken kehrte der Polizeisekretär mit der Angeschuldigten zurück. Selbstbewusst, aber nicht überheblich nahm Pilar Dominguez gegenüber dem Staatsanwalt Platz. Mit ihren langen, offenen blauschwarzen Haaren sah sie umwerfend aus. Der Staatsanwalt betrachtete sie kurz und sagte: „Mein Name ist Albert Hofmann. Ich bin der zuständige Staatsanwalt. Rechts von mir sitzt Frau Gonzales, die Sie ja bereits kennen. Sie wird die heutige Einvernahme übersetzen."

Pilar nickte und lächelte ihr zu. Dann drehte sie sich kurz um und begrüßte ihren Verteidiger.

Der Staatsanwalt hatte das Protokoll der letzten polizeilichen Einvernahme vor sich. Nachdem er darin geblättert hatte, fragte er: „Stimmen Ihre Aussagen, die Sie am 25. Januar bei der Polizei gemacht haben?"

Pilar nickte und antwortete mit fester Stimme: „Si."

„Dann ist es also richtig, dass Sie am 4. Januar dieses Jahres 800 Gramm Kokain mit einem Reinheitsgrad von 94 Prozent in die Schweiz eingeführt haben?"

„Eso es correcto", antwortete sie. „Das ist richtig", übersetzte Dolores Gonzales.

„Und weshalb haben Sie das gemacht?"

Bei dieser Frage brach Pilar in Tränen aus, und sie erzählte dem Staatsanwalt von ihrer fünfzehn Monate alten Tochter, die mit einer Oberlippenspalte geboren wurde, die bis heute nicht geschlossen wurde, weil für die Operation das Geld fehlte.

„Aber Ihnen ist doch bekannt, was für ein Unheil Drogen anrichten können?", konterte Hofmann.

„Sí. Lo siento mucho! Aber bitte begreifen Sie: Ich wollte doch nur meiner Tochter helfen! Ich hatte keine andere Wahl!", rechtfertigte sie ihr Tun und schluchzend fuhr sie fort: „Ich will nach Hause. Teresa braucht mich." Sie spürte, wie sich ihr Magen verkrampfte. Hatte sie etwas Falsches gesagt? Etwas, das der Staatsanwalt zu ihren Ungunsten verwerten könnte? Hilfesuchend schaute sie zu ihrem Verteidiger. Er fing ihren Blick auf und schenkte ihr ein aufmunterndes Lächeln. Ihr fiel ein Stein vom Herzen.

„Frau Gonzales übersetzt Ihnen jetzt den Schlussvorhalt. Anschließend können Sie mir sagen, ob Sie diesen Vorhalt anerkennen oder nicht. Haben Sie mich verstanden?"

Dolores Gonzales übersetzte und Pilar antwortete: „Sí."

Daraufhin las Dolores Gonzales den Schlussvorhalt vor:

„Pilar Dominguez wird Folgendes vorgeworfen:

Am 4. Januar reiste die angeschuldigte Person als Schwangere getarnt von Punta Cana mit dem Flugzeug nach Zürich. Auf ihrem Körper trug sie, versteckt in einer Bauchattrappe, mit der eine Schwangerschaft hätte vorgetäuscht werden sollen, 800 Gramm Kokain auf sich.

Der Reinheitsgehalt des von der angeschuldigten Person eingeführten Kokains beträgt 94%, was einer Menge von 752 Gramm reinem Kokain entspricht.

Mit ihrem Verhalten hat die angeschuldigte Person gegen Art. 19 Abs. 2 lit. a BtmG verstoßen, wofür sie angemessen zu bestrafen ist."

„Haben Sie den Schlussvorhalt verstanden?", fragte der Staatsanwalt.

Pilar bejahte auch diese Frage.

„Und, anerkennen Sie, sich im Sinne der Anklage schuldig gemacht zu haben?"

Pilar schaute verunsichert zu Fröhlich. Er nickte, und sie antwortete: „Si."

„Liege ich richtig in der Annahme, dass Sie einen Antrag auf Durchführung des abgekürzten Verfahrens stellen werden?", wollte der Staatsanwalt von Fröhlich wissen.

„Richtig", antwortete dieser. „Die rechtliche Würdigung wird von uns anerkannt. Reden wir also über das Strafmaß."

„Und was haben Sie sich dabei vorgestellt?"

„Ich bin der Meinung, dass eine bedingte Freiheitsstrafe von achtzehn Monaten dem Verschulden und den persönlichen Verhältnissen der Angeschuldigten angemessen wäre", verkündete Fröhlich.

Hofmann runzelte die Stirn und sagte: „Achtzehn Monate bedingt? Aber Sie sind sich schon bewusst, dass wir es hier mit einem schweren Fall zu tun haben, oder etwa nicht?"

Fröhlich nickte: „Selbstverständlich. Trotzdem sprechen die Fakten für eine milde Strafe", hielt er dagegen, und er erzählte, wie die Angeschuldigte als Kind von ihren Eltern verkauft, später missbraucht und zur Prostitution gezwungen wurde und zu guter Letzt auch noch ein Kind mit einem Geburtsfehler zur Welt gebracht hatte. „Und jetzt soll die Angeschuldigte auch noch für längere Zeit weggesperrt werden? Wollen Sie tatsächlich dem Kind die Mutter wegnehmen? Damit bestrafen Sie doch nur ein unschuldiges Kind, das so dringend der mütterlichen Fürsorge bedarf", eiferte er sich. Als er das sagte, warf er einen Blick auf Pilar. Daraufhin unterbrach er seine Ausführungen und genehmigte sich einen Schluck Wasser. „Glauben Sie mir, die Untersuchungshaft war schon Strafe genug", fuhr er fort. „Ich bin mir sicher, dass die Zeit im Flughafengefängnis nicht spurlos an der Angeschuldigten vorbei gegangen ist. Sie hat ihre Lehren gezogen und wird bestimmt nie wieder straffällig werden!", gab sich Fröhlich überzeugt.

Während Fröhlich seinen Strafantrag begründete, waren Hofmanns Augen unablässig auf Pilar gerichtet. Sie saß die ganze Zeit mit gesenktem Kopf auf ihrem Stuhl und rührte sich nicht. Nur ab und zu wischte sie sich eine Träne aus den Augen. Hofmann musste sich eingestehen, dass ihm die Angeschuldigte leid tat, und er überlegte, wie weit er ihr entgegenkommen konnte. Nach einer kurzen Bedenkzeit sagte er: „Einverstanden. Achtzehn Monate bedingt. Hoffen wir, dass der Richter diesen Urteilsvorschlag akzeptieren wird."

Fröhlich war zufrieden. Er bat Dolores Gonzales, seiner Klientin die Antwort des Staatsanwalts zu übersetzen. Pilar hörte ihr aufmerksam zu. Ein kaum wahrnehmbares Lächeln huschte über ihr verweintes Gesicht.

Am selben Tag im *Tiffany's*, dem größten Warenhaus von Mijdrecht: Vier rüstige Senioren durchforsteten auf der Suche nach Bermudashorts, Kurzarmhemden und Sandalen sämtliche Gestelle der Herrenabteilung. Im Monat Februar ein hoffnungsloses Unterfangen! Enttäuscht verließen sie gegen sechs das Warenhaus.

„Ich glaube, wir müssen unsere Kleider in Amsterdam kaufen", meinte Ruud, als sie wieder auf der Strasse standen, „ich bin sicher, dass wir bei *Vroom & Dreesmann* alles finden werden, was wir für unsere Reise benötigen."

„Und falls nicht, gibt es an der Kalverstraat noch genügend andere Geschäfte", wusste Dirk zu berichten.

„Nach Amschterdam? Dasch ischt ja eine Tageschreische!", ächzte Eric.

„Und wenn schon. Glaub' mir, es lohnt sich!", versuchte ihn Ruud zu überzeugen. Nach einigem Hin und Her einigten sie sich, am Mittwoch nach Amsterdam zu fahren.

„Wie wär's jetzt mit einem Bier im *Viergever*?", fragte Arno. Die anderen waren einverstanden. Auch sie hatten das starke Bedürfnis, ihren Frust mit einem Glas Bier runterzuspülen.

Das *Viergever*, eine typische Arbeiterkneipe, wo man sich nach Arbeitsschluß zum Feierabendbier einfand, war längst brechend voll. Beim Betreten des Lokals schlug den Alten der scharfe Geruch verschwitzter Körper sowie dichter Zigarettenqualm entgegen. Aus der Jukebox dröhnten Hits aus den Sechzigern und Siebzigern. Es herrschte ein solcher Lärm, dass man sein eigenes Wort nicht mehr verstand. „Muss das sein?", brüllte Dirk, und ohne eine Antwort abzuwarten, machte er kehrt. Ruud und Eric wollten ihm folgen. Arno aber zögerte. Als Einzigem schien ihm die Atmosphäre zu gefallen. Eric stupfte ihn am Arm und zeigte in Richtung Ausgang. Arno hielt für einen kurzen Moment inne. Er war unschlüssig. Aber die Vorstellung, alleine hierzubleiben, passte ihm auch nicht, also schloss er sich den anderen an.

„Grauenhaft, dieser Gestank", meckerte Dirk, nachdem sie wieder beisammen waren, und Eric ergänzte: „Und erscht diescher Lärm! Mir ischt ganz schwindlig."

„Ich glaube, wir sollten besser nach Hause gehen", schlug daraufhin Ruud vor.

„Wie spät ist es eigentlich?", fragte Dirk, dessen Augen vom Rauch gerötet waren.

„Halb sieben, wenn wir uns beeilen, kommen wir noch rechtzeitig zum Abendessen", antwortete Ruud. Als sie im *Rusthuis Tertianum* eintrafen, wurde gerade das Nachtessen serviert.

Mittwochmorgen, 20. Februar

Die vier Rentner warteten auf das Eintreffen des Überlandbusses, der sie nach Amsterdam bringen sollte. Es war kühl, und sie frösteln. „Na Eric, denkst du jetzt auch an Sommerkleider?", fragte Dirk, bemüht, möglichst lustig zu klingen.

„Ha, ha, ha, ein Pelzmantel wäre mir lieber", entgegnete Eric händereibend und sah Dirk an, als sei der übergeschnappt.

Der Bus traf fahrplanmäßig an der Haltestelle ein. Am Zielort trennten sich ihre Wege. Arno brauchte nichts. Er zog es vor, den Vormittag im De *Dampkring* zu verbringen, wo er ungestört kiffen konnte. Eric, Dirk und Ruud dagegen wollten Kleider kaufen. Sie vereinbarten, sich um eins vor dem Eingang des Warenhauses *Vroom & Dreesman* wieder zu treffen.

Als sie sich zur vereinbarten Zeit wieder trafen, hielten Dirk, Eric und Ruud Einkaufstaschen in der Hand und machten einen zufriedenen Eindruck. Arno hatte glasige Augen und schien zu schweben. An seinen Kleidern haftete ein süßlicher Geruch. „Ich glaub, ich brauch ein Bier", brummelte er und schaute die anderen fragend an.

„Ich auch", stimmte Ruud zu. Dirk und Eric nickten ebenfalls.

Ihr Ziel war das an der Singelgracht gelegene *Café Van Zuyle*, und weil so schönes Wetter war, entschlossen sie sich, zu Fuß dorthin zu gehen.

Das Lokal war sowohl bei den Touristen als auch bei den Einheimischen sehr beliebt und daher stets gut besetzt. Die vier hatten Glück. Bei ihrem Eintreffen war gerade ein Tisch frei geworden. Sie setzten sich und warteten auf die Bedienung. Auf dem Tisch lag ein Exemplar des *De Telegraaf*, den ein Gast zurückgelassen hatte. Dirk nahm die Zeitung und überflog die Schlagzeilen. Plötzlich ein Aufschrei: „Habt ihr das gelesen?", rief er entsetzt.

„Wie sollten wir?", entgegnete Ruud kopfschüttelnd, und Eric rätselte:

„Schon wieder ein Banküberfall?"

„Nein, nein, viel schlimmer: Kolumbianischer Drogenkurier am Flughafen Schiphol verhaftet ..." Weiter kam Dirk nicht, denn Arno fuhr dazwischen: „Sind wir Kolumbianer?"

Die anderen schwiegen und schauten sich bekümmert an.

„Na kommt schon. Was ist los mit euch? Ihr habt doch wegen dieser Meldung nicht plötzlich Schiss?"

„Ja aber ...", wollte Dirk einwenden, doch Arno ließ ihn nicht ausreden. Stattdessen appellierte er an ihre Vernunft: „Wir sind holländische Rentner. Keine Kolumbianer. Versteht ihr: Vier oude mannen! Uns wird man nic mit Drogen in Verbindung bringen. Niemals!"

Ruud pflichtete ihm bei und erinnerte Dirk und Eric daran, was ihnen van Heezen garantiert hatte: „Null Risiko!"

Donnerstagmorgen, 21. Februar

Sie hatten soeben fertig gefrühstückt, als ihnen Arno eröffnete, dass er mit dem Friseur verabredet war. „Große Ereignisse nehmen ihren Anfang im Friseursalon", klärte er sie auf. Danach stand er auf und ging in sein Zimmer, um seine Jacke zu holen. Noch am Vortag hatte er für zehn Uhr einen Termin bei *Paul's Hairdesign* vereinbart.

Als er den Friseursalon betrat, warteten bereits drei Männer. Arnos Blick auf die Wanduhr zeigte ihm, dass in zehn Minuten die Reihe an ihm wäre. Mürrisch setzte er sich auf den letzten noch freien Stuhl. Der Gedanke, warten zu müssen, verärgerte ihn, daher fragte er Paul, ob er später noch einmal vorbeikommen solle. Paul, der einem Kunden mit dem Spiegel gerade das Resultat seiner Arbeit zeigte, erklärte ihm, dass er der Nächste wäre, die drei anderen seien nur gekommen, um ihren Kollegen abzuholen. Arno war beruhigt. Auf die Minute genau wurde er von Paul aufgefordert, auf dem Frisierstuhl Platz zu nehmen.

„Wie immer?", fragte er. Das ‚Wie immer' bedeutete: Haare waschen, Pferdeschwanz stutzen, Haare trocknen.

„Nein", antwortete Arno.

„Nein?", wiederholte Paul und schaute Arno ungläubig an. Für einen Moment dachte er, er hätte ihn falsch verstanden. Seit er Arno kannte –und das war seit mindestens zwanzig Jahren – hatte er immer dasselbe verlangt: Waschen, Trimmen, Föhnen. Er konnte sich beim besten Willen nicht daran erinnern, jemals etwas anderes mit Arnos Haarpracht gemacht zu haben.

„Nein!", bekräftigte Arno. „Der Pferdeschwanz muss weg. Die Haare müssen weg!"

„Eine Glatze? Etwa so wie Yul Brynner?", flachste Paul.

„Ha, ha ... nein. Die von Kojak steht mir besser", entgegnete Arno gereizt und forderte ihn auf, endlich mit der Arbeit zu beginnen.

„Was ist? Hast du eine Wette verloren?", wollte Paul wissen.

„So könnte man es auch nennen."

Arno zögerte. Paul war ein lieber Kerl, aber äußerst schwatzhaft. Wenn Paul erführe, dass er für zwei Wochen in die Dominikanische Republik verreist, dann wüsste innerhalb weniger Tage ganz Mijdrecht Bescheid. Auf der anderen Seite konnte ihm das ja auch egal sein. Er hatte nichts zu verheimlichen, und Paul hatte für die nächsten Tage wieder neuen Gesprächsstoff.

„Ich verreise morgen", sagte er, „und aus diesem Grund will ich mir die Haare schneiden."

Neugierig fragte Paul: „Wohin geht die Reise?"

„Nach Punta Cana."

„Wow, das ist ja ein Ding! Und weshalb hast du mir nie etwas davon erzählt?"

„Es war ein spontaner Entscheid. Ich weiß es erst seit ein paar Tagen", entschuldigte sich Arno.

„Und deine Freunde, kommen die auch mit?"

„Das ist es ja. Wegen ihnen gehe ich mit. Sie haben mich überredet."

Paul konstatierte: „Wenn man dich so hört, gewinnt man den Eindruck, als würdest du dich gar nicht auf die Reise freuen."

„Es ist die Angst vor dem Fliegen", antwortete Arno ausweichend.

„So ein Blödsinn. Wann bist du zum letzten Mal mit dem Bus gefahren?"

„Heute Morgen."

„Und, hattest du Angst?"

„Nein!"

„Siehst du. Fliegen ist tausendmal sicherer als Busfahren. Da passiert nichts. Null Risiko!"

„Ja, ja ... null Risiko!", seufzte Arno.

„Und du willst also tatsächlich, dass ich dir jetzt den Pferdeschwanz abschneide?", fragte er noch einmal. Er konnte es immer noch nicht glauben, dass sich Arno von seinem Pferdeschwanz trennen wollte.

„Ja! Worauf wartest du noch, fang endlich an!", drängte er ihn.

Mit seiner linken Hand nahm Paul den Kamm und zog Arnos Haare nach hinten. In der Rechten hielt er die Schere. Im Spiegel konnte er beobachten, wie Arno seine Augen geschlossen hielt. Nach wenigen Scherenschnitten war der Pferdeschwanz weg, und Paul fragte: „Und jetzt? Wie weiter?"

„Rasier mir den Schädel!"

Paul tat, was Arno von ihm verlangte: Er nahm den Trimmer und fuhr damit über seinen Kopf. Zuerst mit der Nummer 8, zuletzt mit der Nummer 2. Dann schäumte er Arnos Kopf mit Rasierschaum ein. Nach wenigen Minuten war er mit der Rasur fertig. Vorsichtig öffnete Arno seine Augen – um sie gleich wieder zu schließen. „Gewöhnungsbedürftig", war sein erster Gedanke.

„Die Glatze macht dich um Jahre jünger", stellte Paul fachkundig fest.

„Findest du?", fragte Arno, der die Augen wieder geöffnet hatte und sein Konterfei kritisch im Spiegel begutachtete. Schließlich strich er mit der rechten Hand über seinen kahlen Schädel und sagte: „Das fühlt sich aber seltsam an."

„Du wirst dich daran gewöhnen", meinte Paul mit einem Achselzucken, „und zudem ist ein kahler Kopf erst noch äußerst praktisch. Nach dem Duschen brauchst du dir nicht mehr die Haare zu trocknen!"

Arno stand auf und griff in seine Gesäßtasche, um die Brieftasche hervorzuholen. Doch Paul winkte ab. „Lass mal", sagte er, „genieße die Zeit in Punta Cana und vergiss nicht, mir eine Karte zu schicken!"

Auf dem Weg zur Busstation verweilte Arno lange vor einem Schaufenster. Er tat so, als ob er die Auslage betrachten würde. In Tat und Wahrheit aber prüfte er sein neues Erscheinungsbild. „Gar nicht mal so übel", dachte er und strahlte übers ganze Gesicht. Zufrieden setzte er seinen Weg in Richtung Busstation fort.

Als er im Seniorenheim eintraf, waren Dirk, Eric und Ruud schon beim Mittagessen. Sie unterhielten sich, das heißt, Ruud gestikulierte wild mit den Armen und redete auf die beiden anderen ein. Keiner von ihnen erkannte Arno, als dieser den Speisesaal betrat. Erst als er sich ihrem Tisch näherte, schaute Dirk auf. Bei Arnos Anblick verschluckte er sich und musste den letzten Bissen zurück auf den Teller spucken. Ruud verstummte und ließ entgeistert die Arme fallen. Und Eric machte große Augen und fragte: „Arno, bischt du'sch?"

„Weshalb hast du dir deinen Schädel gleich kahl rasieren lassen?", staunte Ruud.

Arno grinste: „Weil ein schönes Gesicht viel Platz braucht!"

Van Heezen saß an seinem Schreibtisch. In der Linken hielt er den Telefonhörer, mit der Rechten notierte er die Anweisungen, die ihm Stijn diktierte: „25. April: Eintreffen der *Calypso* im Containerhafen von Rotterdam. Der Frachter hat einen Container mit Bananenschachteln geladen. Als Empfänger des Containers bist du aufgeführt. Werde dir die Frachtpapiere später noch mailen. Die Originale sende ich dir per *Fedex*. Wichtig: Du musst den Vertrieb der Bananen organisieren. Zwanzig Tonnen. Das ist kein Pappenstiel! Nimm umgehend Kontakt mit den örtlichen Obst- und Gemüsehändlern auf und biete ihnen die Ware an! Du kannst sie unter Preis verkaufen. Aber nicht zu billig! Das würde auffallen. Beachte: Die Ware *muss* verkauft werden! Die Bananen dürfen nicht entsorgt werden! Hast du kapiert? NICHT ENTSORGT!"

„Ja, Boss", antwortete van Heezen und machte sich schon Gedanken, welche Obst- und Gemüsehändler er kontaktieren könnte.

„Und jetzt pass gut auf! Der Boden jeder Bananenschachtel ist mit Kokain ausgelegt. Diese Blocks müssen von dir entfernt werden. 1,2 Tonnen Kokain!"

Van Heezen stockte der Atem. Sein Puls fing an zu rasen, aber er versuchte mit aller Kraft, die Erregung zu unterdrücken. „1,2 Tonnen Koks!", stotterte er. Er spürte, wie sich seine Kehle zusammenschnürte. Seine Hände zitterten. Um ein Haar wäre ihm der Hörer aus der Hand geglitten. Die Einfuhr von Drogen hatte eine neue, unheimliche Dimension erreicht.

„Richtig. Und dafür brauchst du jede Menge Platz. Halte den Andachtsraum als Lager bereit! Werde dir später die Liste mit den Namen der Männer, die dir beim Auspacken helfen werden, noch senden. Ich habe sie angewiesen, sich zwei Tage vor dem Eintreffen des Frachters bei dir zu melden. Hast du kapiert?"

Und immer wieder dieses ‚Hast du kapiert?'. Van Heezen konnte es schon gar nicht mehr hören. Trotzdem sagte er: „Okay, Boss." Ängstlich fragte er: „Sonst noch was, Boss?" Er klang niedergeschlagen. Die überraschende Ankündigung von 1,2 Tonnen Kokain hatte ihn schockiert.

„Und wann trifft der Geriatrieverein ein?", wollte Stijn abschließend noch wissen. Als er das sagte, lachte er blechern. Es klang unangenehm.

„Samstagnachmittag, so gegen vier", antwortete van Heezen mit einer Mischung aus Zorn und Verzweiflung.

Mijdrecht, Freitag, 22. Februar

Nach dem gemeinsamen Frühstück zogen sich Arno, Dirk, Eric und Ruud in ihre Zimmer zurück. In drei Stunden würde sie van Heezen abholen. Sie mussten noch ihre Koffer packen. Dirk hatte eine Liste derjenigen Kleider angefertigt, die er unbedingt mitnehmen wollte. Angeführt wurde sie von den neuen Bermudashorts. Schon beim Zusammenfalten der Hosen geriet er ins Schwärmen. In Gedanken sah er sich am Strand von Punta Cana flanieren. Er schmunzelte zufrieden. Zwei Hemden, ein Pyjama, etwas Unterwäsche und zwei Paar Socken waren rasch gepackt. In diesem Augenblick realisierte er, dass er keine Badehosen hatte. „Ob die anderen daran gedacht haben?", fragte er sich. Er verließ sein Zimmer und ging zu Eric. Ohne anzuklopfen trat er ein. Er fand seinen Freund ratlos vor dem Koffer sitzend und sich verschämt am Kopf kratzend.

„Hast du Badehosen eingepackt?", fragte er.

„Scheische, nein. Daran hab' ich nicht gedacht. Ich hab' ja gar keine", musste Eric eingestehen.

„Macht nichts. In Punta Cana werden wir bestimmt was Passendes finden."

„Kannscht du mir helfen? Ich bring dasch verdammte Ding nicht zu", flehte Eric.

„Sag mal, hast du eigentlich deine sämtlichen Klamotten eingepackt? Du hast wohl vergessen, dass wir in die Karibik und nicht an die Nordsee fahren", spöttelte Dirk beim Betrachten des prallgefüllten Koffers.

„Hör mal. Esch ischt Februar, und wir schind zwei Wochen unterwegsch. Da braucht man schon einigesch", verteidigte sich Eric.

Dirk schwieg, schüttelte verständnislos seinen Kopf und forderte Eric auf, sich auf den Koffer zu knien, damit er den Reißverschluss zuziehen konnte. Just in diesem Augenblick traten Arno und Ruud ins Zimmer. Auch sie staunten über Erics vollen Koffer, ersparten sich aber einen Kommentar. Stattdessen fragte Ruud: „Seid ihr fertig?"

Eric nickte, und Dirk antwortete: „Ich muss nur noch den Kulturbeutel einpacken."

„Bringen wir das Gepäck nach unten und treffen uns anschließend im Gemeinschaftsraum", wies Ruud seine Reisegefährten an, „ich melde uns in der Zwischenzeit bei der Heimleiterin ab."

Fünf Minuten später kamen sie im Gemeinschaftsraum wieder zusammen. Gut gelaunt warteten sie auf van Heezens Ankunft. Dieser traf denn auch pünktlich im *Rusthuis Tertianum* ein. Vor dem Eingang waren drei Reisetaschen und ein alter Koffer aus festem Tuch, der zu bersten drohte, abgestellt. „Aha", dachte van Heezen, „sie sind bereit". Er ging an den vier

Gepäckstücken vorbei und begab sich in den Gemeinschaftsraum. Im Unterschied zu seinen vorangegangenen Besuchen waren die vier diesmal nicht beim Kartenspielen. Wie sie ihn sahen, standen sie auf und gingen auf ihn zu. Arno streckte ihm als Erster die Hand zum Gruß entgegen. Van Heezen zauderte. Diesen Mann hatte er noch nie gesehen. Der kahlrasierte Schädel hatte Arnos Antlitz vollständig verändert. Erst als er seinen Namen nannte, erkannte ihn van Heezen wieder: „Aber natürlich, das ist ja unser Pferdeschwanzträger!", begrüßte er ihn und lachte. Als er sich wieder beruhigt hatte, fragte er Arno: „Ist das nicht etwas übertrieben?" Und er zeigte auf dessen nackten Schädel.

Arno reagierte postwendend. Er strich sich mit der rechten Hand über seinen polierten Schädel, warf Eric einen bedeutungsvollen Blick zu und entgegnete vergnügt: „Das hier ist meine Lebensversicherung!"

„Ausgezeichnet", meinte van Heezen, „dann kann ja nichts mehr schief laufen!"

„Schiehscht du, wasch hab ich geschagt?", fügte Eric kichernd hinzu und klopfte Arno vergnügt auf die Schulter.

Zusammen verließen sie den Gemeinschaftsraum. Vor dem Eingang nahm jeder seine Reisetasche und verstaute sie im Heck von van Heezens klapprigem Opel. Eric sah sich hilfesuchend um. Sein Koffer war für ihn schlicht zu schwer. „Du hast wohl die Absicht, für längere Zeit zu verreisen. Nicht dass du mir mit dem Koks abhaust!", stellte van Heezen belustigt fest, als er Erics schweren Koffer mit einem kräftigen Schwung in den Wagen wuchtete. „Blödschinn", wehrte sich Eric, „in meinem Alter braucht man keine Drogen mehr."

Van Heezen öffnete die Autotüren und ließ sie einsteigen. Dirk, weil er die längsten Beine hatte, nahm auf dem Beifahrersitz Platz. Arno, Eric und Ruud zwängten sich auf die hintere Sitzbank. Die Fahrt nach Utrecht über die A2 war zum Glück nur von kurzer Dauer und daher leidlich gut zu ertragen. Aber morgen würden sie mit dem Auto nach Zürich fahren. Siebenhundert Kilometer auf dem Rücksitz dieser Rostlaube, eingepfercht zwischen Arno und Eric. Allein dieser Gedanke ließ Ruud erschaudern. Besorgt fragte er van Heezen: „Fahren wir morgen mit dieser Kiste nach Zürich?"

„Nein, nein. Nur keine Bange. Nach Zürich fahren wir mit einer Großraumlimousine. Die hat für alle genügend Platz!" Ruud stieß einen Seufzer der Erleichterung aus.

Nach vierzig Minuten erreichten sie die Stadtgrenze von Utrecht, doch je mehr sie sich dem Stadtzentrum näherten, desto stockender kamen sie vorwärts. Aber als Taxifahrer kannte van Heezen jeden Schleichweg. Er bog in die Choorstraat ein, vorbei am Museum Speelklol. Daraufhin überquerte er die Stadhuisbrug und schwenkte rechts in die Annastraat ein, eine schmale Nebenstraße, die von hohen Backsteinhäusern gesäumt war. Der Wagen hielt vor dem Haus Nummer 5. „So, da wären wir. Hier werdet ihr übernachten", wurden die vier von van Heezen ins Bild gesetzt.

Froh, die Fahrt überstanden zu haben, entstiegen sie dem Auto. Sie luden das Gepäck aus und schleppten es zum Hauseingang. „Die Wohnung befindet sich im fünften Stock. Wir nehmen den Aufzug", sagte van Heezen. Der Aufzug bot gerade Platz für zwei Personen – ohne Gepäck. Van Heezen fuhr als Erster hoch. Bis alle oben waren, dauerte es zehn Minuten. Als Ruud als Letzter den fünften Stock erreichte, waren die anderen schon in der Wohnung verschwunden.

Es war eine bescheidene Zweizimmerwohnung ohne jeden Komfort. In jedem Zimmer befanden sich drei Betten, sodass sechs Personen hier übernachten konnten. Zusätzliches Mobiliar suchte man vergeblich. Kein Zweifel: Die Wohnung diente als Absteige.

„Die Wohnung gehört dem Boss", erklärte van Heezen, „alle Kuriere übernachten hier, bevor sie weiterreisen."

Eric und Dirk rümpften ihre Nase. Etwas mehr Komfort hätten sie schon erwartet. Anders Arno. Er war zeit seines Lebens mit wenig zufrieden gewesen. Daher verstand er deren Reaktion nicht. „Es ist ja nur für die eine Nacht", meinte er vermittelnd.

„Und eine erst noch sehr kurze", fügte van Heezen hinzu, „denn wir werden um vier in der Früh losfahren!"

„Schon scho früh?", wunderte sich Eric.

„Ja. Der Abflug ist um zwei. Das heißt, wir müssen spätestens um zwölf Uhr am Flughafen sein", begründete van Heezen die frühe Tagwacht „aber jetzt muss ich nochmals kurz ins Büro. Ich hol euch um sechs wieder ab. Wartet unten beim Hauseingang auf mich. Danach gehen wir gemeinsam Nachtessen. Bei dieser Gelegenheit werde ich euch alles Weitere in Ruhe erklären können."

„Und wann kriegen wir das Geld?", fragte Dirk.

„Ich erwarte die Überweisung noch für heute Abend", gab van Heezen vor.

Als van Heezen die Wohnung verließ, war es vier Uhr. Bis er sie wieder abholen würde, blieben ihnen zwei Stunden.

„Ich habe Durst. Wer kommt mit auf ein Bier?", fragte Arno. In Wirklichkeit wollte er sich in einem Coffeeshop ein letztes Mal vor der Abreise einen Joint reinziehen.

Eric und Dirk waren müde. Sie wollten sich hinlegen. Ruud war aber dabei. Die zwei verabschiedeten sich von den anderen und versprachen, rechtzeitig zurück zu sein.

Arnos Ziel war das *Culture Boat*: Ein ausgedienter Passagierkahn, der 1986 zu einem Coffeeshop umfunktioniert worden war. Die Auswahl an günstigem Cannabis war hier besonders groß.

Am Nachmittag war auf dem *Culture Boat* nicht viel los. An der Theke saß eine junge Frau, eingehüllt in eine Marihuanawolke. Zuhinterst im Boot fläzten sich zwei Pärchen auf einem Plüschsofa. Auf dem Tisch vor ihnen stand eine Shisha-Wasserpfeife.

Arno und Ruud setzten sich an die Bar. Arno prüfte das Angebot und bestellte ein Gramm *Ketama Gold*.

„Magst auch einen Joint?", fragte er den neben ihm sitzenden Ruud.

Der aber winkte ab und antwortete: „Ein Bier wäre mir lieber", und bestellte ein *Christoffel Blond*.

„Sorry, aber wir haben nur *Heineken* und *Grolsch*", antwortete der Mann hinter dem Tresen und schaute Ruud fragend an.

„Dann halt ein *Grolsch*!"

„Hätte nie gedacht, dass wir vier je einmal zusammen verreisen würden", sagte Ruud, nachdem er den ersten Schluck getrunken hatte.

„Ein wahrer Glücksfall, dieser van Heezen", stellte Arno zufrieden fest.

Ruud zwirbelte seinen Schnurrbart und stimmte ins Loblied ein: „Een geweldige kerel!"

„Ich hatte anfänglich so meine Bedenken. Du weißt ja weshalb", begann Arno zu erzählen, „aber gerade darum freu' ich mich heute umso mehr auf diese Reise. Es ist sehr lange her, seit ich das letzte Mal im Ausland war. Ich glaube, es war in Benidorm. Ich habe dort mit ein paar Kollegen meinen fünfzigsten Geburtstag gefeiert", erinnerte er sich und zog kräftig an seinem Joint.

„Und ich habe in dieser Zeit mehrmals die Erde umrundet", berichtete Ruud und präsentierte ihm stolz sein Tattoo auf dem rechten Oberarm, das die Vorder- und Rückseite der Erdkugel zeigte, „und noch immer ist mir das Reisen nicht verleidet. Aber leider fehlt das liebe Geld", bemerkte er wehmütig.

„Und wer ist Lucy?", fiel ihm Arno ins Wort. Diesen Namen hatte sich Ruud unterhalb der beiden Erdkugeln tätowieren lassen.

„Lucy?", schmunzelte er. „Das war meine erste große Liebe. Ich hatte sie im Hafen von Shanghai kennengelernt. Das muss vor über vierzig Jahren gewesen sein. Ich war jung und naiv und habe geglaubt, dass ich der Einzige wäre, dabei war ich nur einer von vielen."

„Autsch, das hat bestimmt weh getan", mutmaßte Arno. Doch Ruud lachte nur und alberte: „Seit diesem Tag hießen alle meine Frauen Lucy."

Pünktlich um sechs versammelten sich die vier Rentner vor dem Hauseingang und warteten auf van Heezen. Sie freuten sich auf das gemeinsame Nachtessen. Aber noch viel mehr freuten sie sich auf die bevorstehenden Ferien.

Van Heezen traf mit zwanzigminütiger Verspätung ein. „Musste noch bei Western Union das Geld abholen. Aber weil ihr so artig auf mich gewartet habt, lade ich euch als Wiedergutmachung zum Nachtessen ein." Dieses unerwartete Geschenk zauberte vier strahlende Gesichter hervor.

Van Heezen hatte im Het Gerecht einen Tisch für fünf Personen reserviert. Das Lokal lag in der Nähe ihrer Absteige und konnte bequem zu Fuß erreicht werden. Im Gegensatz zu ihrer Unterkunft bot das Restaurant ein gediegenes Ambiente. Kaum hatten sie Platz genommen, übergab ihnen van Heezen diskret einen Briefumschlag.

„2500 Euro für jeden von euch", flüsterte er.

„Aber du hattest uns doch 5000 versprochen!", beschwerte sich Arno energisch. Er fühlte sich von van Heezen übers Ohr gehauen und war äußerst ungehalten.

„Die andere Hälfte bekommt ihr bei eurer Rückkehr. Garantiert!", besänftigte ihn van Heezen.

Arno blieb nichts anderes übrig, als die Antwort zu akzeptieren und zu hoffen, dass van Heezen sein Versprechen halten würde. Zähneknirschend stimmte er zu.

Noch bevor das Abendessen serviert wurde, erklärte van Heezen den Kurieren, dass sie nach ihrer Ankunft in Punta Cana von einem Chauffeur abgeholt werden würden, der sie nach Bavaro fahren würde, wo sie im Hotel *Riu Naiboa* einquartiert wären. „Ein super Hotel mit direktem Zugang zum Meer und dazu noch zentral gelegen", versicherte er und steigerte damit deren Vorfreude. Die vier schauten sich zufrieden an, und Dirk meinte: „Wenn ich nur schon dort wäre."

Mit einem Mal wurde van Heezen ernst. „Was ich euch jetzt erkläre, ist von allergrößter Wichtigkeit. Also passt gut auf!" Er sprach mit gedämpfter Stimme, weil er glaubte, seinen Worten damit mehr Gewicht verleihen zu können. Das Quartett hörte ihm konzentriert zu. „Wenn ihr in Zürich ankommt, geht ihr mit dem Handgepäck in den Transitbereich im ersten Stock. Dort, wo sich die Toiletten befinden. Hier müsst ihr warten, bis ihr abgeholt werdet. Tut genau, was man euch sagt. Der Austausch der Koffer findet auf der Toilette statt. Die Koffer mit dem Kokain werden anschließend von unseren Leuten durch den Zoll geschleust."

„Ei, ei, ei ... ischt dasch nicht rischkant?", fragte Eric.

„Nein. Unsere Leute treffen als Businessleute oder Geistliche getarnt von Amsterdam kommend in Zürich ein. Das hat sich bewährt, denn bis heute wurde noch keiner kontrolliert."

„Clever", stellte Ruud anerkennend fest.

„Und für euch gilt: Null Risiko!"

„Wenn ich also richtig verstanden habe, übernehmen wir in Punta Cana die Trolleys mit den Drogen, bringen sie nach Zürich, wo wir sie auf der Herrentoilette gegen ein anderes Gepäckstück austauschen", wiederholte Dirk das geplante Vorgehen.

„Exakt."

„Und woran erkennen wir die Abnehmer?"

„Die braucht ihr nicht zu kennen. Es genügt, dass die euch erkennen. Was glaubt ihr, weshalb ich die Fotos gemacht habe?"

„Du hascht geschagt für den Bosch", rief Eric in Erinnerung.

„Natürlich, auch für ihn. Aber hauptsächlich für die Abnehmer", wurde er von van Heezen eines Besseren belehrt. In der Zwischenzeit war es zehn geworden. „Habt ihr noch weitere Fragen oder ist jetzt alles klar?" Die vier nickten und sagten: „Alles klar!".

„Morgen erwartet uns ein anstrengender Tag. Zeit, jetzt schlafen zu gehen." Van Heezen begleitete die Kuriere bis zur Wohnung, wo er sich mit „Goed slapen" von ihnen verabschiedete.

Der Einzige, der in dieser Nacht gut schlief, war van Heezen. Arno, Dirk, Eric und Ruud konnten kein Auge zutun. Sie waren viel zu aufgeregt.

Samstag, 23. Februar, 4.00 Uhr

Es war einer dieser nebligen, kühlen Wintermorgen, wo man am liebsten im Bett liegen geblieben wäre. Vor dem Haus warteten drei frierende Rentner. Sie trugen Sommerkleidung. Sie schlotterten. Nur einem schien die Kälte nichts anzuhaben. Es war Eric. In seinen dunklen Cordhosen und der Daunenjacke, unter der er einen Wollpullover trug, sah er aus wie jemand, der in die Berge fahren würde.

„Hoffentlich hat er nicht verschlafen", jammerte Dirk, „sonst friere ich mir noch den Arsch ab."

„Und wir holen uns am Ende gar noch einen Schnupfen! Könnt ihr euch vorstellen, in Punta Cana mit einer Grippe im Bett zu liegen?", argwöhnte Arno.

„Nur das nicht!", fauchte Dirk.

In diesem Augenblick traf van Heezen mit einer Großraumlimousine ein. Er hatte nicht zu viel versprochen. Der Wagen bot tatsächlich viel Platz. Sie waren zufrieden. Und das Frieren hatte endlich ein Ende.

Van Heezen stieg aus. Er war gut gelaunt. „Gut geschlafen?", fragte er grinsend.

Für diese dämliche Frage hatten die vier nur ein müdes Lächeln übrig.

„Also nicht", stellte er belustigt fest, „macht nichts. Dann pennt ihr halt im Auto." Beim Anblick von Eric musste er laut lachen. „Fährst du zum Skilaufen?"

Eric indes blieb ungerührt und zeigte auf seine drei frierenden Freunde. „Verstehe", sagte van Heezen und schüttelte seinen Kopf.

Wortlos verstauten sie ihr Gepäck und stiegen ein. Dirk nahm nicht nur seiner langen Beine wegen auf dem Beifahrersitz Platz. Er hasste es, auf längeren Fahrten hinten sitzen zu müssen. Als ehemaliger Fernfahrer brauchte er, um sich sicher zu fühlen, den freien Blick auf die Straße.

Arno dagegen wollte schlafen und fragte: „Kann ich mich auf der hinteren Sitzbank hinlegen?"

Eric und Ruud waren einverstanden. Die mittlere Sitzbank bot ihnen ausreichend Platz, um während der Fahrt vor sich hinzudösen. Arno legte sich sogleich auf den Rücken, die Beine angewinkelt, die Arme auf der Brust verschränkt. Demonstrativ schloss er die Augen. Eric und Ruud ließen sich auf der mittleren Sitzbank nieder. Van Heezen startete den Motor.

„Bist du schon einmal in Zürich gewesen?", fragte er den neben ihm sitzenden Dirk.

„Ein Mal? Du bist vielleicht gut. Während Jahren belieferte ich jeden Dienstag die Zürcher Blumenbörse mit frischen Schnittblumen aus Amsterdam."

„Dann kennst du ja die Strecke wie deine eigene Hosentasche."

Dirk nickte und lächelte traurig. Und mit einem Seufzer fügte er an: „Ja, das waren wunderbare Zeiten."

„Arno und du, ihr müsst euch bestimmt seit langem kennen?", kombinierte van Heezen, der sich erinnerte, dass Arno als Gärtner gearbeitet hatte.

„Nein, wir sind uns erst im *Rusthuis* begegnet. Arno hatte in Utrecht gearbeitet, und diese Gärtnerei exportierte ausschließlich nach Deutschland", klärte er van Heezen auf. Und nach einer kurzen Pause fragte er: „Und du, seit wann machst du das?"

„Das Taxifahren? Ich habe das Taxifahren im Blut", rühmte sich van Heezen, „ist übrigens sehr rentabel." Dass der Wagen ein Mietfahrzeug war, behielt er für sich. Genauso wie die Tatsache, dass ihn Stijn vor dem finanziellen Ruin bewahrt hatte.

„Ich meine nicht die Taxifahrten, sondern das Aufspüren von Kurieren", präzisierte Dirk seine Frage.

Van Heezen antwortete ausweichend: „Der Boss hatte mich vor längerer Zeit einmal gefragt, ob ich Interesse daran hätte, für ihn die Fahrten nach Zürich auszuführen. Natürlich habe ich sofort zugesagt. Wäre ja ein Idiot gewesen, wenn ich das lukrative Angebot ausgeschlagen hätte. Erst viel später erfuhr ich von einem der Kuriere, worum es bei diesen Reisen effektiv ging. Als ich daraufhin den Boss zur Rede stellte, fragte er mich, ob ich Kuriere anwerben wollte. Ich sagte ja."

„Und heute chauffierst du ausschließlich Kuriere von Utrecht nach Zürich und zurück?", hakte Dirk nach. Mittlerweile war es sieben Uhr geworden. Der Verkehr war mäßig, und sie kamen auf der A61 zügig voran. Von der hinteren Sitzbank vernahm man ein leises Schnarchen: Es war Arno. Ruud und Eric waren ebenfalls vom Schlaf übermannt worden.

„Nein, wo denkst du hin. Im Laufe der Jahre habe ich mir einen umfangreichen Kundenstamm aufgebaut: Unternehmer, Künstler, Ärzte, Anwälte, aber auch Hausfrauen und Handwerker gehören zu meinen Kunden. Nicht zu vergessen die Fahrten, die ich für den Boss ausführe", log er, ohne zu erröten.

„Und wie oft bis du für ihn unterwegs?"

Van Heezen wiegelte ab. Er wollte nicht, dass Dirk irgendwelche Rückschlüsse über die eingeführte Drogenmenge ziehen konnte. „Im Durchschnitt alle zwei Monate."

Dirk stellte keine weiteren Fragen. Van Heezens Geplapper hatte ihn ermüdet. Um nicht einzunicken, schaltete er das Radio ein. „Wie wär's mit etwas Musik?", fragte er und hoffte, van Heezens Redeschwall zu stoppen. Aber dieser redete ununterbrochen weiter, nur etwas lauter. „Und dann kam dieser 11. Juli. Es war ein Samstagabend, ich erinnere mich noch ganz genau ... zwei junge Burschen ... niedergeschlagen ... bewusstlos ... Geld weg ... Auto weg ... geschnappt ..." Die wenigen Wortfetzen, die Dirk im Halbschlaf noch wahrnahm, perlten an ihm ab, wie Regenwasser an einer Öljacke. Doch dass störte van Heezen nicht, im Gegenteil. Er schien sich an seinen eigenen Worten zu berauschen und hörte erst auf zu erzählen, als Arno plötzlich von hinten rief: „Anhalten! Ich muss pinkeln."

Jetzt meldeten sich auch Ruud und Eric zu Wort. „Wie wär's mit einer Kaffeepause?", fragte Ruud, und Eric raunte: „Ich hätte Luscht auf ein Pain au schocolat."

„Eine großartige Idee. Das wird uns allen guttun", antwortete van Heezen, denn auch für ihn war nach vier Stunden Autofahrt eine Pause höchst willkommen, und er steuerte die nächste Autobahnraststätte an. Es war genau Viertel nach acht, als van Heezen den Motor seiner Großraumlimousine abstellte. Er hatte direkt vor dem Eingang zur Raststätte geparkt. „Beeilt euch! In spätestens in zwanzig Minuten fahren wir weiter", forderte er die vier Alten auf, die nicht den Eindruck machten, als ob sie es besonders eilig hätten. Er täuschte sich. Es dauerte keine Viertelstunde, da verließen die vier die Raststätte wieder. Van Heezen indes musste noch die Toiletten aufsuchen. Als er zum Wagen zurückkehrte, tippte Ruud mit dem Zeigfinger auf seine Uhr, um ihn darauf hinzuweisen, dass *er* sich verspätet hatte. Van Heezen lachte nur und sagte: „Worauf wartet ihr? Steigt endlich ein!"

Drei Stunden später trafen sie am Flughafen ein. Van Heezen stellte den Wagen im Parkhaus 2 ab. Noch während sie im Auto saßen, entnahm er dem Handschuhfach vier blaue Umschläge. „Hier sind eure Flugtickets sowie das Reiseprogramm mit allen wichtigen Informationen", und wie er das sagte, öffnete er den für Ruud bestimmten Umschlag. In diesem befanden sich nebst Pass, Flugticket und Reiseprogramm Kopien dieser Unterlagen sowie ein Ausdruck des Fotos, das er vor dem Eingang des *Casablanca* gemacht hatte. Er hatte vergessen, diese Unterlagen aus den Umschlägen zu entfernen. „Schaut nach, ob sich in euren Unterlagen ebenfalls Kopien befinden!", befahl er den anderen. Seine Stimme schnappte über. Dieses Versäumnis hatte ihn durcheinander gebracht. Arno, Dirk und Eric prüften den Inhalt ihrer Umschläge. Tatsächlich fanden sich darin Kopien derselben Unterlagen.

„Diese Kopien sind für meine Akten bestimmt", sagte er und forderte die drei auf, ihm die Papiere zurückzugeben. Sie gehorchten und händigten sie aus. Er verstaute alles sogleich wieder im Handschuhfach.

Nach diesem Zwischenspiel begleitete er das Quartett in die Abflughalle. Sie waren nicht die einzigen, die an diesem Tag verreisen wollten. Vor den Check-In-Schaltern sämtlicher Fluglinien hatten sich lange Warteschlangen gebildet.

„Ihr müsst euch hier einreihen", sagte van Heezen. Vor ihnen warteten an die einhundert Passagiere.

„Und weschhalb nicht hier?", fragte Eric und zeigte auf die Kolonne mit den fünf Personen. Van Heezen schüttelte den Kopf und sagte: „Diese Kolonne ist den Passagieren der Business Class vorbehalten."

„Schade", seufzte Eric, dessen einziger Trost es war, dass die Reihe der Wartenden in der Zwischenzeit noch länger geworden war und sie nicht mehr die hintersten waren.

Nach dreißig Minuten hatten sie den Check-In-Schalter erreicht. Sie legten ihre Reisepässe und die Flugscheine auf den Counter. Arno stellte seine Reisetasche auf das Band neben dem Schalter. Elf Kilo zeigte die Waage. Routiniert befestigte die junge Check-In-Mitarbeiterin im rotweiß gestreiften Hosenanzug mit einem Edelweiß am Revers den Gepäcktag an Arnos Reisetasche und ließ diese aufs Transportband gleiten. Als Nächster stemmte Eric seinen Koffer aufs Band. Er keuchte. Die Frau hinter dem Tresen musterte ihn kritisch. „Gerade wie ein Schwächling sieht der aber nicht aus ...", dachte sie und warf einen prüfenden Blick auf die Waage: Dreißig Kilo! Jetzt war ihr alles klar. „Das kostet einhundertzwanzig Franken", sagte sie freundlich.

Eric schaute sie fassungslos an. „Wie bitte? Der Flug ischt doch bezahlt", protestierte er.

„Richtig. Der Flug ist bezahlt. Die einhundertzwanzig Franken bezahlen Sie für das Übergewicht. Sie dürfen nicht mehr als dreiundzwanzig Kilo mitnehmen. Ihr Koffer wiegt aber dreißig, und das kostet halt einhundertzwanzig Franken", wurde Eric belehrt.

„Aber wir schind ja zu viert. Da kann man doch die Koffer miteinander wiegen. Vier mal dreiundzwanzig, dasch gibt zweiundneunzig. Zweiundneunzig Kilo Freigepäck", schnaubte Eric. Doch selbst seine Rechenkünste halfen nicht weiter. Die Frau am Schalter blieb stur. „Geht leider nicht. Die Gewichtslimite gilt pro Passagier und nicht pro Reisegruppe." Eric musste einsehen, dass jede weitere Diskussion sinnlos war. Den Tränen nahe schaute er zu van Heezen. Verzweifelt jammerte er: „Wasch scholl ich tun?"

Van Heezen fackelte nicht lange. Kurzentschlossen befahl er: „Umpacken!" Dabei stieß er Eric unsanft beiseite, um sich die Reisetaschen von Ruud und Dirk zu schnappen. Einige der hinter ihnen wartenden Passagiere regten sich auf und beschwerten sich lauthals wegen der Verzögerung. Andere wiederum konnten ihre Schadenfreude nicht verbergen und schauten dem Treiben amüsiert zu. Van Heezen kümmerte das nicht. Unbeirrt stellte er die beiden Gepäckstücke ein paar Schritte zur Seite, bevor er Erics übergewichtigen Koffer von der Waage holte. Ruud und Dirk hatten in der Zwischenzeit ihre noch halbleeren Reisetaschen geöffnet und warteten, bis auch Eric den Deckel seines Koffers aufgeklappt hatte, der mit Kleidern, die er unter der tropischen Sonne der Karibik niemals tragen würde, nur so vollgestopft war. Van Heezen machte damit kurzen Prozess. Wahllos griff er in Erics Koffer und stopfte dessen Kleider in die beiden Reisetaschen. Einzig beim Anblick der drei Paar dicken Wollsocken musste er innehalten. „Willst du mit diesen Socken am Strand spazieren gehen?", fragte er und streckte sie Eric entgegen. Sie landeten in Dirks Reisetasche. Jetzt mussten sogar diejenigen, die zuvor noch gemeckert hatten, schadenfroh lachen. Eric aber wäre vor Scham am liebsten im Erdboden versunken. Dabei hatte er diese Socken doch nur deshalb eingepackt, weil er kalte Füße nicht ausstehen konnte.

Nach diesen drei erniedrigenden Minuten klappte van Heezen den Deckel von Erics Koffer wieder zu, und sie begaben sich zum zweiten Mal an den Check-In-Schalter. Die Reihe war jetzt an Ruud. Schwungvoll hob er seine Reisetasche auf die Waage. Die Check-In-Mitarbeiterin lächelte zufrieden. Seine Tasche wog trotz des zusätzlichen Ballasts nur neunzehn Kilo. Ruud erwiderte ihr Lächeln. Auch Dirks Reisetasche blieb unter der ominösen dreiundzwanzig Kilomarke. Als Letzter legte van Heezen Erics Koffer auf die Waage. Alle schauten gespannt auf die Anzeige: dreiundzwanzig Kilo! „Geht doch", sagte die Check-In-Mitarbeiterin, und sie befestigte den Gepäcktag am Koffer und wünschte einen guten Flug. Eric atmete auf.

Van Heezen führte die vier Kuriere bis zur Sicherheitskontrolle. Ab hier trennten sich ihre Wege. „Haltet die Ohren steif", rief er ihnen zum Abschied zu und verschwand in der Menschenmenge.

Nun standen sie also da, alleine vor der Schleuse, und wussten nicht so recht, was von ihnen verlangt wurde. Einzig Ruud konnte sich noch vage daran erinnern, und er forderte seine Begleiter auf, es ihm gleich zu tun. Er nahm eine der grauen Kunststoffkisten, legte seine Uhr, den Gürtel sowie seine Briefasche hinein und schob diese auf das Laufband. Sodann durchschritt er die Schleuse, worauf ein Warnton erklang und eine rote Lampe zu blinken anfing. Der Sicherheitsbeamte auf der anderen Seite des Metalldetektors schüttelte den Kopf und zeigte auf die Schuhe. „Ausziehen", forderte er Ruud auf.

„Die Schuhe?", wunderte sich Ruud. Musste er tatsächlich auf den Socken durch die Schleuse marschieren, wie tausend andere vor ihm? Wie ekelhaft! Ruud zögerte.

„Die Schuhe!", wiederholte der Sicherheitsbeamte.

Ruud zog murrend seine Schuhe aus, deponierte sie in einer Kunststoffkiste, die er aufs Laufband legte, und durchschritt ein weiteres Mal die Schleuse. Diesmal blieb der Warnton aus, und Ruud durfte die Schuhe wieder anziehen. Arno, Dirk und Eric, auch sie barfuß, folgten ihrem Vorbild. Bei allen blieb der Warnton aus. Trotzdem wurde Dirk von einem anderen Sicherheitsbeamten zur Seite genommen. „Wat geeft?", fragte er befremdet. „Maar alles is in orde."

Der Sicherheitsbeamte zuckte bloß mit den Schultern und erklärte Dirk, dass er vom Zufallsgenerator für die Sprengstoffkontrolle ausgewählt worden war. „Zeigen Sie mir Ihre Hände!", wurde er vom Sicherheitsbeamten aufgefordert. Dirk gehorchte und streckte ihm beide Hände entgegen. Der Sicherheitsbeamte nahm einen Teststreifen und strich damit über Dirks Hände. Die anschließende Untersuchung im Analysegerät dauerte wenige Sekunden. Das Resultat war negativ, und Dirk durfte weitergehen.

„Wasch war losch?", wollte Eric wissen, der gerade seinen Gürtel wieder angeschnallt hatte.

„Ach, nichts Besonderes", antwortete Dirk mit ernster Miene, „die wollten nur prüfen, ob ich mir die Hände gewaschen habe." Dann musste er lachen.

Während die Rentnerkuriere vor dem Gate auf das Boarding warteten, machte sich van Heezen auf den Weg ins *Central*. Er schätzte dieses Hotel, weil er von dort zu Fuß bequem ins Niederdorf gelangen konnte. Hier gab es nicht nur zahlreiche Restaurants und Bars. Das Niederdorf war auch bekannt für seine leichten Damen, die in den engen Gassen ihrem Gewerbe nachgingen. Und van Heezen ließ keinen Aufenthalt aus, ohne nicht mindestens einmal eine Prostituierte aufgesucht zu haben. In Zürich war er ein Fremder und musste nicht damit rechnen, auf seinen nächtlichen Streifzügen erkannt zu werden. Aber zuerst wollte er sich von den Strapazen der langen Autofahrt erholen. Er bezog das Zimmer, hängte das Do not disturb-Schild vor seine Zimmertür und legte sich hin.

Zeitgleich im Terminal E

Arno, Dirk, Eric und Ruud reihten sich ein in die Kolonne der wartenden Passagiere des Fluges EDW 34 der Edelweiss Air nach Punta Cana.

„Die wollen alle nach Punta Cana fliegen?", staunte Eric und schüttelte ungläubig seinen Kopf.

„Siehst du den Riesenvogel da draußen?", antwortete Ruud und zeigte mit der rechten Hand in Richtung des angedockten Flugzeugs. „Das ist unsere Maschine. Die hat Platz für alle diese Leute hier."

„Für so viele Menschen?", wiederholte Eric und staunte: „Scho wasch gibtsch doch nicht!?"

„Wart's ab. Du wirst schon noch sehen!"

128

Plötzlich kam Bewegung in die Kolonne. Das Boarding hatte begonnen. Schritt für Schritt bewegten sich die Reisenden in Richtung der letzten Ticketkontrolle vor dem Fingerdock. Wie immer, wenn Warten angesagt war, gab es einige Ungeduldige, die versuchten, sich nach vorne zu drängeln. Sie alle wurden erbarmungslos von den Überholten zurückgepfiffen und mussten sich wieder hintanstellen. Endlich war die Reihe an den vier Senioren.

„Nur noch zwanzig Meter bis zum Flugzeug", stellte Ruud fest.

Eric spürte eine aufkommende Nervosität. Er war daher heilfroh, einen reiseerfahrenen Freund neben sich zu wissen. Trotzdem beschlich ihn, der noch nie einen Fuss in ein Flugzeug gesetzt hatte, panische Angst. „Herrgott, schteh mir bei", flehte er kaum vernehmbar. Es war seit langem das erste Mal, dass er den Allmächtigen anrief. Als kleiner Junge, da war alles noch anders. Von seinen Eltern streng katholisch erzogen, wurde ihm erlaubt, schon als Sechsjähriger als Messdiener bei der Liturgie mitzuhelfen. Eric war mächtig stolz, Ministrantenrock und Chorhemd tragen zu dürfen, und er suchte täglich das Zwiegespräch mit dem lieben Gott. Jeden Abend, kurz vor dem Einschlafen, berichtete er ihm von seinen Erlebnissen. Eric kannte keine Geheimnisse. Dem lieben Gott offenbarte er alles, sogar dass er derjenige gewesen war, der der Katze des Nachbarn die Blechdose an den Schwanz gebunden hatte. Als er fünfzehn war, hörte er auf, Messdiener zu sein. Fußball und Mädchen interessierten ihn fortan mehr, und je älter er wurde, desto mehr verblasste sein Glaube an den Allmächtigen. Jetzt aber trieb ihn die innere Not erneut in die Arme des Allmächtigen.

Am Eingang zum Flugzeug wurden die vier Rentner von einer jungen Flugbegleiterin in Empfang genommen. Sie warf einen kurzen Blick auf den Boardingpass und zeigte ihnen die Richtung zu ihren Plätzen. „Reihe 39, Plätze C bis F. Das sind die Sitze in der Mitte der Kabine", erklärte sie ihnen.

Ruud wusste sofort Bescheid und lotste seine Kumpels zu ihren Plätzen.

„Die Sitze sind ja schmaler als diejenigen in van Heezens Opel", beschwerte sich Arno.

„Und wohin soll ich mit meinen Beinen?", fragte Dirk, der seine hochgezogenen Knie demonstrativ gegen die Rückenlehne des Vordersitzes drückte, womit er sich einen missbilligenden Blick des Maître de Cabine einhandelte.

„Dafür hat jeder von unsch einen eigenen Fernscheher", freute sich Eric, der, kaum war er angeschnallt, sich anschickte, sich mit dem Bordunterhaltungssystem vertraut zu machen. Vergeblich, wie er zu seinem Leidwesen rasch feststellen musste. Er war mit den Tücken der modernen Technik überfordert. Da half auch nicht, dass ihm Ruud erklärte, dass das System erst nach dem Start in Betrieb genommen werden würde.

Allmählich legte sich die hektische Betriebsamkeit. Alle Passagiere hatten ihr Handgepäck in der Gepäckablage verstaut und machten es sich in ihren Sitzen bequem. Die Flugbegleiter kontrollierten ein letztes Mal die Klappen der Gepäckablagen, als eine Lautsprecherdurchsage ertönte:

„Grüezi an Bord unseres Airbus A330, liebe Fluggäste, hier spricht Ihr Kapitän. Ich und die ganze Crew heißen Sie herzlich willkommen auf unserem heutigen Flug von Zürich nach Punta Cana. Bevor wir starten, noch eine paar Informationen zu unserem Flug: Wir rechnen mit einer Flugzeit von etwas mehr als zehn Stunden. Sobald wir unsere Reiseflughöhe von elftausend Metern erreicht haben, wird Ihnen der Lunch serviert. Die Wetterverhältnisse sind ideal. Es erwartet uns ein ruhiger Flug. Machen Sie es sich auf Ihren Sitzen bequem und lassen Sie sich von unserem Kabinenpersonal verwöhnen."

„Hascht du dasch gehört? Wir fliegen auf elftauschend Metern Höhe. Ischt dasch nicht gefährlich?", fragte Eric mit zittriger Stimme.

„Keine Bange. Dort oben passiert am allerwenigsten. Wenn's kracht, dann beim Start oder der Landung", wurde er von Ruud, der keine Lust hatte, mit ihm über die Risiken des Fliegens zu diskutieren, aufgeklärt. Ruud war viel zu müde und wollte seine Ruhe. Gemütlich lehnte er sich in seinem Sitz zurück und schloss die Augen.

„Toll", dachte Eric und runzelte sorgenvoll die Stirn, „wenn's kracht, dann entweder beim Start oder der Landung." Zum Glück begannen in diesem Augenblick die Sicherheitsanweisungen durch die Flugbegleiter. Eric verfolgte die Darbietung mit größter Aufmerksamkeit, denn schließlich ging's ums nackte Überleben. Arno und Dirk unterhielten sich weiter angeregt. Nur Ruud war eingenickt. Nach dieser Instruktion fühlte sich Eric schon wieder viel besser. Jetzt wusste er, wo sich die Notausgänge befanden und wie er sich die Rettungsweste über den Kopf stülpen musste. Entspannt wartete er auf den Moment, wenn das Flugzeug abheben würde.

Es war fünf vor zwei, als sich das Flugzeug langsam in Bewegung setzte und auf die Startbahn zurollte. „Cabin crew, prepare for take-off!", ertönte es aus dem Lautsprecher. Mit einem Mal wurden die Triebwerke hochgedreht und ließen die Maschine erzittern. Als der Schub einsetzte, war die ganze Entspannung auf einen Schlag verflogen. Eric krallte die Finger in die Armlehnen. Was hatte doch Ruud vor wenigen

Augenblicken gesagt? Die meisten Unfälle würden sich beim Start oder der Landung ereignen! Eric schloss die Augen und schickte ein Stoßgebet gen Himmel.

Jetzt nahm der Flieger Fahrt auf, und Eric wurde in den Sitz gepresst. Er spürte jede Bodenunebenheit wie einen Schlag ins Gesäß, und schon befürchtete er, dass das Flugzeug auseinanderbrechen könnte. Er haderte mit seinem Schicksal und wiederholte das Stoßgebet. Das Flugzeug preschte immer schneller über die Startbahn, ohne jedoch abzuheben. Erics Kehle war zugeschnürt. Schweiß rann ihm von der Stirn. Seine Augen waren weit aufgerissen, und sein Blick war angsterfüllt. Er war überzeugt, dass das Flugzeug wegen Übergewicht nicht würde abheben können, und er musste unweigerlich an seinen übergewichtigen Koffer denken. Er machte sich heftige Vorwürfe. In seiner Not stieß er ein drittes Stoßgebet aus. Dieses war so laut, dass der friedlich neben ihm dösende Ruud aus dem Halbschlaf gerissen wurde.

„Sag mal, spinnst du? Du brauchst doch nicht Schiss zu haben. Beim Beschleunigen rumpelt's immer so!", versuchte ihn Ruud zu beruhigen. Vergeblich. Ungeachtet dieser gutgemeinten Beschwichtigungsversuche verspürte Eric einen heftigen Adrenalinstoß. Sein Herz raste und drohte zu zerspringen. Endlich hob das Flugzeug ab, um dann wenig später in westlicher Richtung abzudrehen. „Der Allmächtige hat mich gehört!", redete er sich ein und lächelte dabei überglücklich.

Hinter dem imposanten Zifferblatt des Zürcher St. Peter schlug es gerade sieben, als van Heezen sein Hotelzimmer verließ und sich auf den Weg Richtung Niederdorf machte. Er hatte Hunger. Sein Ziel war die *Bodega Española.* Obwohl mitten in Zürich gelegen, war das Lokal einem typischen spanischen Weinkeller nachempfunden. Schwere Holztische füllten den Raum. Von der Decke hingen Schinken und Würste. Van Heezen bestellte eine Auswahl von Tapas und einen halben Liter Rioja. Noch saß er alleine an einem der langen Holztische. Nach wenigen Minuten brachte ihm der Kellner eine Karaffe mit Wein und füllte ihm das Glas.

„Die Tapas brauchen etwas länger", schob er nach, als er den Wein einschenkte. Van Heezen war das egal. Er hatte Zeit. Und das Brot mit Knoblauchbutter stillte seinen ersten Hunger.

Noch bevor die Tapas serviert wurden, setzte sich eine Gruppe spanischer Touristen geräuschvoll zu ihm an den Tisch. Sie beachteten ihn nicht. Auch das war ihm egal. Ja, er war sogar froh, an keinem Gespräch teilnehmen zu müssen. Einzig der Lärm störte ihn. Hastig aß er die Tapas. Danach bestellte er einen Carajillo und verlangte die Rechnung. Er trank den Kaffee mit wenigen Schlücken, bezahlte und trat auf die Strasse hinaus. Die kalte Luft, die ihn dort erwartete, hätte ihn beinahe umgehauen. Er atmete zwei, drei Mal tief durch und begab sich auf direktem Weg an die Zähringerstraße, wo ein paar Frauen in auffallend kurzen Röcken gelangweilt auf dem Trottoir herumstanden. Sie fröstelten. Als sich van Heezen ihnen näherte, hellten sich ihre Mienen unvermittelt auf. „Blasen fünfzig, ficken hundert", sagte die Erste. Van Heezen betrachtete sie von oben bis unten und ging ohne ein Wort zu sagen weiter. Eine andere, die schon etwas in die Jahre gekommen war, flüsterte ihm zu: „Ich besorg's dir zum halben Preis."

„Schon bitter, wenn man in dem Alter noch anschaffen muss", dachte er und entschied sich für die wesentlich jüngere langbeinige Brünette. In diskretem Abstand folgte er Sandy, mit diesem Namen hatte sie sich vorgestellt, in deren Absteige.

An der Malergasse, nur wenige Meter von ihrem Standplatz entfernt, hielt sie vor einem renovationsbedürftigen Altbau an und öffnete die hölzerne Eingangstür. Drinnen war es nicht viel heller als draußen. Das spärliche Licht reichte gerade aus, um die Kanten der Stufen zu erahnen. „Pass auf, du nicht stolpern!", mahnte sie ihn zur Vorsicht. Keine Chance, auf ihren sexy Hintern zu starren. Stattdessen musste er sich auf die abgetretenen Stufen konzentrieren. Van Heezen beschlich ein mulmiges Gefühl.

Sandys Zimmer befand sich im 3. Stock. Es war klein, höchstens zehn Quadratmeter. An der Wand stand ein billiges Bett. Das Leintuch schien schon seit längerem nicht mehr gewechselt worden zu sein. Es war zerknittert und voller Flecken. Neben dem Bett ein kleines Nachttischchen, auf dem eine Schachtel Kleenex, eine Packung Kondome und eine Leuchte mit einem roten Lampenschirm abgestellt waren. Die Wände waren rot gestrichen. Die schweren Vorhänge aus rotem Plüsch waren zugezogen. Ein alter Holzstuhl stand in einer Ecke des Raums. Rechts davon ein übervoller Abfalleimer. Von einem erotischen Ambiente konnte wahrlich keine Rede sein. Statt in einem Liebesnest war er in einem abgefuckten Raum gelandet.

„Wass tu wollen? Blassen odder figgen?", fragte Sandy.

„Ficken", antwortete van Heezen. Er zog sich aus und warf seine Kleider achtlos auf den Holzstuhl. Sandy tat es ihm gleich und legte sich auf's Bett. Beim Anblick ihres nackten Körpers bekam van Heezen sogleich eine Erektion. Mit einem gekonnten Handgriff streifte ihm Sandy ein Kondom über den Penis. Danach ließ sie ihn eindringen. Nach wenigen Sekunden stöhnte van Heezen auf. Sandy ließ ihn noch einen Augenblick auf sich ruhen, bevor sie ihn unsanft von sich stieß und ihm ein Kleenex reichte. Dusche oder Waschbecken gab es keines. Wortlos kleideten sie sich wieder an. Van Heezen bezahlte den vereinbarten Liebeslohn und kehrte ins Hotel zurück.

Der Flieger hatte das Festland zurückgelassen und befand sich über dem Atlantik. Der Film *Die unglaubliche Reise in einem verrückten Flugzeug* mit Leslie Nielson war soeben zu Ende, als Eric verbissen versuchte, auf einen anderen Kanal zu wechseln. Doch statt eines neuen Films kamen nur diese dämlichen Spiele. Am liebsten hätte er die Tastatur auf den Boden geschmissen, doch Ruud konnte ihn im letzten Augenblick daran hindern. „Willst du dir *Robin Hood* anschauen?", fragte er.

„Ja", antwortete Eric ungeduldig. Ruud wählte mit ein paar Handgriffen den gewünschten Film. Als der Vorspann auf dem Monitor erschien, war Erics Ärger verflogen, und er bedankte sich überschwänglich. Ab sofort galt seine ganze Konzentration dem Film. Gebannt starrte er auf den kleinen Bildschirm vor sich und ließ sich durch nichts mehr ablenken.

Bis zur Landung dauerte es noch eineinhalb Stunden. Während sich Eric den Film anschaute, schliefen Dirk und Arno in ihren Sitzen. Ruud blätterte zum x-ten Mal in der Februarausgabe der Monatszeitschrift der Fluggesellschaft. Sie war der Stadt Amsterdam gewidmet.

Um 18.33 Uhr Ortszeit setzte der Airbus, von Eric unbemerkt, auf der Piste des Flughafens von Punta Cana auf. „Endlich", dachte Ruud. Auch Arno und Dirk atmeten auf. Vor allem Dirk konnte es kaum noch erwarten, seine geplagten Beine vertreten zu können. Nur Eric war enttäuscht, weil er das Ende von *Robin Hood* nicht mehr erleben konnte. „Du kannst dir ja den Rest auf dem Rückflug ansehen", scherzte

Ruud und erntete für diese Bemerkung einen verächtlichen Blick.

Aus dem Lautsprecher ertönte die Durchsage, dass man angeschnallt sitzen bleiben musste, bis die Maschine angedockt war. Einige Passagiere schien das nicht zu kümmern. Noch während die Maschine im Schritttempo zur Andockstation fuhr, öffneten sie ihre Sicherheitsgurte, standen auf und machten sich an der Gepäckablage zu schaffen. Die Freude über ihren vermeintlichen Vorsprung war nur von kurzer Dauer. Energisch wurden sie von derselben Lautsprecherstimme aufgefordert, unverzüglich wieder Platz zu nehmen.

Die Fahrt zum Fingerdock dauerte eine halbe Ewigkeit und ließ die Ungeduld der Fluggäste wachsen. Nach dem langen Flug hatten alle nur noch ein Ziel vor Augen: möglichst rasch ins Freie zu gelangen. Die Maschine hatte kaum angedockt, als alle gleichzeitig von ihren Sitzen sprangen und wie eine Horde wild gewordener Hunde über die Gepäckablage herfielen. Selbst Dirk wollte es den anderen gleich tun, doch er wurde von Ruud zurückgehalten. „Bleib sitzen!", befahl er. „Was willst du solange im Gang herumstehen?"

Dirk setzte sich wieder hin und wartete, bis sich die Passagiere vor ihnen in Bewegung setzten. Jetzt erst trat Ruud in den Gang hinaus und nahm in aller Ruhe sein Handgepäck aus der Gepäckablage. Die Passagiere hinter ihm warteten. Keiner, der sich vordrängte. „Siehst du? Immer schön der Reihe nach. So funktioniert das."

Gemeinsam verließen sie den Flieger und begaben sich zur Gepäckausgabe. Die Luft in diesem viel zu engen Raum war stickig und heiß. Die Klimaanlage war vor mehreren Tagen ausgefallen, und Fenster, die man hätte öffnen können, gab es keine. Die Passagiere des Fluges EDW 34, die sich um das Gepäckausgabeband drängten, schwitzten. Fluchen und Lachen hielten sich die Waage. Plötzlich ertönte eine Lautsprecher-durchsage:

„Wir bedauern, Ihnen mitteilen zu müssen, dass sich wegen eines Meetings des Bodenpersonals die Gepäckausgabe für unbestimmte Zeit verzögern wird."

In diesem Augenblick verstummte selbst der letzte Lacher.

„Sind die von allen guten Geistern verlassen?", schimpfte Dirk. „Das hält ja kein Schwein aus!"

Eric, der sich seiner Daunenjacke und des Wollpullovers entledigt hatte, fragte mit vorwurfsvoller Stimme den All-mächtigen: „Bin ich hier im Fegefeuer gelandet?" Dessen Antwort ließ nicht lange auf sich warten. Nur fünf Minuten später öffnete sich die Schiebetür noch einmal und weitere dreihundert Passagiere strömten in den Raum. Eric verstand die Welt nicht mehr, und er suchte verzweifelt nach einem Grund für diese göttliche Prüfung. „Beschtrafscht du mich, weil ich hier bin, um Drogen zu holen?", sprach er mit sich selbst. Ohne die Antwort des Allmächtigen abzuwarten, leis-tete er innerlich einen Eid: „Nach meiner Rückkehr werde ich die Hälfte meines Lohnes für einen wohltätigen Zweck spen-den!" Kaum hatte er diesen Schwur abgelegt, setzte sich das Gepäckausgabeband quietschend und ächzend in Bewegung. „Hab Dank!", flüsterte er und sandte einen dankbaren Blick nach oben.

Während nun Eric in Gedanken versunken vor dem Trans-portband ausharrte, stürzten sich die anderen Passagiere auf ihre Koffer und Taschen, um danach fluchtartig in Richtung Zollabfertigung davonzueilen. Arno, Dirk und Ruud waren seit längerem ebenfalls im Besitz ihrer Reisetaschen. Jetzt fehlte einzig noch Erics Koffer. „Vielleicht sollten wir mal beim Schalter für Sperrgepäck nachfragen", frotzelte Ruud in

Anspielung auf Erics übergewichtigen Koffer und tat so, als ob er nach diesem Counter Ausschau halten würde. „Nichts da", stellte er fest, „also warten wir hier!"

In der Zwischenzeit hatte sich die Halle geleert. Zurück blieben vier Rentner, die mitansehen mussten, wie das Gepäckausgabeband immer langsamer wurde, bis es schließlich vollständig zum Stillstand kam.

„Wo zum Teufel bleibt mein Koffer?", tobte Eric und schaute verzweifelt in Richtung der Klappe, wo die Gepäckstücke auf das Band gelegt werden. Doch nichts regte sich mehr. Sein Koffer blieb verschwunden. Es war halt schon so: Der Allmächtige schien ihm an diesem Tag nicht wohlgesinnt zu sein, und dies ungeachtet der Tatsache, dass Eric kurz zuvor Ablass versprochen hatte. Er fühlte sich vom Allmächtigen über den Tisch gezogen. Wutschäumend rief er ihm zu: „Wenn dasch scho ischt, dann behältscht DU meinen Koffer und ICH dasch Geld! Kapiert!"

Ruud, der nicht verstand, was Eric meinte, forderte ihn auf, ihm den Gepäckschein auszuhändigen. „Ich gehe zum Informationsschalter. Dort kann man uns bestimmt weiterhelfen", sagte er, einen kühlen Kopf bewahrend.

Der Informationsschalter befand sich nur wenige Schritte von der Gepäckausgabe entfernt. Er war nicht besetzt. Ein Hinweisschild forderte die Hilfesuchenden auf, den roten Knopf zu betätigen. Ruud drückte ihn und löste damit ein ohrenbetäubendes Pfeifsignal aus, das alle vier erzittern ließ.

Es verging keine Minute, bis ein schwarzhaariger Mann mittleren Alters das Büro betrat. Er trug einen abgewetzten dunkelblauen Anzug, eine Art Uniform. Auf dem Namensschild stand Alfredo Ivars. Nachdem er sich umständlich an seinem Arbeitsplatz installiert hatte, fragte er in gebrochenem Englisch, womit er ihnen behilflich sein könne.

„Dieser Koffer hier", antwortete Ruud und händigte ihm Erics Gepäckschein aus, „ist nicht angekommen."

Ivars nahm den Gepäckschein und hämmerte mit seinen beiden Zeigefingern die Ziffern des Strichcodes in die Tastatur seines Computers. „Moment, das werden wir gleich haben", erklärte er freundlich und rutschte auf seinem Stuhl ein Stück nach vorn. Mit zusammengekniffenen Augen studierte er den Bildschirm. Schon nach wenigen Sekunden blickte er wieder hoch und sagte: „Ihr Koffer ist auf dem Weg nach Kuala Lumpur."

„Nach wohin?", fragte Eric. Er war fassungslos.

„Nach Kuala Lumpur", wiederholte Ivars, „aber keine Bange. Spätestens in einer Woche wird er hier eintreffen, und dann werden wir Ihnen den Koffer ins Hotel bringen."

„In ei... einer W... Woche", stotterte Eric. Er war unschlüssig, ob er sich ärgern oder freuen sollte. Seine Miene blieb versteinert. Und zum Allmächtigen sprach er: „Dasch Geld behalte ich trotzdem!"

Nur Dirk lachte, und er meinte: „Du hast Schwein gehabt. Deine Wollsocken sind in meiner Tasche!"

„Sie haben übrigens das Recht, sich auf Kosten der Fluggesellschaft neu einzukleiden", schob Ivars nach und händigte ihm das Schadenformular aus.

Die Aussicht auf neue Kleider tröstete Eric über den vorübergehenden Verlust seiner alten Klamotten hinweg. Seine Miene hellte sich schlagartig auf, und mit einem jubilierenden Grinsen schielte er nach oben.

„Ich benötige jetzt nur noch die Adresse Ihres Hotels", sagte Alfredo Ivars. Ruud holte hastig seine Reiseunterlagen hervor und suchte die Adresse. Nach wenigen Sekunden rief er freudestrahlend: *Riu Naiboa!"*

Als Ivars den Namen des Hotels hörte, warf er ihnen einen bemitleidenden Blick zu.

In der Ankunftshalle wartete Javier Malonda, genannt Johnny, seit über drei Stunden auf die Ankunft der vier Kuriere. Johnny hatte auffallend hellgrüne Augen, und seine Gesichtshaut war tief gebräunt. Die dunklen Haare hatte er straff an den Kopf gekämmt, bis in den Nacken hinunter, wo sie sich wieder nach oben kräuselten. Der Körper war trainiert, sein Gesicht hatte kantige Züge. Johnny bediente das Stereotyp des Latino ideal. Seine Aufgabe bestand darin, die ankommenden Kuriere vom Flughafen abzuholen und sie ins Hotel zu fahren. Daneben betätigte er sich als Callboy, was aber niemand wusste. Nicht einmal seine Freundin.

Der Strom der ankommenden Passagiere war seit über einer Stunde versiegt. Jetzt war die Halle verwaist. Einzig die Putzequipe nutzte die Gunst der Stunde und reinigte mit einem antiquierten Gerät den Hallenboden. Johnny schaute den Frauen, die in ihren grauen Overalls wie flüchtige Schatten aussahen, gelangweilt zu. Nach weiteren zehn Minuten des vergeblichen Wartens gelangte er zu der Überzeugung, die Kuriere definitiv verpasst zu haben. Kein Wunder bei sechshundert Touristen. Er zückte sein Handy und rief Stijn an, um weitere Instruktionen einzuholen. „Warte noch eine halbe Stunde", wies der ihn an, „ich versuche in der Zwischenzeit van Heezen zu erreichen." Kaum hatte Johnny sein Handy wieder in die Tasche gesteckt, betraten vier ältere Herren die Ankunftshalle. Sie machten einen erschöpften Eindruck. „Das müssten sie sein", dachte Johnny und winkte ihnen zu.

„Warten Sie auf uns?", rief Ruud dem Unbekannten mit den rudernden Armbewegungen zu.

„Seid ihr ‚Die Fliegenden Holländer'?", fragte der Unbekannte zurück und grinste. Ruud nickte. Daraufhin ging der fremde Mann auf sie zu, drückte jedem von ihnen kräftig die Hand und sagte: „Willkommen im Paradies! Ich heiße übrigens Johnny und bring' euch zum Hotel. Der Wagen steht draußen. Folgt mir!" Und schon marschierte er los. Die vier zottelten ihm wie einem Klassenlehrer hinterher.

Ruud, Eric und Arno nahmen auf der hinteren Sitzbank Platz. Dirk setzte sich, wie gewohnt, auf den Beifahrersitz. Johnny startete den Wagen und nahm die Auffahrt zu der Straße, die nach Bavaro führte. Die Straße war breit, sorgfältig asphaltiert und lud zu schnellem Fahren ein. Doch Johnny hielt sich zurück. Vermutlich der Alten wegen. Noch während der Fahrt rief er den Boss an, um ihm mitzuteilen, dass die Kuriere eingetroffen waren.

Die Fahrt zum Hotel dauerte eine halbe Stunde. Das *Riu Naiboa*, einst die Perle Bavaros genannt, war vor mehr als fünfzig Jahren erbaut worden und ziemlich heruntergekommen. Es hatte vier Stockwerke und auf der Südseite einen nierenförmigen Pool. Palmen zierten den Garten. Weil der Aufzug defekt war, erreichte man die Zimmer in den oberen Etagen ausschließlich über eine Außentreppe. Eric war froh, dass der Boss zwei Zimmer im Erdgeschoss gebucht hatte. Das Treppensteigen bereitete ihm Mühe. Dass die Zimmer im Erdgeschoss die billigsten waren, kümmerte ihn nicht.

Ein Zimmermädchen brachte die Zimmerschlüssel. Sie begrüßte Javier Malonda mit seinem Spitznamen und begutachtete mit kritischem Blick die vier Neuankömmlinge. Beim Anblick der abgekämpft dreinschauenden Senioren musste sie kichern. Sie schloss die beiden Türen zu den Zimmern 29 und 30 auf und überreichte Johnny die Schlüssel.

Es waren geräumige, einfach eingerichtete Zimmer mit veralteten Badezimmern. Das Mobiliar bestand aus zwei großen Betten, einem durchgesessenen Sofa und einem an der Wand befestigten Flachbildschirm. Johnny erklärte: „Hier werdet ihr die beiden nächsten Wochen wohnen."

„Und wo ist das Meer?", erkundigte sich Ruud. Sie standen wieder vor dem Hotelgebäude und hielten vergeblich nach dem Meer Ausschau.

„Das Meer?", wiederholte Johnny. „Der Strand ist keine zweihundert Meter von hier entfernt. Ihr müsst bloß den Fußweg da runterlaufen. Der führt direkt zum Strand."

Ruud war zufrieden, denn schließlich war er hergekommen, um Badeferien zu verbringen.

„Wie wär's mit einem Schlummertrunk?", fragte daraufhin Johnny. Arno, Dirk und Ruud waren sofort einverstanden. Einzig Eric zögerte. Obwohl es erst neun Uhr war, wollte er schlafen gehen. Er war hundemüde. Die lange Reise und die Aufregungen der letzten Stunden hatten ihn arg mitgenommen. Schließlich stimmte auch er Johnnys Vorschlag zu.

„Stellt euer Gepäck in ein Zimmer und lasst uns in die Hotelbar gehen. Danach lass ich euch in Ruhe", versprach Johnny und machte sich auf den Weg in die Hotelbar. Die Alten folgten ihm wortlos.

Die Bar war wie ausgestorben. Laura, die Barkeeperin, saß hinter dem Tresen und blätterte gelangweilt in einer Frauenzeitschrift. Als sich die fünf Männer dem Tresen näherten, legte sie die Zeitschrift beiseite, drückte die Kippe aus und setzte ein gekünsteltes Lächeln auf. Ihr Lächeln verflüchtigte sich schlagartig, als Johnny fünf Bier bestellte. Bier war das billigste Getränk auf der Getränkekarte. „Weshalb saufen Europäer immer nur Bier?", ärgerte sie sich, weil sie am Umsatz beteiligt war. Ihr griesgrämiges Gesicht blieb Johnny nicht verborgen, und er sagte: „Schätzchen, was ist denn dir über die Leber gekrochen?"

„Scheißladen!", schimpfte sie. „Hier läuft einfach nichts. Keine Gäste. Keine Stimmung. Nur ein paar alte Knacker, die zum Sterben hierher gekommen sind. Und was trinken die? Bier! Das ist doch Scheiße!"

„Na, na, na, du willst doch meine holländischen Freunde nicht beleidigen?", entgegnete Johnny und wedelte mit einem Zehndollarschein vor ihrer Nase.

„Lo siento. Hab's nicht so gemeint", entschuldigte sie sich und griff hastig nach dem Zehndollarschein. Johnny aber zog seine Hand blitzschnell zurück, sodass ihr Griff ins Leere ging. „Dann sei gefälligst etwas netter zu meinen Gästen und schenk uns endlich das Bier ein!", forderte er sie schroff auf. Und wie er das sagte, ließ er den Zehndollarschein auf den Tresen fallen. Laura schnappte sich den Geldschein, betätigte den Zapfhahn und füllte vier Becher. Beim Fünften war das Fass leer. „Mierda!", fluchte sie. Missmutig rief sie den Concierge und befahl diesem, ein neues Fass aus dem Vorratskeller zu holen.

Die Laune des Concierge war kaum besser als die von Laura. Genervt entfernte er das leere Fass von der Zapfstation und brachte es in die Küche. Kurze Zeit später war aus der Küche ein rollendes Fass zu hören. Die Tür öffnete sich aufs Neue, und der Concierge wälzte die fünfzig Liter durch den Türrahmen. Er stellte das Fass unter den Tresen und schloss es am Zapfhahn an. Wie er damit fertig war, verschwand er wieder in der Küche. Bei dieser Gelegenheit warf er Laura noch schnell einen bitterbösen Blick zu. Sie schien das nicht zu kümmern, denn sie machte sich umgehend am Zapfhahn zu schaffen, doch anstelle des Gerstensaftes kam nur weißer

Schaum heraus. Jetzt verfluchte sie den Concierge, weil dieser das Bierfass zuvor gerollt hatte.

Die vier Rentner ließen sich von Lauras Gereiztheit nicht beeindrucken, im Gegenteil. Sie ließen sich das Bier schmecken und freuten sich auf die Zeit, die sie am Strand von Bavaro verbringen würden. Nachdem sie ausgetrunken und sich von Johnny verabschiedet hatten, kehrten sie zufrieden zu ihren Zimmern zurück, wo sie unversehens mit der Frage konfrontiert wurden, wer mit wem das Zimmer teilt. Jetzt wurde ihnen so richtig bewusst, dass es ihre erste gemeinsame Reise war. Unschlüssig standen sie in dem Zimmer, in dem sie ihr Gepäck deponiert hatten, und sahen sich wortlos an. Plötzlich sagte Arno: „Ruud, glaubst du, wir beide halten es zwei Wochen lang im selben Zimmer zusammen aus?"

„Nur wenn du nicht schnarchst", lachte Ruud und legte seine Reisetasche aufs Bett.

„Geht das für euch in Ordnung?", fragte Arno die beiden anderen. Sie waren einverstanden, und Dirk nahm seine Reisetasche, die er zuvor in deren Zimmer abgestellt hatte, und brachte sie ins Zimmer nebenan. Eric folgte ihm.

„Auf welcher Seite willst du schlafen? Links oder rechts?", fragte Dirk.

„Ischt mir egal", antwortete Eric, und Dirk sagte: „Also links."

Nachdem auch diese Frage geklärt worden war, fing er an, seine Reisetasche auszupacken. Eric stand ratlos daneben. „Wasch mach ich blosch ohne meine Schachen?", fragte er verzweifelt. Jetzt erinnerte sich Dirk, dass van Heezen einen Teil von Erics Kleidern in seiner und der Tasche von Ruud verstaut hatte. „Hier hast du schon mal deine Socken", rief er belustigt und warf sie aufs Bett.

„Aber ich brauch doch jetzt keine Wollschocken", entgegnete Eric pikiert, „ich brauch mein Pyjama und meinen Kulturbeutel!"

Dirk prüfte den Inhalt seiner Tasche, doch darin befanden sich weder Erics Pyjama noch dessen Kulturbeutel. „Ich frag rasch Ruud", sagte Dirk. Im selben Moment klopfte es an der Tür. Es war Ruud. In seinen Händen hielt er Erics Habseligkeiten: einen weiteren Pullover, ein Paar Cordhosen, ein Langarmhemd, zwei Unterhemden, sechs Paar Unterhosen, einen grünen Trainingsanzug. Aber kein Pyjama und keinen Kulturbeutel. Eric war vernichtet. „Wie scholl ich schlafen und mir die Zähne putzen?", fragte er mit tränenerstickter Stimme.

„Nimm halt das Langarmhemd, das ist fast wie ein Pyjama", schlug Ruud vor. „Und vergiss für einmal das Zähneputzen", legte Dirk nach, „deine Zähne werden deswegen nicht gleich verfaulen."

Widerwillig fand sich Eric mit seinem Schicksal ab, und während Dirk seine Kleider in der Kommode verstaute, begab er sich ins Bad, um sich wenigstens Hände und Gesicht zu waschen. Als er ins Zimmer zurückkam, hatte Dirk seinen Schlafanzug angezogen. Neidisch betrachtete Eric seinen Zimmergenossen, und er schwor, das nächste Mal mit einer Reisetasche zu reisen.

Zürich, Sonntag, 24. Februar

Van Heezen stand an der Rezeption des Central. Es war elf Uhr vormittags. Weil es Sonntag war, rechnete er mit wenig Verkehr. Er hoffte, am frühen Abend wieder in Utrecht zu sein.

Er bezahlte und ging in die Parkgarage. Seine Sporttasche warf er achtlos auf den Rücksitz des Wagens. Die Hotelrechnung samt Kreditkartenbeleg legte er ins Handschuhfach. Er wählte die Strecke über Basel. Dass er seit der Ortschaft Frick von einem grauen Volvo verfolgt wurde, bemerkte er nicht. Er träumte von Sandy.

Unmittelbar vor der Autobahnraststätte Pratteln wurde er vom Volvo überholt. Auf der Heckscheibe blinkte das Signal *Stopp Polizei*. Der Volvo bog auf den Parkplatz der Autobahnraststätte ein und hielt an. Van Heezen kam neben dem Polizeifahrzeug zum Stillstand. Er ließ das Fenster runter. Zwei uniformierte Beamte, die sich als Grenzwächter zu erkennen gaben, näherten sich ihm und forderten ihn auf, auszusteigen.

„Routinekontrolle", erklärte der eine und verlangte von ihm den Führerausweis sowie die Wagenpapiere. Während er die Ausweise prüfte, machte sich der andere im Wageninneren zu schaffen.

„Was ist in der Sporttasche?", wollte er wissen.

„Wäsche", antwortete van Heezen.

„Darf ich mal reinschauen?"

Van Heezen nickte, denn er hatte ja nichts zu verbergen. Der Beamte öffnete die Tasche. Er konnte nichts Verdächtiges finden. Als Nächstes schaute er unter die Sitze. Wieder nichts. Jetzt öffnete er das Handschuhfach. Dort fielen ihm Kopien der Flugtickets, Ausdrucke von Fotos von vier Männern älteren Semesters sowie die Hotelrechnung in die Hände.

„Wer sind diese Männer?"

„Das sind die Fahrgäste, die ich gestern an den Flughafen chauffiert habe."

Der Beamte runzelte die Stirn und hakte nach: „Machen Sie von allen Fahrgästen Fotos und kopieren deren Flugtickets?"

„Bei Auslandsfahrten immer. Wegen der Versicherung. Und zudem muss ich wissen, wann ich sie wieder abholen muss."

Obwohl dem Beamten das Verhalten merkwürdig vorkam und die Antwort eher in die Kategorie der faulen Ausreden gehörte, sagte er nichts. Stattdessen zeigte er die Unterlagen seinem Kollegen, der kurzentschlossen die Papiere mit seinem Handy fotografierte. Van Heezen stand schweigend daneben und dachte sich nichts dabei. Als der Beamte damit fertig war, händigte er ihm die Dokumente wieder aus und wünschte ihm eine gute Weiterfahrt. Van Heezen lächelte treuherzig und startete den Motor. Ein letztes höfliches Handzeichen und er setzte seine Fahrt in Richtung Utrecht fort. Für ihn war dieser Vorfall sogleich Geschichte, und er verbannte ihn aus seinem Gedächtnis. Um halb sieben bog er auf den Vorplatz seines Bestattungsunternehmens ein. Er war froh, wieder zu Hause zu sein.

Bavaro, 24. Februar

Arno, der das Zimmer mit Ruud teilte, erwachte als Erster. Er stand auf, zog sich schnell an und schlich sich aus dem Zimmer. Es war halb sechs Uhr in der Früh. Arno wollte den Sonnenaufgang erleben. Den Weg zum Strand legte er im Laufschritt zurück. Am Ende des schmalen Fußwegs öffnete sich der Blick auf die unendliche Weite des weißen Sandstrandes und den Atlantik, der in der Morgendämmerung dunkelgrün schimmerte. Er setzte sich zwischen zwei Kokospalmen in den Sand und schaute fasziniert aufs Meer hinaus. Ein glühender roter Streifen am Horizont kündigte das Auftauchen der Sonne an. Arno betrachtete andächtig das Schauspiel. Nach wenigen Minuten war die Sonne vollständig aus dem Meer aufgetaucht. Arno war überwältigt und verharrte am Strand, bis es taghell war. Dann stand er auf, klopfte sich den Sand von den Jeans und kehrte ins Hotel zurück. Als er ins Zimmer trat, war Ruud gerade dabei sich anzukleiden.

„Wo warst du?", fragte er.

„Am Strand. Ich wollte sehen, wie die Sonne aus dem Meer steigt. Sind die anderen auch schon wach?"

Ruud zuckte mit den Schultern. „Keine Ahnung. Hab' sie nicht gehört."

„Ich schau mal nach", sagte Arno und verließ das Zimmer. Er horchte an deren Zimmertür. Als er nichts hörte, klopfte er an. Ein kaum hörbares „Was ist?" war alles, was bis zu seinem Ohr vordrang.

„Ruud und ich gehen frühstücken", rief er.

Keine Antwort.

Der kleine Speisesaal war um sieben noch menschenleer. Ruud und Arno setzten sich in den hinteren Teil des Raumes und warfen einen prüfenden Blick auf das Buffet. Enttäuscht stellten sie fest: Das Buffet war eine Katastrophe. Schwammiges Toastbrot. Aber kein Toaster. Ein Topf mit gelbangelaufener Margarine. Ein paar hartgekochte Eier. Orangensaft aus der Tüte. Ein 2-Liter-Thermoskrug mit Instantkaffee. Eine Karaffe mit Eiswasser. Wegwerfteller. Pappbecher. Plastikbesteck. Anstelle von Servietten lag eine angefangene Rolle Küchenpapier auf dem Tisch. Ruud klatschte zwei Scheiben Brot auf einen Teller und schmierte etwas Margarine auf den Tellerrand. Anschließend goss er Kaffee in einen Becher. Zucker und Milch suchte er vergebens. Bei diesen Aussichten verzichtete Arno auf den Kaffee und schenkte sich stattdessen Orangensaft ein. Beim Anblick des Buffets war ihm der Appetit vergangen. Mit einem Becher Orangensaft kehrte er zu Ruud an den Tisch zurück. „Hast du keinen Hunger?", wunderte sich Ruud.

„Zum Kotzen", schimpfte Arno und rümpfte die Nase, als er den Orangensaft in sich hineinschüttete, „ich werde mir am Strand etwas kaufen." Auf seinem morgendlichen Spaziergang hatte er ein Chiringuito entdeckt, das ihm gefallen hatte.

Ruud hatte soeben den letzten Bissen verdrückt, da betraten Dirk und Eric den Speisesaal. Sie machten einen ausgeruhten Eindruck. Eric trug grüne Trainerhosen und darüber ein rotkariertes Unterhemd. Eine gewisse Ähnlichkeit mit einer heimischen Papageienart ließ sich nicht von der Hand weisen, und er brachte mit seiner gewagten Aufmachung Arno zum Lachen. Doch dessen spöttisches Gelächter störte ihn nicht. Er war bester Laune und schwenkte aufgeregt einen Prospekt. Voller Enthusiasmus rief er: „Habt ihr geleschen? Hier gibt'sch ein Kaschino!"

„Ich dachte, du wolltest Klamotten kaufen?", entgegnete Arno unwirsch, dem das Lachen gründlich vergangen war. Für ihn waren Glücksspiele im Allgemeinen und Casinobesuche im Besonderen ein Gräuel.

„Und der Allmächtige, was würde der wohl dazu sagen?", wollte Dirk von Eric wissen und zwinkerte.

„Ach der. Dem hab' ich geschtern die Freundschaft ein für alle Mal gekündigt", antwortete Eric trotzig. „Und überhaupt. Esch gibt kein Gebot, dasch dasch Glückschpiel verbietet!", doppelte er nach.

„Wie wär's, wenn wir den Tag am Strand verbringen und heute Abend einen Abstecher in die Stadt machen? Eric könnte sich Kleider besorgen und Dirk eine Badehose kaufen, und wenn wir Lust haben, können wir später immer noch ins Casino gehen", schlug Ruud vor und entschärfte mit seinem versöhnlichen Vorschlag die Situation.

„Nur scho zum Schauen", schob Eric schnell nach.

Arno, ohne zu murren, konnte mit diesem Vorschlag leben.

Nach dem Frühstück gingen sie noch einmal auf ihre Zimmer. Mit Ausnahme von Eric hatte jeder noch irgendetwas zu erledigen: Arno wollte seine Jeans gegen Badehosen und seine Straßenschuhe gegen Flip Flops tauschen. Ruud holte das Sonnenöl und Dirk die Spielkarten, die er in der Seitentasche seiner Reisetasche verstaut hatte. Fünf Minuten später trafen sie sich an der Rezeption.

Am Strand steuerte Arno direkt auf die Imbissbude zu. Dirk und Eric folgten ihm. Ruud wollte sich die Füße im lauwarmen Wasser vertreten und verabschiedete sich. Die drei Verbliebenen setzten sich an einen der Tische. Sie waren die ersten Gäste. Eine junge Frau und ein Mann mit Kochmütze und Küchenschurz waren damit beschäftigt, die Sonnenschirme aufzuspannen und Stühle sowie Tische zurechtzurücken. Als die junge Frau die drei bemerkte, unterbrach sie ihre Tätigkeit und brachte ihnen die Speisekarte. „Five minutes", sagte sie und verschwand wieder.

Arno studierte die bebilderte Speisekarte. „Huevos Rancheros mit Speck und dazu ein kühles Bier, das wäre doch ein idealer Start in den neuen Tag", dachte er und winkte die junge Frau herbei, die jetzt damit beschäftigt war, Orangen auszupressen. Als sie Arno sah, rief sie: „Ya voy." Sie trocknete ihre Hände und kam an den Tisch. „¿Que quieres?"

Arno, der kein Spanisch redete, zeigte mit dem Finger auf die Huevos Rancheros. „Und ein Bier", fügte er an. „Ah si, una cerveza", wiederholte sie. Arno nickte zufrieden, weil er verstanden wurde. Dirk, der Lust auf einen Cocktail hatte, fragte Eric: „Wie wär's mit einem Mojito?"

„Schon scho früh am Morgen?"

„Komm schon. Wir sind am Strand von Bavaro. Genießen wir diesen Augenblick!", verwarf er Erics Bedenken und bestellte twee Mojitos. Sie lachte und korrigierte: „Dos mojitos."

„Okay, dos mojitos."

Angetan von der freundlichen Art der jungen Frau fragte Dirk: „Wat is jouw naam?" Sie verstand die Frage nicht und zuckte mit den Achseln. „Kein Problem", dachte Dirk und zeigte mit dem Zeigfinger zuerst auf Arno und dann auf Eric: „Dat is Arno en dit is Eric. En ik ben Dirk." Dabei stand er auf und klopfte mit der flachen Hand auf seine Brust. Jetzt begriff sie und vergnügt sagte sie: „Mi nombre es Olivia."

„Ein schöner Name", stellte Arno anerkennend fest und die anderen nickten zustimmend. Olivia lächelte und kehrte zur Bar zurück, wo sie den Zettel mit Arnos Bestellung dem Koch weiterreichte.

„Wollen wir spielen?", fragte Dirk. Er holte die Spielkarten hervor und legte sie auf den Tisch. Obwohl Arno keine Lust hatte, nahm er den Stapel und mischte die Karten. „Aber nur bis das Essen kommt, dann ist Schluss", präzisierte er.

Just in dem Augenblick, als Olivia die Mahlzeit servierte, näherte sich ihnen Ruud. „Du kommst wie gerufen", rief ihm Arno zu, „du kannst mich ablösen. Ich will in Ruhe essen und mich anschließend in die Sonne legen."

Dirk und Eric waren froh, dass sie das Spiel ohne Unterbruch fortsetzen konnten. Auf einmal sagte Eric: „Hier fühle ich mich wie im Garten Eden." Er lachte und bestellte für sich und Dirk einen zweiten Mojito.

Die ungewohnte Hitze, der Alkohol sowie der Jetlag forderten schon bald ihren Tribut. „Ich bin müde und reif für eine Siesta", meinte Dirk unvermittelt. Es war zwölf Uhr mittags. Die heißeste Zeit. Viel zu heiß für einen Aufenthalt am Strand.

„Ich auch", stöhnte Eric, „lascht unsch insch Hotel gehen."

Nur Arno schien die Hitze nichts anzuhaben. Er döste zufrieden auf einem Liegestuhl vor sich hin und bekam von alldem nichts mit. Ruud ging daher zu ihm und informierte ihn, dass sie ins Hotel zurückkehren würden. „Geht schon vor. Ich komme später nach", murmelte Arno und drückte seinen Sonnenhut zurecht.

Auf dem Weg in ihre Zimmer kamen sie an der Rezeption vorbei. Dort hing eine Tafel mit den Fahrtzeiten des Hotelshuttles. „Der Bus fährt immer zur vollen Stunde", fand Ruud heraus, und Dirk schlug vor, den Fünf-Uhr-Bus zu nehmen. Sie vereinbarten, sich um fünf vor fünf an der Rezeption zu treffen.

Ruud und Arno waren beizeiten dort. Sie waren allein. Als um fünf Dirk und Eric immer noch fehlten, sagte Ruud: „Ich geh zum Busfahrer und sag ihm, dass er warten soll, und du holst die beiden andern!" Arno nickte und kehrte zu den Zimmern zurück. Gerade als er an die Tür klopfen wollte, wurde diese von Dirk geöffnet. Er wirkte übernächtigt. Eric, immer noch in der grünen Trainerhose und dem rotkarierten Hemd, stand direkt hinter ihm und rief: „Gott schei dank habe ich den Wecker geschtellt, schonscht hätten wir verschlafen."

„Verschlafen ist gut. Es ist fünf nach fünf. Beeilt euch, der Bus wartet!"

Der Bus, ein alter klappriger VW-Bus, wartete mit laufendem Motor vor dem Hoteleingang. Für einmal war es Ruud, der auf dem Beifahrersitz Platz genommen hatte. Auf der Fahrt ins Stadtzentrum kauderwelschte er ohne Unterbruch mit dem Chauffeur. Dieser gab ihm ein paar nützliche Ausgehtipps, die Ruud dankbar entgegennahm. Das Shuttle brachte die vier zum Einkaufszentrum *Plaza Bavaro*. Beim Aussteigen vereinbarte Ruud mit dem Fahrer, dass er sie um elf vor dem *Avalon Casino* abholen sollte. Als Eric das hörte, klatschte er vor Begeisterung laut in die Hände und bedankte sich überschwänglich bei Ruud. Arno, der daneben stand, verzog keine Miene.

Dirk und Eric verschwanden sogleich im Warenhaus. Arno und Ruud hatten keine Lust, sich ihnen anzuschließen, darum hatten sie abgemacht, sich in anderthalb Stunden wieder hier zu treffen. „Und, was machen wir?", fragte Arno. Ruud zuckte mit den Schultern und sagte: „Lass uns diese Straße runtergehen, da wimmelt es von Bars." Nach hundert Metern stoppten sie vor der *Steve's Corner Bar*. „Wollen wir?", fragte Ruud und Arno nickte. Sie traten ein, setzten sich an die Theke und bestellten zwei Caipirinhas. Arno saß etwas steif auf seinem Hocker. Seine Haut spannte. Er hatte sich zu lange der Sonne ausgesetzt und dabei einen Sonnenbrand eingefangen. „Indianer spüren keinen Schmerz", witzelte Ruud und tippte mit dem Zeigfinger auf Arnos Schulter. Der Schmerz, der Arno durchzuckte, verzerrte sein Gesicht, das in einen bösen Blick überging.

„Verzeihung, aber ich konnte einfach nicht widerstehen", entschuldigte sich Ruud, doch er spürte, dass er Arno versöhnlich stimmen musste, und er bestellte einen zweiten Caipirinha.

Wie abgemacht, trafen alle vier sich zur vereinbarten Zeit wieder vor dem Warenhaus. Eric war nicht wieder zu erkennen: Er trug knallrote Bermudashorts und dazu passend ein gelbes Polohemd. Ein schicker Panamahut bedeckte seinen kahlen Schädel. Ruud und Arno waren baff. „Ein wenig Farbe kann in unserem Alter nie schaden", erklärte Eric, als er die erstaunten Gesichter seiner Kollegen sah.

Und Dirk, auch er mit einem Panamahut, ergänzte: „Eric hat recht. Im Alter verblasst man. Da darf man mit Farbe schon etwas Gegensteuer geben."

„Und wo sind deine alten Kleider?", fragte Ruud.

„Die bringt man uns ins Hotel, zusammen mit den anderen Sachen", antwortete Dirk. Und nach einer kurzen Pause fügte er hinzu: „Das nennt man Service."

„Gehen wir essen. Ich hab' Hunger", sagte Arno. Sein Vorschlag wurde von allen begrüßt. „Aber wohin?", fragte Dirk.

„Ins *Wacamole*", antwortete Ruud, „den Tipp habe ich vom Fahrer. Das Restaurant ist bekannt für seine karibische Küche." Dann winkte er ein Taxi herbei, das sie zum Restaurant brachte.

Das *Wacamole* lag im Dachgeschoß des Hotels *Occidental*. Der Blick von hier oben ging im Nordosten weit über den Strand mit seinen vielen Palmen und über den Nordatlantik. Hinter dem Hügel ging die Sonne unter, dort, wo unsichtbar der Regenwald war.

Der Kellner brachte die Karte und erklärte ihnen die verschiedenen Gerichte. Ruud versuchte, so gut es ging, zu übersetzen. Schließlich einigten sie sich auf eine Erbsensuppe und Fisch. Der Kellner empfahl eine Goldmakrele. „Frisch gefangen", versicherte er. Sie waren mit dem Vorschlag einverstanden.

Ruud bestellte einen argentinischen Weisswein, weil er überzeugt war, den heutigen Tag feiern zu müssen. Immerhin galt es, ihre Ankunft in der Dominikanischen Republik zu zelebrieren. Als sie anstießen, riefen sie im Chor: „Prost! Auf unsere Ferien!", und brachen in ein schallendes Gelächter aus. Die anderen Gäste, die kein Wort verstanden, starrten sie stumm an.

Die Erbsensuppe war stark gewürzt und brachte sie ins Schwitzen. Der Fisch wurde schon filetiert serviert, mit einer cremigen Sauce. Als Beilage gab es Curryreis und gebratene Bananen. Mit einem Flan beendeten sie das Essen. Daraufhin verlangte Ruud die Rechnung und bat den Kellner, ein Taxi zu bestellen. Sie bezahlten und ließen ein fürstliches Trinkgeld zurück.

Nach einer Weile kam der Kellner an den Tisch zurück und meldete, dass das Taxi wartete. Als Ruud dem Taxifahrer das Fahrziel nannte, machte dieser ein schiefes Gesicht, denn das Casino befand sich nur drei Gehminuten vom *Wacamole* entfernt.

Das *Avalon* war riesig und ganz auf die Bedürfnisse der ausländischen Gäste ausgerichtet. In der Eingangshalle reihte sich Slotmaschine an Slotmaschine. Vor jedem der einarmigen Banditen saß ein Spieler, der den Spielautomaten unablässig mit Kleingeld fütterte. Bedingt durch die blinkenden Automaten, das metallische Klingeln von Hartgeld, das in die Auffangbecken fiel, herrschte hier eine hektische Atmosphäre.

Für Black Jack und Roulette gab es einen separaten Bereich. Hier war die Stimmung wesentlich ruhiger. Ab und zu hörte man einen Croupier sagen: „Les jeux sont faits. Rien ne va plus!"

In einem anderen Raum wurde ausschließlich Poker gespielt. Der Blick auf die Spieltische war allerdings durch den Zigarrenrauch vernebelt, sodass die vier diesen Raum augenreibend und hustend fluchtartig wieder verließen.

In der hintersten Ecke des Casinos standen drei Billardtische. Als Arno die Tische sah, atmete er erleichtert auf und lächelte. Einer Partie Billard war er noch nie abgeneigt gewesen, daher fragte er: „Wer spielt mit mir?"

Eric winkte ab. Ihn faszinierten die Spielautomaten, und Dirk wollte sein Glück beim Roulette versuchen. Ein Freund hatte ihm vor langer Zeit einmal verraten, wie man beim Roulette schnell viel Geld gewinnen konnte. Ruud war unschlüssig. Nach einer Weile erklärte er sich bereit, mit Arno Billard zu spielen. Während also Ruud und Arno konzentriert und mit Leidenschaft Kugeln versenkten, verspielte Dirk beinahe das ganze Geld, das er am Vortag als Anzahlung für seine Kurierdienste erhalten hatte. Groß war sein Frust, und er ärgerte sich. Am meisten über sich selber, weil er nicht aufgehört hatte, stur auf die magische Zahl 17 zu setzen. Der todsichere Geheimtipp hatte sich als totaler Flop entpuppt. Mehr Glück hatte Eric an den Spielautomaten: Verluste und Gewinne hielten sich zum Zeitpunkt, als sie das Casino verließen, die Waage. Er war mit dem Verlauf des Abends vollauf zufrieden. Begeistert posaunte er in die Nacht hinaus: „Kaschino, morgen komm' ich wieder!"

„Aber ohne mich!", hielt Dirk zornig dagegen. Seine Wut war noch immer nicht verflogen. Er fühlte sich elend. Wer den Schaden hat, braucht für den Spott nicht zu sorgen! „Beim Glückschpiel müschen viele verlieren ...", wollte Eric ausholen, doch Ruud konnte ihn im letzten Augenblick daran hindern. Er wollte nicht, dass sich Dirks angestauter Frust in einem Streit mit Eric entlud, und er ermahnte diesen, sich nicht über Dirk lustig zu machen.

Zurück im Hotel begaben sich Arno und Ruud an die Bar. Dirk verschwand wortlos im Zimmer. Eric folgte ihm. Er wollte ihn nicht allein lassen.

Im Zimmer warf sich Dirk aufs Bett und verfluchte Gott und die Welt, vor allem aber sich selber. Eric saß schweigend daneben. Nachdem sich Dirk etwas beruhigt hatte, murmelte

Eric zerknirscht: „Dasch mit dem Kaschino war eine blöde Idee von mir. Tut mir leid."

„Lass gut sein, Eric", beschwichtigte Dirk, „bin ja selber schuld. Wie kann man nur so blöd sein, immer auf dieselbe Zahl zu setzen?", hinterfragte er sich selbstkritisch.

„Ich kenn dasch Gefühl. Ischt mir auch mal paschiert", tröstete ihn Eric, „in Ooschtkapelle. Ich habe immer auf die 23 geschetzt. Hundertzwanzig Gulden habe ich verloren, und alle haben schich über mich luschtig gemacht."

In diesem Augenblick hörten sie Ruud und Arno in ihrem Zimmer rumoren. „Schind die schon zurück?", wunderte sich Eric, und Dirk vermutete: „Sicher war die Bar geschlossen."

Rita Gubler arbeitete seit dem 3. Januar bei Hans Maurer. Sie hatte sich für ihn entschieden, weil sie überzeugt war, dass sie von ihm am meisten lernen konnte. In ihren Augen war Maurer der beste Ermittler des ganzen Polizeikorps. Selbst die unmissverständlichen Warnungen ihrer Kolleginnen konnten sie nicht von ihrem Entschluss abbringen. Im Gegenteil: Selbstbewusst wie sie war, fühlte sie sich stark genug, um seinen Anfeindungen zu trotzen. Doch was sie in den ersten fünf Wochen ihrer Tätigkeit erlebte, übertraf ihre schlimmsten Befürchtungen. Tag für Tag gab ihr Maurer zu spüren, dass sie unerwünscht war. Er wies ihr die undankbarsten Aufgaben zu und ärgerte sich noch, wenn sie, ohne zu murren, die ihr übertragenen Arbeiten gewissenhaft und zu seiner vollsten Zufriedenheit ausführte. Nur allzu gerne hätte er sie zurechtgewiesen. Zu seinem Verdruss bot sie ihm keine Blöße. Rita Gubler war nicht nur gut. Sie war ausgezeichnet. Aber: Sie war eine Frau.

Es war Freitagabend, so gegen elf. In der *Elisaburg* herrschte Hochbetrieb. Als Rita das Lokal betrat, gab es keine freien Stühle mehr. Sie musste sich auf einem dieser unbequemen runden Holzhocker an einen kleinen Tisch in der hintersten Ecke der Gaststätte zu einem älteren Ehepaar dazusetzen. Mann und Frau waren armselig gekleidet und machten einen ungepflegten Eindruck. Er rundlich und mit fettigen, strähnigen Haaren; sie klein und mollig, mit einem ledergegerbten Gesicht voller Runzeln, die schlohweißen Haare zu einem dünnen Zopf geflochten. Ihre kleinen Augen sahen Rita gehässig an. Es schien, als ob sie Rita als ihre Rivalin betrachtete.

Die beiden Alten tranken Rotwein im Offenausschank. Rita hatte eine Tasse Tee vor sich. Sie wartete auf Hans Maurer, von dem sie wusste, dass die *Elisaburg* seine Stammkneipe war.

Endlich, um halb zwölf, kam Maurer. Torkelnd ging er zur Theke und mit der Sicherheit eines Menschen, der schon viel in seinem Leben getrunken hatte, bestellte er einen Schnaps. Er trank noch einen zweiten und einen dritten. Rita stand auf und setzte sich auf den neben ihm frei gewordenen Barhocker. Er bemerkte sie nicht. Erst als sie ein Bier bestellte, drehte er sich um. Die Stimme kam ihm bekannt vor. „Na so was, du hier?" Er roch penetrant nach Alkohol. Und er duzte sie.

Sie nickte und sagte: „Ich halt's nicht mehr aus."

Maurer schwieg, und Rita fing an zu weinen. Sie schluchzte: „Wieso hassen Sie mich?"

Obwohl das Licht schummrig und er angetrunken war, konnte er sehen, wie Tränen über ihre Wangen rollten. „Eine so starke und selbstbewusste Frau wie Rita heult? So was gibt's doch nicht", durchfuhr es ihn. Bis zu diesem Zeitpunkt hatte er nur weinende Angeschuldigte erlebt, und die ließen ihn in der Regel kalt. Rita aber weinte seinetwegen. Unvermittelt tat sie ihm leid. Zum ersten Mal wurde ihm klar, was für ein Ekel er gewesen sein musste. Er fühlte sich schuldig. Zerknirscht stammelte er: „Ich, ich ... äh ... ich hasse dich nicht."

„Wieso behandelst du mich dann wie eine Aussätzige?" Ohne es zu merken, redete auch sie ihn mit ‚Du' an.

Maurer senkte schuldbewusst seinen Kopf. „Céline ...", murmelte er.

„Wer ist Céline?"

„Meine Ex. Ich hab' sie so geliebt."

„Und, was ist passiert? Wieso hast du dich scheiden lassen?", fragte sie ihn verwundert.

„Ich wollte mich ja gar nicht scheiden lassen! Sie war es, die unbedingt die Scheidung wollte", antwortete er trotzig und schüttelte energisch seinen Kopf. „Noch heute erinnere ich mich an diesen Tag, als ob es gestern gewesen wäre", fuhr er aufgewühlt fort. „Ich kam von einer Dienstreise nach Hause und freute mich auf das gemeinsame Nachtessen. Ich wollte sie überraschen und habe noch vor meiner Abreise im *Giardino* einen Zweiertisch reserviert. Vom Flughafen fuhr ich direkt nach Hause. Als ich um vier eintraf, war Céline zu meiner Verwunderung schon daheim. Ich ging auf sie zu und wollte sie umarmen, doch sie wies mich schroff zurück." Als er das sagte, stieß er seine beiden Arme ruckartig von sich und wäre dabei fast vom Barhocker gefallen. Im letzten Moment konnte ihn Rita auffangen. „Weißt du, was sie mir gesagt hat?" Rita schüttelte den Kopf. „‚Ich will die Scheidung!' Sie sagte das so einfach heraus, als sagte sie: Ich will einen neuen Kühlschrank. Ich glaubte, mich verhört zu haben und fragte: ‚Was hast du gesagt?' ‚Ich will die Scheidung, und zwar schnell!', wiederholte sie. ‚Weshalb?', fragte ich, ‚uns geht's doch gut. Wir haben alles, und ich liebe dich. Was willst du mehr?' ‚Leben will ich. Verstehst du? Frei sein! Neues erleben!', antwortete sie und warf mir vor, blind zu sein und nicht bemerkt zu haben, dass wir uns in den letzten Jahren auseinandergelebt hätten. Ich war verzweifelt und ohnmächtig, denn ich wusste, dass ich keine Chance hatte, sie umzustimmen." Hans stoppte einen Moment und bestellte einen Schnaps. Es war der siebte oder achte an diesem Abend, und das Erstaunliche war, dass er immer noch klar reden konnte. „Drei Monate später waren wir geschieden. Ich musste aus der ruhigen Attikawohnung mit Seeblick aus- und in eine lärmige Dreizimmer-Altbauwohnung an der Seebahnstraße in Wiedikon einziehen. Auf die Schnelle war nichts anderes zu kriegen." Seine Stimme begann zu zittern. Ob aus Selbstmitleid oder Wut war nicht ersichtlich. „Hier brauch' ich wenigstens keinen Wecker. Das Haus liegt direkt neben dem Bahngleis, auf dem jeden Morgen um fünf die Züge mit den Viehwaggons vorbeirattern, in denen die brüllenden Rinder zum Schlachthof gekarrt werden." Wie er das sagte, zwang er sich zu einem Lächeln, das gleich wieder verflog, als er fortfuhr: „Aber das Allerschlimmste war, als ich später von gemeinsamen Bekannten erfahren habe, dass Céline seit Jahren ein Verhältnis mit ihrem Chef hatte. Während Jahren hatte sie mir Hörner aufgesetzt ... und ich Trottel habe nichts gemerkt!"

Rita spürte, wie Bitternis in ihm aufstieg. „Jetzt verstehe ich. Darum also dein Hass auf alle Frauen." Er nickte. Sie aber hob vorwurfsvoll ihre Augenbrauen und schaute ihn eindringlich an. Nach einem Augenblick des Schweigens sagte sie: „Aber das hat doch nichts mit mir zu tun. Das ist nicht fair!"

Maurer stierte in sein leeres Schnapsglas. Er antwortete nicht. Stattdessen bestellte er noch einen Schnaps. Er leerte das Glas auf einen Zug, danach wollte er aufstehen. Es sah aus, als ob er fallen sollte, aber er blieb dennoch aufrecht, wenn auch stark schwankend. Nach einer Weile bückte er sich zu

Rita und flüsterte ihr ins Ohr: „Ich war ein Idiot. Es tut mir leid. Kannst du mir verzeihen?"

Rita sah ihn nachdenklich an. Schließlich erhob sie sich von ihrem Hocker und antwortete mit einem leisen ‚Ja'. Jetzt stand sie neben ihm und musste ihn stützen. „Komm, ich bring dich nach Hause", sagte sie. Maurer, der plötzlich und übergangslos so betrunken war, dass keine Unterhaltung mehr möglich war, lallte: „Gehen wir." Gemeinsam verließen sie die *Elisaburg*.

Kantonspolizei Zürich, Zimmer 461, Montag, 25. Februar, 08.12 Uhr

Das Telefon läutete. Rita Gubler nahm den Anruf entgegen. Eine ihr unbekannte Männerstimme meldete sich: „Urs Eichenberger vom Grenzwachtkorps. Kann ich Hans Maurer sprechen?"

Hans Maurer war noch nicht im Büro und Rita wusste nicht, wann er eintreffen würde. „Er ist außer Haus. Soll er Sie zurückrufen?"

„Ist nicht so wichtig", antwortete der Anrufer, „ich versuch's später noch mal."

Hans Maurer kam erst gegen Mittag ins Büro. Er wirkte wie gerädert. Sein Blick war leer. „Was ist passiert?", fragte Rita.

„Das Übliche", antwortete er. „Bin gestern Abend abgestürzt. Dabei wollte ich um acht zu Hause sein."

„Lass uns essen gehen", schlug Rita vor, „das wird dir guttun."

„Aber bitte nicht in der Kantine!" Er hätte die hämischen Blicke seiner Kollegen nicht ertragen.

„Ich kenne in Oerlikon eine nette Pizzeria", sagte Rita, „dort sind wir ungestört."

Mit der S-Bahn fuhren sie nach Oerlikon. Das Lokal befand sich in unmittelbarer Nähe des Marktplatzes. Mit zügigen Schritten steuerte Rita auf das Restaurant zu. Hans folgte ihr. Sie setzten sich an einen Zweiertisch.

Während Hans die Speisekarte studierte, teilte ihm Rita mit, dass am Morgen Urs Eichenberger angerufen hatte.

„Ja, ja, der gute alte Urs. Jedes Mal wenn er glaubt, auf eine heiße Spur gestoßen zu sein, meldet er sich. Und, was wollte er?", fragte Hans.

„Ich weiß es nicht", antwortete Rita, „er hat bloß gesagt, er würde dich zurückrufen."

Sie bestellten das Essen, und während sie warteten, erzählte Hans, wie er vor über dreißig Jahren mit Urs Eichenberger die Polizeischule besucht hatte. Nach Abschluss der Ausbildung hatten sich ihre Wege getrennt. Urs schloss sich dem Grenzwachtkorps an. Er hatte die Arbeit an der Front, wie er sich damals ausgedrückt hatte, dem langweiligen Innendienst vorgezogen.

Um zwei waren sie zurück im Büro. Hans fühlte sich schon wieder viel besser. Als das Telefon klingelte, war Rita mit dem Austauschen der Druckerpatronen beschäftigt. Hans nahm den Hörer ab. Es war Urs Eichenberger. „Ich hab' was für dich. Vielleicht. Nichts Handfestes zwar, aber wer weiß. Kommissar Zufall ist ja allgegenwärtig", begründete er seinen Anruf und lachte. „Hab' gestern auf der A 2 einen holländischen Taxifahrer kontrolliert. Im Handschuhfach seines Wagens fand ich Kopien von vier Reisepässen sowie von Flugtickets. Nichts Spektakuläres. Einzig die Begründung des Fahrers machte mich stutzig: Er bräuchte diese Dokumente für die Versicherung. ‚So ein Blödsinn', hab' ich mir gedacht. Da wollte mich einer wohl für sehr dumm verkaufen."

„Und darum glaubst du, dass irgendetwas faul an der Sache sein könnte?", fragte Maurer vorsichtig.

„Gut möglich. Ich weiß es nicht. Jedenfalls habe ich alles fotografiert. Soll ich dir die Dokumente mailen?"

Maurer zweifelte an der Existenz einer Spur, aber er wollte seinen Kollegen nicht vor den Kopf stoßen und antwortete: „Okay, mach das."

Nur zwei Minuten später traf Eichenbergers E-Mail bei Maurer ein. Er wiederum leitete sie umgehend an Rita weiter und sagte: „Wenn du magst, kannst du ja mal einen Blick draufwerfen."

„Weshalb nicht gleich", sagte Rita und öffnete das Dokument. Anschließend druckte sie alles aus und machte auf ihrem Schreibtisch eine Auslegeordnung: vier Bilder von vier Senioren. Vier Reisepässe. Vier Flugscheine. Ein Reiseprogramm, ausgefertigt von einem holländischen Reisebüro. Ein Führerschein. Eine Hotelrechnung des *Central* lautend auf G. van Heezen. Nichts, was auf eine strafbare Handlung hindeuten würde.

Hans warf ihr einen versteckten Blick zu. „Was Interessantes entdeckt?" In seiner Stimme war ein leicht ironischer Unterton auszumachen.

„Schau dir diese Gesichter an! Sehen so Ganoven aus? Der mit dem Pferdeschwanz macht doch eher den Eindruck eines in die Jahre gekommenen Hippies. Wahrscheinlich kifft er auch noch", spekulierte sie und lächelte verschmitzt.

Hans war hinter sie getreten und betrachtete die Bilder. „Versuch's doch mal im elektronischen Fahndungssystem. Vielleicht sind sie registriert", schlug er vor.

Rita tippte schnell die fünf Namen ein. Negativ, stellte sie nach wenigen Sekunden enttäuscht fest.

„Ist nicht einer im *Central* abgestiegen?", doppelte Maurer nach.

„Ja, van Heezen."

„Sehr schön, dann schau doch mal dort vorbei. Die können dir bestimmt weiterhelfen. Zumindest können sie dir sagen, wann und wie oft van Heezen dort abgestiegen ist."

Utrecht, Montagnachmittag, 25. Februar

Van Heezen saß, die Rückenlehne seines Chefsessels nach hinten gekippt, die Beine lässig auf den Schreibtisch gelegt, an seinem Pult und telefonierte mit Stijn. Dieser teilte ihm mit, dass die Kuriere in Punta Cana eingetroffen waren. „Und wann erhalte ich die Liste der Obsthändler? Du weißt ja, dass die *Calypso* am 25. April in Rotterdam eintreffen wird. Für zwanzig Tonnen Bananen brauchen wir bis dahin Abnehmer!"

Sein Befehlston behagte van Heezen nicht. „Gib mir noch ein paar Tage", bettelte er, obwohl er innerlich vor Wut schäumte und am liebsten ‚Du Arschloch!' in den Hörer gebrüllt hätte. „Ich bin ja eben erst aus Zürich zurückgekehrt und hatte noch keine Zeit, mich darum zu kümmern", jammerte er.

„Okay, aber in einer Woche will ich Resultate sehen", wetterte Stijn.

„Sonst noch was?", brüllte van Heezen. Weil aber Stijn schon aufgelegt hatte, blieb seine Frage ungehört. Die Art und Weise, wie ihn der Boss behandelte, hatte ihn zur Weißglut getrieben. Nicht viel hatte gefehlt, und er hätte den Hörer an die Wand geknallt. Doch er riss sich zusammen und startete stattdessen seinen Computer. Ziel seiner Recherchen im Internet waren Obst- und Gemüsehändler in der näheren

Umgebung von Utrecht. Nach zehn Minuten googeln hatte er sich vier Adressen möglicher Abnehmer auf einem A4-Blatt notiert. „Morgen beginnt die Knochenarbeit", dachte er beim Betrachten seiner Notizen. Er musste den vier Obsthändlern einen Besuch abstatten.

Zürich, 26. Februar, 7.30 Uhr

Rita Gubler betrat die Lobby des *Central.* Sie begab sich zur Rezeption, wo sie von einer jungen Mitarbeiterin in einem dunkelblauen Kostüm begrüßt wurde. „Schönen guten Tag. Was kann ich für Sie tun?"

„Rita Gubler, Kripo Zürich. Guten Tag Frau ... äh ..."

„Hintermann", sagte die Rezeptionistin.

Rita Gubler zeigte ihren Ausweis und entnahm ihrer Aktentasche eine Kopie des Führerscheines von Gullit van Heezen und hielt sie Frau Hintermann hin. „Kennen Sie diesen Mann?"

Die Rezeptionistin nahm das Blatt und betrachtete es. Dann schüttelte sie den Kopf: „Nein, bedaure. Diesen Mann habe ich noch nie gesehen."

„Aber dieser Mann hat die Nacht vom 23. auf den 24. Februar in diesem Hotel verbracht. Hier ist die Rechnung", hakte sie nach.

„Keine Ahnung. An diesem Wochenende hatte ich frei, und meine Kollegin, die an diesem Wochenende Dienst hatte, wird mich heute erst um zwölf Uhr ablösen. Aber wenn Sie wollen, kann ich im System nachschauen, ob unter diesem Namen Eintragungen vorhanden sind."

„Das wäre großartig!"

Die Rezeptionistin tippte den Namen Gullit van Heezen in den Computer ein und wartete gespannt, bis das Ergebnis ihrer Suchanfrage auf dem Bildschirm sichtbar wurde. Nach wenigen Augenblicken hob sie den Kopf: „Also: Dieser van Heezen stieg an folgenden Daten bei uns ab: Das letzte Mal am 23./24. Februar. Zuvor war er am 3./4. und 10./11. Januar, am 20./21. Dezember, 3./4. November, 26./27. Oktober, am 14./15. und am 7./8. September bei uns. Gesamthaft hat er also nicht weniger als acht Mal bei uns übernachtet. Und wie ich da unten sehe, hat er für die Nacht vom 10. auf den 11. März erneut ein Zimmer gebucht. Soll ich Ihnen die Seite ausdrucken?"

„Nimmt mich nur wunder, wieso sich van Heezen so oft in Zürich aufhält?", fragte sie sich. Sie war ganz in Gedanken versunken.

„Soll ich Ihnen die Seite ausdrucken?", wiederholte die Rezeptionistin ihre Frage.

„Äh ..., ja gerne!" Sie wollte den Auszug Hans Maurer zeigen.

Den Weg zum nahegelegenen Hauptbahnhof legte sie im Laufschritt zurück. Als sie auf dem Perron 41 eintraf, fuhr gleichzeitig die S16 im Bahnhof ein. Die Fahrt zum Flughafen dauerte 15 Minuten. Sie nutzte die Zeit, um sich den Ausdruck mit den Daten von van Heezens Aufenthalten im *Central* noch einmal in Ruhe anzuschauen.

„Was ist?", fragte Maurer, als Rita mit geröteten Wangen und außer Atem ins Büro gestürmt kam. Sie war die vier Stockwerke zu Fuß hochgegangen.

„Hier! Schau dir das an", keuchte sie und hielt ihm die ausgedruckte Liste vor die Nase.

Maurer nahm das Papier und studierte es gespannt. Nach einer kurzen Bedenkzeit fragte er: „Wurde am 4. Januar nicht Pilar Dominguez verhaftet?"

„Du meinst, dass zwischen der Ankunft von Pilar und dem Aufenthalt von van Heezen ein Zusammenhang bestehen könnte?", fragte sie, statt zu antworten.

Maurer nickte und sagte: „Möglich wär's schon. Fassen wir einmal zusammen: Die Flüge für die vier Herren wurden im Reisebüro *Sonja Reizen* in Utrecht gebucht. Abflug in Zürich am 23. Februar, Ankunft in Zürich am 11. März. Gullit van Heezen hielt sich im letzten Jahr nicht weniger als fünf Mal in Zürich auf, und in diesem Jahr ist er bereits drei Mal im *Central* abgestiegen. Interessant ist, dass er für die Nacht vom 10. auf den 11. März erneut im *Central* ein Zimmer reserviert hat. Und wer kommt am 11. März in Zürich an?"

„Van Ekris, de Nijs, Vandekerckhove und Verthongen!", antwortete Rita.

„Genau."

„Aber was soll daran schon besonders sein? Vielleicht holt er die vier einfach nur wieder ab", mutmaßte Rita.

„Kann sein. Trotzdem werde ich versuchen herauszufinden, ob noch andere Flüge über dieses Reisebüro gebucht worden sind."

„Und wie willst du das hinkriegen?"

Hans warf ihr einen triumphierenden Blick zu und antwortete: „Ich habe in Amsterdam einen Kollegen, der kann uns bestimmt weiterhelfen."

„Und ich gehe nochmals ins *Central* und prüfe, ob van Heezen in Begleitung von anderen Personen war."

Mitten im tropischen Regenwald, am Fuß des Pico Duarte, stieß man auf eine große Lichtung. Der Urwald musste an dieser Stelle vor Jahren abgeholzt worden sein. Am Rand der Lichtung stand ein halbverfallener Holzschuppen, um den ein drei Meter hoher Drahtzaun, oben mit Stacheldraht umwickelt, verlief. Vor der Baracke patrouillierten zwei Soldaten, die Finger am Abzug ihrer halbautomatischen Waffen. Am Ende einer kurzen Graspiste unmittelbar hinter dem Schuppen war eine zweimotorige Cessna abgestellt, neben der ein kleingewachsener Mann in einem weißen Overall stand. Er hatte ein vernarbtes Gesicht, und sein linkes Ohr war verstümmelt. Ein schwarzes New York Yankees-Käppi verdeckte die Brandnarben auf seinem kahlen Schädel. Spuren eines Flugzeugabsturzes, den er vor fünf Jahren mit knapper Not überlebt hatte. Héctor wartete geduldig auf Nando, der ihm für den bevorstehenden Flug nach Barranquilla, wo er den zweiten Teil der Kokainlieferung abholen sollte, ergänzende Informationen versprochen hatte.

Im Inneren der Baracke herrschte trotz der unerträglichen Hitze eine rege Betriebsamkeit. Beobachtet von Stijn, José und Nando waren sechs Männer, nur in T-Shirts und Bermudas gekleidet, damit beschäftigt, das Kokain zu portionieren, in Plastiksäcke abzufüllen und anschließend zu vakuumieren. In einer Ecke stapelten sich Bananenschachteln zu einem hohen Turm.

„Wann werden die Bananen geliefert?", fragte Stijn.

„Am 31. März. Die *Calypso* läuft am 15. April aus. Wir haben also ausreichend Zeit, um den Container zu beladen und aufs Schiff zu bringen", antwortete Nando.

Stijn und José waren zufrieden. Alles schien planmäßig zu verlaufen. Plötzlich schaute Nando auf seine Uhr. „Ich muss Héctor rasch die letzten Instruktionen geben, damit er noch vor dem Eindunkeln starten kann", sagte er und eilte zum Flugzeug. Wenig später startete die Maschine in Richtung Barranquilla.

1. März im Bezirksgericht

Es war 10.45 Uhr, als Pilar Dominguez und Eugen Fröhlich auf der Holzbank vor dem Zimmer 237 darauf warteten, vom Gerichtsdiener hereingerufen zu werden. Der Termin für die Hauptverhandlung war auf elf Uhr angesetzt. Etwas abseits standen der Staatsanwalt und zwei uniformierte Polizeibeamte, deren einzige Aufgabe darin bestand, aufzupassen, dass Pilar nicht flüchtete. Ein Risiko, das keines war.

Während sie vor der Tür des Gerichtssaals warteten, erläuterte Fröhlich seiner Klientin noch einmal in aller Ruhe den Gang der Hauptverhandlung. Er erklärte, welche Fragen der Richter stellen würde, und nannte auch gleich die Antworten. Er informierte sie, dass im Anschluss an diese Befragung das Urteil gefällt werden würde, und der Fall ein für allemal erledigt wäre. Immer vorausgesetzt, der Richter akzeptierte den Urteilsvorschlag. Aber diese latente Ungewissheit behielt er für sich. Er wollte Pilar nicht unnötig ängstigen.

„Kann ich dann nach Hause zurückkehren?", fragte sie. Ihre Stimme zitterte.

„Ja. Aber zunächst kommen Sie in Ausschaffungshaft bis die Heimreise organisiert ist. Danach wird man Sie in ein Flugzeug setzen und ..."

In diesem Augenblick öffnete sich die Tür zum Zimmer 237, und der Gerichtsweibel trat heraus. „Wir haben Verspätung. Eine strittige Scheidung! Es dauert bestimmt noch eine halbe Stunde", entschuldigte er sich und verschwand wieder im Gerichtssaal.

Pilar, die nicht verstand, was dieser Mann soeben gesagt hatte, schaute fragend ihren Anwalt an.

„Wir müssen warten. Eine Scheidung. Die Parteien streiten. Und der Richter versucht, eine Einigung zu erzielen", erklärte Fröhlich.

Nach zwanzig Minuten öffnete sich die Tür von Neuem. Ein Mann mit hochrotem Kopf verließ fluchtartig den Raum, gefolgt von einem anderen, der unaufhaltsam auf ihn einredete. Als dieser Eugen Fröhlich erblickte, warf er ihm ein flüchtiges „Tag, Herr Kollege" zu.

Wenig später traten zwei Frauen in den Flur hinaus: die eine in einem eleganten Deux-Pièces, in der Hand eine schicke Aktentasche aus edlem Leder; die andere in einem modischen Hosenanzug. Ihre strahlenden Gesichter verrieten, dass sie mit dem erzielten Ergebnis mehr als zufrieden waren. Als die Frau im Deux-Pièces Eugen Fröhlich erblickte, ging sie auf ihn zu und begrüßte ihn mit einer freundschaftlichen Umarmung. Es war Christine Meier, die er vom Studium her kannte und mit der er die Anwaltsprüfungen vorbereitet hatte. „Ist das deine Klientin?", fragte sie und blickte neugierig zu Pilar. Fröhlich bejahte. „So hübsch wie sie ist, wirst du beim Fink bestimmt leichtes Spiel haben", meinte sie schmunzelnd und wünschte ihm viel Erfolg.

Fünf Minuten später wurden Fröhlich und Pilar vom Gerichtsweibel aufgefordert, ihm in den Gerichtssaal zu folgen. Der Staatsanwalt und die beiden Polizisten schlossen sich ihnen an. Die Polizisten nahmen auf einem der hinteren Bänke

Platz. Der Staatsanwalt setzte sich hinters linke Rednerpult. Der Platz rechts war dem Verteidiger vorbehalten. Pilar als Angeklagte blieb in der Mitte zwischen den beiden Parteivertretern stehen.

Richter Fink war ein Mann in den Sechzigern und von fülliger Statur. Die wulstigen Falten in seinem Gesicht erinnerten an einen chinesischen Faltenhund. Mit seinen spärlichen, dunkel gefärbten Haaren versuchte er seine Glatze zu kaschieren. Er machte einen gelangweilten Eindruck. Assistiert wurde er von der Gerichtsschreiberin und einem Praktikanten. Neben diesem saß die Dolmetscherin. Es war Dolores Gonzales, was von Pilar mit Freude zur Kenntnis genommen wurde. Schüchtern winkte sie ihr zu.

Der Richter empfing die Parteien mit einem kaum hörbaren „Guten Tag" und entschuldigte sich, dass sie so lange hatten warten müssen: „Strittige Scheidungen dauern halt oft etwas länger als geplant", begründete er die Verspätung. Daraufhin wühlte er in Akten, die er vor sich ausgebreitet hatte, schüttelte seinen Kopf und brummelte irgendetwas Unverständliches zur Gerichtsschreiberin. Die nickte, griff in ein blaues Aktenbündel und entnahm diesem ein rosarotes Blatt Papier, das sie ihm kommentarlos weiterreichte. Es war der Urteilsvorschlag. Er betrachtete ihn kurz und fragte Pilar, ob sie den ihr zur Last gelegten Sachverhalt anerkenne.

„Sí. Lo siento mucho!", antwortete sie mit fester Stimme.

Mehr interessierte Richter Fink nicht, und er forderte die Anwesenden auf, für die Urteilsberatung den Gerichtssaal zu verlassen. Keine fünf Minuten später wurden sie vom Gerichtsdiener wieder aufgerufen. Richter Fink eröffnete das Urteil: Pilar Dominguez wurde des Verstoßes gegen das Betäubungsmittelgesetz schuldig gesprochen und zu einer bedingten Freiheitsstrafe von achtzehn Monaten verurteilt.

Des Weiteren ordnete er die Ausschaffungshaft an. Danach begründete er kurz den Entscheid: „Frau Dominguez, Sie haben gehört, dass Sie die Strafe nicht absitzen müssen. Das Gericht ist zu der Überzeugung gelangt, dass eine Mutter zu ihrem kranken Kind gehört. Zudem haben Sie ein Geständnis abgelegt, was strafmindernd berücksichtigt werden konnte." Und noch bevor er dem Gerichtsdiener das Zeichen gab, die Tür zu öffnen, raunzte er: „Aber merken Sie sich eines, Frau Dominguez: Ich will Sie nie mehr wieder sehen!"

Pilar war überglücklich, dass der Richter den Urteilsvorschlag des Staatsanwaltes akzeptiert hatte. Jetzt war es definitiv. In wenigen Tagen würde sie wieder zu Hause sein. Die beklemmende Ungewissheit hatte nach Wochen des Bangens ein Ende gefunden.

Am selben Tag in Punta Cana

In Josés Büro saßen Stijn, Nando und José an einem ovalen Sitzungstisch. Sie wollten das Vorgehen bei der Verschiffung des Containers besprechen. Plötzlich unterbrach Stijns Handy Nando, der gerade dabei war, das Prozedere der Verzollung zu erläutern. Es war die Nummer vom Reisebüro *Sonja Reizen*. „Seltsam", dachte Stijn. Entgegen ihren Gewohnheiten hatte ihn Sonja nicht mit ihrem Handy angerufen. Er drückte die Anruftaste und fragte: „Hallo Sonja, was gibt's?"

„Hör zu. Hier hat sich soeben Merkwürdiges ereignet." Sonja war völlig aus dem Häuschen und ihre Stimme überschlug sich. „Ein Polizist war hier und wollte wissen, wer die vier Flüge vom 23. Februar gebucht hatte. Aber das ist noch nicht alles. Er erwähnte auch noch den 7. September, den 26. Oktober, den 20. Dezember und den 3. Januar, ohne jedoch etwas Konkretes zu sagen. Natürlich tat ich so, als ob ich nichts wüsste. Aber irgendwie beschleicht mich ein ungutes Gefühl." Das alles stieß sie ohne Atem zu holen hervor.

Stijn wurde leichenblass. Was um alles in der Welt war passiert? „Verdammt!", brüllte er so laut, dass José und Nando zusammenzuckten. Dann verstummte er. Er musste das Gehörte zuerst einmal verdauen.

„Hallo. Stijn, bist du noch dran?", hörte er Sonja rufen. Ihre Stimme klang wie von einem anderen Planeten. Unwirklich.

Stijn rang um Worte, aber alles, was er in diesem Augenblick hervorbrachte, war: „Ich ruf' dich später zurück."

José und Nando saßen wie versteinert da. „Was ist los?", fragte Nando. Ihre Blicke trafen sich. „Ich weiß es nicht", antwortete Stijn gepresst, fast so, als würde ihm gleich die Stimme versagen, „ein Polizist war bei Sonja. Der wollte wissen, wer die vier Flüge vom 23. Februar gebucht hatte. Zudem hatte er Kenntnis von den anderen Reisedaten."

Eine Weile herrschte konsterniertes Schweigen.

„So ein Scheiß", tobte unvermittelt Nando und schnellte von seinem Stuhl hoch. José und Stijn starrten ihn fassungslos an.

„Ich hab' sie getroffen!", triumphierte Rita.

„Wen?", fragte Maurer gespannt.

„Na, die Rezeptionistin, die am Wochenende Dienst hatte", fuhr Rita fort, „und stell dir vor, sie hat van Heezen sofort wiedererkannt. Aber es kommt noch besser: Sie konnte sich sogar daran erinnern, dass van Heezen einige Male in Begleitung eines anderen Mannes im Hotel abgestiegen war. Ich bat sie abzuklären, wann dies der Fall gewesen war. Nachdem sie sich im Computer schlau gemacht hatte, nannte sie mir die

Daten: Es waren die Wochenenden vom 14./15. September und 3./4. November."

„Und? Konnte sie herausfinden, wer dieser zweite Mann war?"

„Sämtliche Rechnungen waren auf van Heezen ausgestellt. Sie musste die Hotelmeldescheine aus dem Archiv holen. Dort wurde sie fündig. Bei dem Mann, der am 14. September und 3. November zusammen mit van Heezen abgestiegen war, handelte es sich um Stijn Vermeer, der ebenfalls in Utrecht gemeldet ist."

„Das ist aber interessant", bemerkte Maurer, „langsam aber sicher gewinne ich den Eindruck, dass Urs einen guten Riecher hatte. Lass mich das Ganze noch ein Mal in Ruhe durchdenken: Am 7. September stieg van Heezen alleine im *Central* ab. Er stellte sein Fahrzeug in die Parkgarage. Eine Woche später kehrte er in Begleitung von Vermeer zurück. Sie hatten zwei Fahrzeuge. Am 26. Oktober wiederholte sich das Ganze. Van Heezen tauchte alleine im Hotel auf. Eine Woche später war er abermals in Begleitung von diesem Vermeer. Und wieder waren sie mit zwei Autos hier. Was kann das bedeuten?"

„Und weshalb war er in den Folgenächten alleine?", wunderte sich Rita.

„Vielleicht finden wir die Antwort, wenn wir mehr über diesen Stijn Vermeer in Erfahrung gebracht haben", gab sich Maurer zuversichtlich.

„Du meinst, ein Fall für deinen holländischen Freund?", scherzte Rita.

Er nickte und lachte. Dann rief er Raymond van Rijmsdyke an und bat ihn, Informationen über Stijn Vermeer einzuholen. „Du musst aber diskret vorgehen, denn dieser Vermeer darf unter keinen Umständen etwas davon erfahren!"

Vier Tage später hielt er den Bericht seines holländischen Kollegen in den Händen.

Aktennotiz betreffend Stijn Vermeer

Name: Stijn Vermeer
Geboren: 28. Mai 1963
Zivilstand: geschieden
Kinder: keine
Wohnhaft: Jeruzalemstraat 5, Utrecht
Beruf: Kaufmann

S.V. war Einzelkind. Die Mutter war Hausfrau, der Vater stellvertretender Direktor der Justizvollzugsanstalt von Rotterdam.
S.V. ist in Rotterdam aufgewachsen. Während neun Jahre Besuch einer Internatsschule. Anschließend Besuch des Gymnasiums. Abitur.
Anstellung in der Justizverwaltung, <Abteilung für Strafvollzug>.
1994 erste Verurteilung wegen Bestechung. S.V. hatte Entlassungsgesuche manipuliert. Geldstrafe (1500 Gulden). Entlassung aus dem Staatsdienst.
Danach Geschäftsführer einer Bar.
1998 zweite Verurteilung, diesmal wegen Nötigung. Geldstrafe (5000 Gulden).
2002 wegen Verdachts auf Drogenhandel für drei Monate in Untersuchungshaft. Untersuchung wurde mangels Beweise eingestellt.
Seither keine besonderen Vorkommnisse mehr.

„Bestechung, Nötigung und Verdacht auf Drogendelikte. Das alles passt ja wunderbar zusammen", stellte Hans mit Genugtuung fest. Und insgeheim dachte er: „Vielleicht sollten wir die vier Herren bei ihrer Ankunft am 11. März etwas genauer unter die Lupe nehmen."

Pilar war noch keine Viertelstunde in ihrer Zelle, als die Zellentür geöffnet wurde. Eine junge Aufseherin, die nur unwesentlich älter war als sie, trat herein und forderte sie auf, ihre wenigen Habseligkeiten zu packen und ihr zu folgen. In gebrochenem Spanisch erklärte sie den Grund: „Untersuchungshaft fertig. Jetzt Ausschaffungshaft."

Für Pilar war es der Beginn der Rückkehr, und sie reagierte mit einem freudigen Lächeln.

Untersuchungs- und Ausschaffungsgefängnis befanden sich im selben Gebäude. Durch eine Schleuse gelangte man in den Trakt, wo die Ausschaffungshäftlinge untergebracht waren.

Im Gegensatz zu den meisten anderen Ausschaffungshäftlingen freute sich Pilar auf die Heimreise. Am liebsten wäre sie noch am selben Tag abgereist. Da es aber wöchentlich nur einen Direktflug von Zürich nach Punta Cana gab, verlängerte sich ihr Aufenthalt um eine Woche. Am 9. März war es dann endlich soweit. Dabei hatte sie erst noch ausgesprochenes Glück, dass auf diesem Flug noch ein Platz frei war. Ansonsten hätte sie eine weitere Woche im Gefängnis ausharren müssen.

Als ihr die junge Aufseherin die frohe Botschaft überbrachte, fiel ihr Pilar spontan um den Hals. Dabei vergoss sie Freudentränen. Überrumpelt von diesem Gefühlsausbruch wusste die junge Aufseherin im ersten Augenblick nicht, wie ihr geschah. Aber dann fasste sie sich ein Herz und drückte Pilar fest an sich. Als sie sich aus dieser Umklammerung gelöst hatte, erklärte sie Pilar, dass sie von zwei Polizeibeamten in Zivil zum Flugzeug gebracht werden würde, und scherzhaft fügte sie an: „Das hat den Vorteil, dass Sie als Erste einsteigen dürfen."

Die Freude auf die bevorstehende Heimreise raubte Pilar den Schlaf. Sie brauchte am Morgen des 9. März nicht geweckt zu werden. Als um sieben das Frühstück in die Zelle gebracht wurde, stand Pilar angekleidet vor dem kleinen Zellenfenster und blickte sehnsüchtig in Richtung des Flughafens.

„Sie werden um eins abgeholt. Aber vorher wird ihnen meine Kollegin noch das Mittagessen bringen", erklärte die Vollzugsbeamtin.

Jetzt begann für Pilar das lange Warten. Die Zeit in der Zelle schien stillzustehen. Der Fernseher hatte nur fünf Sender zur Auswahl. Keiner davon war auf Spanisch. Radio gab es keines. Pilar legte sich auf das Bett. Sie versuchte, sich zu entspannen. Sie legte ihre Hände auf den Bauch, atmete tief durch und verdrängte alle ihre Gedanken. Sie spürte, wie ihre Glieder schwerer und schwerer wurden, und ohne es zu wollen, schlief sie ein. Geweckt wurde sie erst wieder, als um zwölf die Zellentüre aufgeschlossen und das Mittagessen gebracht wurde. Es war wieder die junge Vollzugsbeamtin, die das Essen brachte. „Ich wollte mich von Ihnen verabschieden und Ihnen eine gute Heimreise wünschen", sagte sie, als sie das Tablett auf dem Tisch abstellte.

Pilar lächelte sanft, erhob sich von der Pritsche, ging auf sie zu und bedankte sich mit einer herzlichen Umarmung.

Jetzt ging plötzlich alles sehr schnell. Kaum hatte Pilar den letzten Bissen zu sich genommen, wurde die Zellentür erneut geöffnet. Eine Polizeibeamtin und ein Polizeibeamter, beide in Zivil, forderten sie auf, ihnen zu folgen. Zu dritt begaben sie sich zur Austrittskontrollstelle. Dort wurden Pilar das Smartphone, die Ledertasche sowie ihr Portemonnaie ausgehändigt. Anschließend gingen sie in die Tiefgarage, wo sie ein ziviles Polizeifahrzeug bestiegen. Mit diesem fuhren sie zum nahegelegenen Flughafen. Sie war überrascht, als sie feststellte, dass der Polizeibeamte nicht in eines der Parkhäuser fuhr, sondern eine Spezialzufahrt benutzte, die sie aufs Rollfeld führte, wo sie neben einem Airbus anhielten. Die Polizeibeamtin stieg als Erste aus. Sie ging um den Wagen und öffnete Pilar die Tür. In der Zwischenzeit hatte der Polizeibeamte ihr Gepäck aus dem Kofferraum geholt und marschierte damit zur mobilen Treppe, die speziell für diesen Zweck am Heck des Flugzeuges aufgestellt worden war. Die beiden Frauen folgten ihm. Zusammen mit dem Polizeibeamten stieg Pilar die Treppe hoch. Die Polizeibeamtin wartete am Fuß der Treppe. Pilars Platz, es war ein Fensterplatz, befand sich in der hintersten Sitzreihe, unmittelbar vor den Toiletten.

Nachdem der Polizeibeamte ihren Handkoffer in der Gepäckablage über ihrem Sitz verstaut hatte, verabschiedete er sich und verließ das Flugzeug auf demselben Weg, auf dem er gekommen war. Aus dem Fenster konnte Pilar beobachten, wie die mobile Treppe weggerollt wurde.

Über den Bordlautsprecher ertönte gedämpfte Musik. Das Boarding hatte begonnen, und schon nach kurzer Zeit zwängten sich die ersten Passagiere durch die engen Gänge. Jedoch waren nur fröhliche Gesichter zu sehen. Lachen und Scherzen allenthalben. Kein böses Wort. Sogar die Flugbegleiter in ihren adretten Uniformen verbreiteten mit ihrem entspannten und freundlichen Auftreten Ferienstimmung: Der Flug nach Punta Cana war eine Reise ins Paradies.

Pilar rätselte, wer den Platz neben ihr belegen würde. War es eine Frau oder ein Mann? Jung oder alt? Nach einer halben Stunde hatte sich das Rätsel gelöst: Es war eine sehr gepflegte, elegante Frau, so um die Vierzig, die sich, kaum hatte sie es sich auf ihrem schmalen Sitz bequem gemacht, gleich mit ihrem Vornamen vorstellte. Pilar war selig. „Me llamo Pilar", antwortete sie.

Und Gaby entgegnete: „Encantado!"

„Encantado? So ein Glück", stellte Pilar freudig fest, „Gaby spricht auch noch Spanisch."

Die Polizei bei Sonja de Boers! Damit hatten Stijn, Nando und José nicht gerechnet. Sie, die sich stets in Sicherheit wogen, sahen mit einem Mal den Bestand ihrer Organisation gefährdet.

„Wer ist der Maulwurf?", fragte José nach einer Pause mit finsterer Miene. „Etwa van Heezen? Du hast doch immer gesagt, dass er nichts tauge und hast dich über ihn lustig gemacht. Vielleicht wollte er sich rächen." Das war deutlich. Und zugleich restlos vage.

„Das glaub ich nicht. Van Heezen mag zwar ein Idiot sein, aber ein Verräter ist er deswegen noch lange nicht. Zudem ist er von mir abhängig, weil ich weiß, dass er Marcus Groothuis umgelegt hat."

„Was hat er?", rief Nando überrascht.

„Van Heezen, dieser Trottel, hatte vor einem Jahr Marcus Groothuis als Kurier angeheuert. Er hatte übersehen, dass es sich um einen ehemaligen Kriminalkommissar gehandelt hatte. Dieses Risiko konnten wir nicht eingehen. Daraufhin habe ich ihm befohlen, die Angelegenheit zu regeln."

Nando und José schüttelten ungläubig den Kopf. Einen Mord hätten sie van Heezen niemals zugetraut.

„Wenn nicht van Heezen, wer dann?", fragte José.

„Vielleicht die Albaner? Kann sein, dass die uns bespitzelt haben", mutmaßte Stijn.

Nando, der sich in der Zwischenzeit wieder etwas beruhigt hatte, hob beschwichtigend die Hände: „Immerhin sind wir jetzt gewarnt und können geeignete Maßnahmen ergreifen. Und wer weiß, vielleicht handelte es sich einfach um eine Routinekontrolle. Wir erleben ja unruhige Zeiten."

José war anderer Meinung. „Mach schon, ruf endlich Sonja an und frag sie, was der Polizist von ihr wissen wollte!", forderte er Stijn auf.

Stijn wischte sich Schweißperlen von der Stirn und drückte hastig Sonjas Handynummer. „So, jetzt können wir reden", begann er das Gespräch. „Wie viele Polizisten sind denn gekommen?", war seine erste Frage.

„Nur einer, und der stellte sich als Kommissar Arien van Hijnigen von der Polizei von Utrecht vor. Er war sehr freundlich, aber irgendwie wirkte er desinteressiert. Ich vermute, weil er im Auftrag seiner Amsterdamer Kollegen hier aufkreuzen musste."

„Und was wollte er?"

„Er wollte wissen, wer die vier Flüge vom 23. Februar nach Punta Cana gebucht hatte. Vier ältere Herren, hab ich ihm geantwortet und ihn gefragt, ob er deren Namen wissen wolle und ob mit ihnen etwas nicht in Ordnung sei. Dann notierte er sich die vier Namen und meinte: Alles in Ordnung. Van Heezen habe ich mit keinem Wort erwähnt."

„Ausgezeichnet. Und was hast du ihm bezüglich der anderen Flüge gesagt?"

„Ich habe ihm erklärt, dass ich mich beim besten Willen nicht mehr daran erinnern könne, ob ich damals diese Buchungen getätigt habe. Mehr wollte er nicht wissen, denn er stellte keine weiteren Fragen."

„Sehr gut. Hat er dir auch gesagt, woher die Amsterdamer Polizei wusste, dass die Februar-Flüge bei dir gebucht worden sind?"

„Nein. Er sagte bloß, dass er im Auftrag der Amsterdamer Polizei herausfinden müsste, wer die Flüge gebucht hatte. Mehr war nicht aus ihm herauszuholen."

„Schade, hätte nur zu allzu gerne gewusst, wer die Spur zu dir gelegt hat. Ruf mich sofort an, falls du was Neues erfährst. Und noch was: Sei bitte vorsichtig!" Dann brach er den Anruf ab. Stijn schien durch Sonjas Erklärungen wieder ein wenig ruhiger geworden zu sein.

José und Nando, die das Gespräch mitverfolgten, aber kein Wort verstanden, konnten es kaum erwarten, von Stijn aufgeklärt zu werden. Doch der winkte ab und sagte: „Ich muss euch enttäuschen. Sonja konnte mir nicht sagen, wie die Polizei in den Besitz dieser Informationen gelangt war. Wir wissen also immer noch nicht, wer der Polizei den Tipp gegeben hat."

„Weshalb fragst du nicht die vier Alten? Vielleicht wissen die etwas", schlug José vor.

„Gute Idee", erwiderte Stijn, „ich werde mit ihnen reden." Er warf einen Blick auf seine Uhr. Es war halb zwei. Er rief Johnny an und bestellte ihn zu sich. Beim Weggehen fragte er Nando: „Und wann treffen wir uns wieder?"

„Heute Abend um halb acht, und zwar bei mir zu Hause. Ihr müsst alle kommen. Auch Gamarra und Ortiz. Ich werde die beiden gleich anrufen und sie informieren."

Wenige Minuten später, nachdem Stijn aufgelegt hatte, fuhr Johnny mit dem Wagen vor. Stijn stieg ein und gemeinsam machten sie sich auf den Weg zum *Riu Naiboa*. Dort angekommen, begaben sie sich an die Rezeption, konnten jedoch niemanden antreffen. „Logisch! Siesta! Zeit für den Mittagsschlaf", dachte Stijn.

Johnny warf einen prüfenden Blick auf das Schlüsselbrett, das gut sichtbar an der Wand hinter der Theke befestigt war, und stellte fest, dass die Schlüssel mit der Nummer 29 und 30 an ihrem Platz hingen. „Die sind nicht auf ihren Zimmern", sagte er und zeigte aufs Schlüsselbrett.

„Wo glaubst du, dass sie sein könnten?"

„Vermutlich am Strand."

Es war drückend heiß. Die Jeans klebten an Stijns Beinen, und der Schweiß rann ihm in Bächen den Oberkörper runter, sodass sein Stadthemd klitschnass war. Seine Bekleidung war für den Strand denkbar ungeeignet. Er sehnte sich nach einem klimatisierten Raum.

Johnny hatte Recht. Er erspähte das Quartett in der nächstgelegenen Strandbar. Stijn atmete auf: Einen längeren Spaziergang am Strand hätte er bei dieser Bruthitze nicht überlebt.

„Die vier dort, das sind sie", und er zeigte mit der Hand auf eine Gruppe alter Männer, die mit nacktem Oberkörper und nur mit Badehosen bekleidet unter einem schützenden Sonnenschirm an einem Bistrotisch saßen. Jeder mit einem eisgekühlten Getränk vor sich. Sie spielten Karten. Sie lachten, scherzten und waren bester Laune. Arno, Dirk, Eric und Ruud amüsierten sich ganz offensichtlich prächtig.

„Hier also steckt ihr", rief ihnen Johnny zu, „der Boss will euch kennenlernen."

Stijn, der daneben stand, trocknete mit einem Taschentuch seine verschwitzte Stirn. Kritisch betrachtete er das Quartett. „Keiner mit Pferdeschwanz dabei", konstatierte er zufrieden.

„Der Boss persönlich", wurde er von Ruud begrüßt, „was verschafft uns die Ehre?" Und Arno dachte: „Das also ist er. Der Boss: etwa eins siebzig groß. Untersetzte Statur. Braungebrannt. Kurz geschnittenes Haar. Schnauz. Leichter Bauchansatz."

Lächelnd begrüßte Stijn alle vier der Reihe nach mit einem kräftigen Händedruck. „Und wie gefällt's euch hier?", fragte er scheinheilig. Er nahm einen Stuhl und setzte sich zu ihnen. Und zu Johnny gewandt sagte er: „Warte beim Wagen!"

„Schuper", beantwortete Eric Stijns Frage, „vor allem scheit heute, da mein Koffer eingetroffen ischt."

Stijn schüttelte verständnislos den Kopf: „Was ist angekommen?"

„Mein Koffer. Der hatte einen Abschtecher nach Kuala Lumpur gemacht", erklärte er, doch Stijn zeigte kein Interesse am Schicksal von Erics Koffer.

„Nur schade, dass wir nicht länger hier bleiben können. Ich glaube, ich könnte den Rest meines Lebens hier verbringen", meldete sich Arno zu Wort.

Stijn lachte und entgegnete: „Vergiss nicht, weshalb du hier bist. Ihr habt noch einen Job zu erledigen!"

„Bist du deswegen gekommen?", fragte Ruud.

„Nein. Die Rückreise werden wir später besprechen. Ich bin hier, weil ich von euch wissen muss, ob ihr auf der Fahrt von Utrecht nach Zürich in eine Polizeikontrolle geraten seid."

Die vier schauten sich an und schüttelten ihre Köpfe, und Ruud ergänzte: „Wir wurden nicht einmal am Zoll aufgehalten."

„Okay. Das war's auch schon." Stijn wollte schon aufstehen, um zu gehen, doch Ruud hielt ihn am Arm zurück: „Lust auf einen Drink? Sei unser Gast, dann können wir ein bisschen plaudern."

„Gern!", antwortete er. Diese Form der Abkühlung kam ihm sehr gelegen. Ruud winkte Olivia zu sich und bestellte einen Mojito.

Das gleichmäßige Rauschen der Triebwerke übte auf die meisten Flugpassagiere eine einschläfernde Wirkung aus. Viele von ihnen dösten vor sich hin. Das anfänglich laute Stimmengewirr war längst verstummt, und diejenigen, die nicht schliefen, schauten sich entweder einen Film an oder unterhielten sich im Flüsterton mit ihrem Sitznachbarn. Nur Gaby und Pilar führten eine lebhafte Unterhaltung, was ihnen die strafenden Blicke der Passagiere eintrug, die in der mittleren Reihe saßen. Sie störten sich nicht daran und setzten ihr Gespräch in unverminderter Lautstärke fort.

„Arbeitest du?" fragte Pilar.

„Ich bin Human Resource Vice Director in einem Zürcher Warenhaus."

„Human .... Äh, was ist das?", fragte Pilar interessiert.

„Ich bin verantwortlich fürs Personal und schaue, dass es den Mitarbeitern gut geht", sagte sie mit einem Schmunzeln, „aber manchmal muss ich auch streng sein und jemanden entlassen", erklärte sie ihren Job.

„Das tönt ja aufregend", meinte Pilar. In ihrer Stimme klang Bewunderung.

„Hast du Kinder?", wollte Pilar wissen.

„Nein. Ich habe nie Kinder gewollt. Ich wollte meine Unabhängigkeit nicht aufs Spiel setzen. Und zudem habe ich einen Job, den ich über alles liebe. Da haben Kinder keinen Platz."

„Dann bist du auch nicht verheiratet?"

„Wieso sollte ich? Männer sind doch nur ichbezogene Kinder. Und Kinder sind nun mal lästig!" Als sie das sagte, äffte sie ein quengelndes Kind nach und handelte sich damit ein weiteres Mal die missbilligenden Blicke der Passagiere in der mittleren Sitzreihe ein. Pilar aber schaute sie ungläubig an. „Hm ... kein Mann? Keine Kinder? Fehlt dir da nicht etwas?"

„Was glaubst du wohl, wieso ich in diesem Flieger sitze?" Als sie das sagte, blinzelte sie geheimnisvoll. Pilar verstand nicht, was sie damit meinte und fragte: „Stehst du auf Frauen?"

Gaby platzte vor Lachen. „Ha, ha, ha ... ich und lesbisch? Nein, wo denkst du hin!", rief sie belustigt. „Ich liebe Männer! Nur will ich nicht jeden Morgen neben einem von ihnen aufwachen." In der Reihe vor ihnen drehte sich ein Passagier um und brüllte entnervt: „Mir doch scheißegal, auf wen oder was du stehst. Sei endlich still!"

„Entschuldigung", sagte Gaby und dachte „blöder Spießer".

Und Pilar flüsterte: „Ist dies also der Grund, weshalb du nach Punta Cana kommst: Männer?"

„Stimmt", bestätigte sie, „hier am Strand wimmelt es doch nur so von gutaussehenden jungen Burschen, die nichts anderes im Schilde führen, als Frauen in meinem Alter zu bumsen. Die Lust regiert den Tag. Ist das nicht geil?" Gaby schien von ihrer Lebensphilosophie überzeugt zu sein. Nur wusste Pilar nicht so recht, was sie darauf antworten sollte. Sie spürte, wie ihr das Blut ins Gesicht schoss. Zum Glück kam in diesem Augenblick eine Flugbegleiterin mit einem Tablett voller Wassergläser. Pilar war dankbar für diese kurze Ablenkung. Sie nahm ein Glas und trank dieses in einem Zug leer.

„Habe ich dich schockiert?"

„Schockiert nicht gerade. Aber etwas überrascht bin ich halt schon, dass ausgerechnet eine Frau wie Du, die blendend aussieht, sich mit Toyboys vergnügen muss."

„Gerade das macht ja den Reiz der Sache aus. Ich kann mit den Jungs spielen, und wenn mir einer nicht mehr passt, tausche ich ihn einfach gegen einen anderen aus. So komme ich garantiert immer auf meine Kosten!"

Pilar war irritiert: Waren es sonst die alten Knacker, die sich an die jungen Mädchen heranmachten, war es nun plötzlich eine Frau, die für sich dasselbe Recht in Anspruch nahm. War das die neue Frau, von der sie in den Lifestyle-Magazinen immer wieder gelesen hatte? Für sie, die insgeheim in Fragen der Moral etwas altmodisch und katholisch war, waren Liebe und Sex untrennbar miteinander verbunden. Daher wäre es für sie nie in Frage gekommen, wahllos mit anderen Männern zu schlafen. „Machst du das schon lange?", fragte sie mit einem gekünstelten Lächeln. Ihre Verlegenheit konnte sie nur schlecht verbergen, was Gaby nicht störte, im Gegenteil. Sie berichtete weiter freimütig von ihren sexuellen Eskapaden: „Schon seit vielen Jahren. Meine ersten Erfahrungen sammelte ich am Strand von Mombasa. Das waren vielleicht aufregende Zeiten. Vor allem für uns weiße Frauen. Gut, da war ich auch noch um einiges jünger, so um die dreißig. Und dann diese Schwarzen mit ihren muskulösen Körpern und ihren kräftigen, du weißt schon, was ich meine ..." Als sie das sagte, musste sie hinter vorgehaltener Hand genüsslich lachen. „Ich konnte einfach nie genug davon kriegen. Als sich jedoch vor einigen Jahren die politische Situation im Land verschlechterte und es nicht mehr sicher war, entschloss ich mich, meine Ferien fortan in Phuket zu verbringen. Nur, die thailändischen Männer entsprachen überhaupt nicht meinem

Gusto. Und gefiel mir mal einer, konntest du Gift drauf nehmen, dass er schwul war. Kurz, meine Ferien in Phuket waren ein völliges Fiasko."

„Und daraufhin hast du dich entschieden, nach Punta Cana zu kommen?"

„Richtig. Den Tipp habe ich von einer Freundin erhalten, die sich hier regelmäßig ihren sexuellen Kick holte. Und ich muss zugeben, dass ich meinen Entscheid bis heute nicht bereut habe. Seit fünf Jahren komme ich zweimal pro Jahr hierher. Immer im März und im Oktober." Pilar schwieg und dachte: „Jedem das Seine."

Fernando Estevez bewohnte mit seiner Frau Elena eine herrschaftliche Villa auf einem Hügel hoch über Punta Cana. Als Stijn um halb acht in die Einfahrt einbog, stand das Tor weit offen. Eine mit Natursteinen gepflasterte Auffahrt führte zu der kolonialen Villa. Stijn parkierte seinen Wagen direkt hinter demjenigen von Ernesto. Er war noch nicht ausgestiegen, als ein weiteres Fahrzeug die Auffahrt hochfuhr. Es war ein großer schwarzer Mercedes: der Dienstwagen des Transportministers. Der Wagen hielt vor dem Brunnen, und ein in einem dunkelblauen Anzug gekleideter Fahrer mit Schirmmütze stieg aus, ging ums Fahrzeug herum und öffnete dem Transportminister die Tür.

In der Zwischenzeit war Nando aus dem Haus getreten. Er begrüßte jeden einzelnen mit einem Händedruck und einer kurzen Umarmung. Danach bat er seine Gäste, ihm ins Haus zu folgen. Er führte sie durch die großzügig angelegte Eingangshalle, die mit vielen Skulpturen dekoriert war, vorbei an einem Salon, an dessen Wänden mannshohe Spiegel hingen, hinaus auf die Veranda, wo vor dem Swimmingpool ein kleines Buffet mit kühlen Getränken und exquisitem Fingerfood auf sie wartete. Der Tisch war gedeckt. Alles war angerichtet. Sogar die Fackeln brannten und verströmten mit ihren lodernden Flammen einen Hauch von Lagerfeuerromantik. Aber selbst diese Idylle mochte nicht darüber hinwegtäuschen, dass der Grund ihres konspirativen Treffens ein höchst beunruhigender war: der Besuch von Kommissar Arien van Hijnigen im Reisebüro von Sonja. Die Frage, die niemand beantworten konnte, lautete: Wer hatte der Amsterdamer Polizei die Reisedaten der Drogenkuriere mitgeteilt? Nando blickte nervös zwischen den Männern hin und her, so als hoffte er, in ihren Gesichtern eine Erklärung zu finden. Dann zeigte er auf Stijn. „Du hast heute Nachmittag die Kuriere getroffen. Was für einen Eindruck haben sie auf dich gemacht?", fragte er.

„Einen ausgezeichneten! Sie entsprechen genau unseren Vorstellungen: vier gemütliche Großväter. Absolut vertrauenswürdig."

„Wieso bist du dir so sicher?"

„Mein Gefühl sagt mir das. Und bis heute hat mich mein Gefühl noch nie im Stich gelassen", gab ihm Stijn zu verstehen.

„Gefühl, Gefühl", lästerte Nando, und er fragte: „Aber wieso kannte der Polizist ihre Namen? Bist du ganz sicher, dass sie sauber sind?" Stijns Antwort hatte ihn nicht zu überzeugen vermocht.

Stijn zuckte mit den Schultern. „Keine Ahnung, wie die Polizei ihre Namen in Erfahrung bringen konnte. Bestimmt nicht von einem der Alten. Van Heezen hatte sie alle auf Herz und Nieren geprüft. Keiner von ihnen ist vorbestraft. Keiner hat Verbindungen zur Polizei. Zudem wissen sie, was ihnen blüht, wenn sie uns hochgehen lassen. Die reden nicht. Glaubt mir!"

Felipe Gamarras Instinkt warnte ihn davor, noch mehr Zeit auf die Alten zu verschwenden, und er machte durch lautes Räuspern auf sich aufmerksam. „Ich bin mir sicher, dass Stijn Recht hat. Auf die Alten ist Verlass. Weshalb sollten sie uns verraten? Es gibt keinen einzigen Grund dafür."

José nickte zustimmend. „Die sind sauber, sonst müssten wir sie alle im Meer versenken", bekräftigte er die Aussage des Transportministers.

„Aber was ist mit den anderen?", warf Nando mit skeptischem Blick ein.

„Welche anderen?", fragte Stijn.

„Na, die anderen Kuriere. Ihre Vorgänger eben", präzisierte Nando seine Frage.

„Alles unbescholtene Rentner. Die halten dicht. Garantiert!"

„Wäre es vielleicht nicht doch besser, wenn van Heezen seine Aufwartung bei ihnen machen würde", schlug Nando vor, „nur so, um ganz sicher zu sein, dass sie auch wirklich den Mund halten."

„Willst du schlafende Hunde wecken?", fragte Stijn genervt und sah ihn mit hochgezogenen Augenbrauen an.

José entschärfte umgehend die Situation, indem er sagte: „Ich glaube, Stijn hat Recht. Wir sollten sie in Ruhe lassen."

„Wir dürfen jetzt nicht in Panik geraten", fügte der Transportminister hinzu, „sonst machen wir Fehler."

Die anderen pflichteten ihm bei.

„Allenfalls könnten wir uns noch fragen, ob sich zusätzliche Sicherheitsvorkehrungen aufdrängen?", warf der Transportminister ein und blickte zu José. „Was meinst du? Du bist ja Polizist und kennst die Schwachstellen bei der Polizei."

„Ha, ha, bei uns gibt's keine Schwachstellen ...", konterte José.

„Nur Polizisten, die beim Anblick eines Einhundertdollarscheins schwach werden", fiel ihm Stijn ins Wort.

José überhörte diese Bemerkung und antwortete dem Transportminister: „Zurzeit liegen keine Anhaltspunkte dafür vor, dass die holländische Polizei von der Drogeneinfuhr Kenntnis hat. Wie sollte sie auch? Es gibt nichts, das auf einen Drogentransport hindeuten würde. Die Polizei tappt völlig im Dunkeln. Wir können unbesorgt sein. Nichts da, was uns verraten könnte. Alles läuft wie geschmiert."

„Hm ... und was ist mit Pilar?", hielt der Transportminister dagegen. „Hier lief doch einiges schief. Wurde sie nicht verhaftet?"

„Eine Finte", behauptete José schlagfertig und provozierte mit seiner Äußerung einen scheelen Blick von Stijn. „Dank Pilar konnten die vier Kuriere unbehelligt in den Transitbereich gelangen und die Ware unseren Gewährsleuten übergeben. Sechzig Kilo Kokain gelangten so an ihren Bestimmungsort."

Der Transportminister insistierte nicht weiter und gab sich mit dieser Antwort zufrieden. Jetzt kam er auf den geplanten Schiffstransport zu sprechen.

„Alles im grünen Bereich. Das Kokain wurde bereits vakuumiert. Die Bananenschachteln sind bereit. Jetzt warten wir nur noch auf die Anlieferung der Bananen. Die wurde mir für den 31. März in Aussicht gestellt. Das Verschiffen des Containers erfolgt Mitte April", wusste Nando zu berichten,

„Zwanzig Tonnen Bananen angereichert mit 1,2 Tonnen Kokain", murmelte der Transportminister vor sich hin. Vergnügt schnalzte er mit der Zunge.

Die A330 der Edelweiß Air setzte weich auf der Piste des Punta Cana International Airport auf. Ein paar wenige Passagiere spendeten den Piloten einen lauen Applaus.

Gaby und Pilar, die zuhinterst saßen, verließen das Flugzeug als Letzte. Gemeinsam begaben sie sich zur Gepäckausgabe. Pilar, obwohl sie nur Handgepäck hatte, wartete mit Gaby auf deren Gepäck. In Anbetracht der Tatsache, dass sie die letzten zehn Stunden nebeneinander verbracht und dabei viel Persönliches über sich erzählt hatten, war es für sie eine Selbstverständlichkeit, dass sie das Flughafengebäude gemeinsam verlassen wollten.

Während sie warteten, fragte Gaby: „Wollen wir uns mal treffen? Ich verbringe die nächsten drei Wochen im *Excellence*." Sie entnahm ihrer Handtasche ein kleines Notizbuch, riss ein Blatt heraus und notierte ihre Handynummer. „Hier ist meine Nummer. Da bin ich immer ...", um sich sogleich zu korrigieren, „... oder sagen wir besser: fast immer erreichbar. Dein Anruf würde mich freuen!"

Pilar nahm den Zettel und steckte ihn in ihre Brieftasche. „Ich ruf dich an", lachte sie, „versprochen!"

Das Rattern und Knacken eines Motors kündigte die Inbetriebnahme des Gepäckbandes an. Gaby hatte Glück: Ihr Koffer erschien als einer der Ersten. Sie nahm ihn vom Band und stemmte ihn auf den Gepäckrolli. Der Weg zur Passkontrolle war kurz. Pilar wurde vom Zollbeamten mit einem freundlichen Lächeln begrüßt und durchgewinkt. Mehr Zeit verwendete er beim Durchblättern von Gabys Reisepass. Nach einer gefühlten Ewigkeit klappte er ihren Reisepass wieder zu. Mit einer unfreundlichen Kopfbewegung gab er ihr das Zeichen, schleunigst weiterzugehen. „Rüpel", dachte Gaby und schenkte ihm demonstrativ ihr schönstes Lächeln.

In der Flughafenhalle warteten die Chauffeure der Hotels auf die neuen Gäste. Die einen streckten Tafeln mit den Hotelnamen in die Höhe, andere wiederum begnügten sich damit, das Schild vor ihre Brust zu halten. Nur die Luxushotels verfügten über einen Welcome Desk, wo sie ihren Gästen ein Glas Champagner offerierten, während die Pagen das Gepäck in die bereitstehenden Busse luden.

Zu den Hotels mit einem Welcome Desk gehörte selbstverständlich das *Excellence*. Als Gaby am Stand eintraf, wurde sie von der dort anwesenden Hostess mit einer herzlichen Umarmung willkommen geheißen. Die beiden schienen sich sehr gut zu kennen. Kein Wunder, denn Gaby stieg schon seit fünf Jahren in diesem Hotel ab und zählte zu den Stammgästen.

„Darf ich dir Pilar, meine Sitznachbarin, vorstellen?" Die Hostess stellte sich gleich selber vor: „Ich bin Cristina."

Die beiden Frauen lächelten sich zu. Cristina reichte Pilar ein Glas und meinte: „Es wäre schön, wenn du uns mal besuchen würdest."

„Das werde ich", antwortete sie, „ich hab's Gaby versprochen."

Pilar blieb noch eine Weile bei Gaby. Nachdem sie ihr Glas geleert hatte, hielt sie den Zeitpunkt für gekommen, sich von den beiden Frauen zu verabschieden. Sie wollte nach Hause, und plötzlich hatte sie es sehr eilig. Eine letzte kurze Umarmung und schon war sie in der Masse von Touristen, die zum Ausgang strömten, verschwunden.

Draußen vor dem Haupteingang, dort wo die Taxis warteten, hielt Pilar unvermittelt inne. Plötzlich wurde sie von ihren Gefühlen überwältigt: Endlich wieder zu Hause! Pilar ließ ihren Emotionen freien Lauf und weinte wie ein kleines Kind. Ein älterer Taxifahrer, der sie von seinem Fahrzeug aus beobachtete, eilte herbei, um ihr zu helfen. Er drückte sie fest an sich. Und obwohl sie diesem Mann zuvor noch nie begegnet war, fühlte sie sich von ihm aufgefangen. Sie beruhigte sich schnell und sagte: „Ich bin ja so glücklich, wieder daheim zu sein."

Der Taxifahrer ließ sie los und fragte: „Soll ich dich nach Hause fahren?"

Pilar nickte und lächelte dankbar. Mit der rechten Hand zeigte der Taxifahrer auf einen gelben Chevrolet Bel Air. „Dort steht mein Wagen." Das Strahlen in seinem Gesicht verriet, dass er mächtig stolz auf seinen Oldtimer war. Flink öffnete er die Beifahrertür und bat Pilar, einzusteigen. Nachdem er ihren Koffer im Kofferraum verstaut hatte, setzte er sich hinters Lenkrad und fragte sie nach ihrem Fahrziel.

„Calle Oliva N° 5."

„Eine hübsche Gegend", stellte er anerkennend fest und startete seinen Wagen.

Der Weg vom Flughafen zur Calle Oliva war kurz. Weil aber die Hauptstraße wegen eines Unfalls blockiert war, dauerte es über eine Stunde, bis sie am Wohnort von Pilar eintrafen. Als das Taxi vor dem Hauseingang anhielt, leuchtete auf dem Taxameter der Fahrpreis auf: 800 DOP. Pilar erschrak. Sie hatte nur einen Fünfeuroschein sowie 150 DOP in ihrer Brieftasche. Sie streckte dem Taxifahrer das Geld entgegen und bat ihn um Verständnis, dass sie nicht mehr hatte. Sie schlug ihm vor, hier zu warten, bis sie das restliche Geld aus ihrer Wohnung geholt hätte. Er aber winkte ab und sagte: „Lass es gut sein, Mädchen. Willkommen zu Hause!" Daraufhin setzte er sich wieder ans Steuer, hupte zum Abschied, bevor er mit seinem gelben Bel Air davontuckerte. Sie winkte ihm dankbar hinterher.

Das laute Hupen hatte der Siesta von Johnny ein jähes Ende beschert. Neugierig ging er ans Fenster. Als er sich aus dem Fenster hinauslehnte und Pilar erblickte, war er überrascht. Zwar hatte sie ihn angerufen, um ihm mitzuteilen, dass sie jetzt im Flugzeug säße. Aber dass sie so schnell hier sein würde, damit hatte er nicht gerechnet. Aufgeregt stürmte er die Treppe runter, um Pilar in die Arme zu schließen.

„Wo zum Teufel bleibt die verdammte Liste?", wurde van Heezen von Stijn angeschnauzt. „Du hast sie mir für heute versprochen!"

Es war vier Uhr morgens. Stijns Anruf hatte ihn aus dem Tiefschlaf gerissen.

„Die Liste? Welche Liste?", stammelte er schlaftrunken.

„Welche Liste, welche Liste? Die Liste mit den Namen der Obsthändler, du Idiot!", brüllte Stijn ins Telefon. Sein Brüllen bewirkte, dass van Heezen mit einem Schlag hellwach war. „Natürlich: Die Liste!", durchfuhr es ihn. Wie hatte er nur vergessen können, dass er Stijn für den heutigen Tag die Liste versprochen hatte?

„Spinnst du, mich wegen dieser dämlichen Liste morgens um vier anzurufen! Du Arschloch!", tobte er. Seine Stimme schnappte über. „Du hast die Liste in fünf Minuten!", schrie er in den Hörer. Ohne eine Reaktion abzuwarten, legte er auf. Er zitterte am ganzen Körper. Er schäumte vor Wut. „Du sollst deine verdammte Scheißliste haben", fluchte er und entnahm der Schreibtischschublade ein zerknittertes A4-Blatt, auf dem er vier Adressen notiert hatte. Stijn brauchte ja nicht gleich zu wissen, dass keiner der von ihm kontaktierten Obsthändler an der Lieferung von zwanzig Tonnen Bananen interessiert war. Er startete seinen Laptop und sandte Stijn eine E-Mail mit den vier Adressen.

Stijns Reaktion ließ nicht lange auf sich warten. Nachdem er die E-Mail gelesen hatte, griff er zum Telefon und rief van Heezen ein zweites Mal an. Van Heezen erzitterte beim Läuten des Telefons. Noch nie zuvor war das Klingeln des Telefons so schmerzhaft gewesen wie in diesem Augenblick. Es war, als ob jemand in unmittelbarer Nähe seines Ohres eine Granate zur Explosion gebracht hätte. Dieser Anruf verhieß nichts Gutes! Er zögerte. Erneutes Läuten. Er hielt sich die Ohren zu. Es nützte nichts. Stijn ließ nicht locker. Nach dem zehnten Klingeln nahm van Heezen den Anruf entgegen.

„Was ist?", schrie er ins Telefon.

„Wenn einer hier Fragen stellt, dann bin ich das. Hast du kapiert?", brüllte Stijn zurück.

Van Heezen zuckte resigniert zusammen. Sein ganzer Mut hatte sich innerhalb von Sekundenbruchteilen aufgelöst. Unterwürfig flüsterte er ein kaum hörbares Ja ins Telefon.

„HAST DU KAPIERT? Und versuche ja nicht, mich zu verarschen!" Stijn stand kurz vor einem Tobsuchtsanfall.

„Ja, Boss", antwortete van Heezen mit weinerlicher Stimme.

„Die Liste, die du mir geschickt hast, ist Bullshit. Einfach nur Bullshit!"

„Ja, Boss. Tut mir leid, Boss."

„Tut mir leid Boss. Ist das alles, was du dazu zu sagen hast?", tobte Stijn weiter. „Am 25. April trifft die *Calypso* im Hafen von Rotterdam ein, und du hast noch immer keinen einzigen Abnehmer für die Bananen gefunden! Willst du uns alle in den Knast befördern?"

Van Heezen schwieg. Seine Kehle war zugeschnürt.

„Antworte gefälligst, wenn ich dich was frage! Willst du tatsächlich im Knast landen?"

Van Heezen zog es vor zu schweigen. Er wollte nicht länger erniedrigt werden. Sein Schweigen aber provozierte Stijn: „Ich fliege am 11. März mit den vier Alten nach Zürich. Dann werde ICH dafür sorgen, dass die Bananen unter die Leute kommen. Hast du kapiert?"

Van Heezen blieb stumm. „Was folgt als Nächstes?", war sein einziger Gedanke. Er hatte nicht bemerkt, dass Stijn das Gespräch bereits abgebrochen hatte.

Stijn war für halb elf mit José Noguera im *Cala Mar* verabredet. Er hatte sich verspätet. Als er in der Strandbar eintraf, saß José bereits an einem Tisch. Er war in Begleitung von Nando. Jeder hatte ein Glas Wasser vor sich. Sie machten einen munteren Eindruck. Ihr Lachen war schon von weitem zu hören. Als sie sein griesgrämiges Gesicht wahrnahmen, verstummten sie. „Was ist los?", fragte José.

„Van Heezen ist und bleibt ein Vollidiot. Dieses Arschloch ist sogar unfähig, einen Abnehmer für unsere Bananen zu organisieren", schimpfte er. Sein Atem ging schwer. Sein Gesicht war gerötet.

José und Nando sahen sich konsterniert an. So wütend hatten sie Stijn noch nie erlebt. Nando wartete, bis sein Zorn abgeklungen war, dann sagte er: „Alles halb so wild. Ich kenne jemanden, der exportiert exotische Früchte nach Europa. Der kann uns bestimmt helfen."

„Und das sagst du mir jetzt?" Stijn war wieder auf hundert.

„Wir wollten van Heezen weiß Gott doch nur eine Chance geben", rechtfertigte sich José, „aber lassen wir das, denn ich habe eine Überraschung auf Lager."

„Noch eine Überraschung?" Stijn war noch immer aufgebracht.

„Wart's ab. Du wirst's gleich selber sehen." Kaum hatte er den Satz ausgesprochen, näherte sich ihnen vom Strand Pilar. Sie strahlte übers ganze Gesicht und winkte ihnen fröhlich zu.

„Das gibt's doch nicht", entfuhr es Stijn, „du bist hier?" Ungläubig schüttelte er seinen Kopf.

Und Nando rief freudig: „Willkommen daheim!"

„Wie hast du's geschafft, dass du nach nur zwei Monaten wieder zu Hause bist?", fragte Stijn voller Bewunderung. Er war überzeugt, dass sie bei einer Menge von 800 Gramm zumindest einen Teil der Freiheitsstrafe hätte verbüßen müssen. Aus diesem Grund hatte er sie eindringlich vor den Risiken dieser Reise gewarnt. Stolz, dem Kartell anzugehören, stand es für Pilar jedoch außer Frage, für die verschwundene Encarna einzuspringen, und sie hatte damals nur gelacht und gemeint, sie würde sich schon zu helfen wissen.

„Ach Stijn, du kennst mich doch", antwortete sie mit einem Augenzwinkern. „Du weißt doch, dass ich das Spiel mit dem Feuer beherrsche und mir nie die Finger verbrenne. Und so war es auch dieses Mal. Ich habe mir eine Story zurechtgelegt, die selbst hart gesottene Kerle wie euch zu Tränen gerührt hätte", und sie begann zu erzählen. Nachdem sie fertig war, fing sie laut zu lachen an. Sie lachte so laut, dass die Leute von den anderen Tischen herübersahen. Stijn, José und Nando sahen sich verdutzt an, dann mussten auch sie lachen.

„Toll Pilar, super gemacht! Du bist halt ein cleveres Mädchen. Das macht dir so schnell niemand nach", rief Stijn und klatschte begeistert in die Hände.

Und José fügte hinzu: „Ich hab's ja schon immer gewusst!"

Maurer studierte noch einmal Ritas Aufstellung, die sie von den Aufenthalten van Heezens im *Central* angefertigt hatte. Auch Stijn Vermeer kam ihm irgendwie suspekt vor. Zwar konnten ihm bis heute keine Drogendelikte nachgewiesen werden; nichtsdestotrotz vermutete Maurer, dass van

Heezen und Vermeer Dreck am Stecken hatten, denn er erinnerte sich, dass dieser am 14. September und 3. November zusammen mit van Heezen im *Central* abgestiegen war. „Das alles sind keine Zufälle", war er überzeugt. Aber ob das allein schon ausreichen würde, um eine aufwendige Polizeiaktion zu rechtfertigen? Er war hin und her gerissen. „Was denkst du?", fragte er Rita.

„Wir müssten sie auf frischer Tat ertappen", antwortete sie.

„Du meinst am 11. März?"

Sie nickte.

„Am besten wir besprechen die Angelegenheit mit dem Staatsanwalt. Er soll entscheiden", schlug Maurer vor. Er griff zum Hörer und wählte die Nummer von Bruno Hablützel, dem Leitenden Staatsanwalt der Abteilung Organisierte Kriminalität. Er schilderte ihm den Fall mit all seinen Facetten. Am Schluss fragte er ihn, was er vorschlagen würde. Aber statt zu antworten, drehte der Staatsanwalt den Spieß um, und er fragte Maurer: „Wie würden Sie vorgehen?"

Maurer schwieg. Er dachte kurz nach, dann antwortete er: „Einen Sondereinsatz am 11. März. Das Konzept muss ich mir noch zurechtlegen."

„Einverstanden! Aber halten Sie mich auf dem Laufenden. Und noch etwas: Ich will beim Briefing dabei sein!"

Mittwoch, 6. März, 15.45 Uhr im Konferenzzimmer

Während Rita Gubler sich anschickte, die vergrößerten Fotos von Dirk van Ekris, Arno Verthongen, Eric Vandekerckhove, Ruud de Nijs und Gullit van Heezen an der Pinnwand rechts vom Rednerpult zu befestigen, traf Maurer die letzten Vorbereitungen für seine Präsentation. Auf dem ersten Slide stand in großen Lettern der Name für den geplanten Einsatz: ‚Operation Schneeleopard'. Die Idee für diese Bezeichnung war ihm am letzten Sonntag gekommen. Er hatte im Fernsehen einen Bericht über Schneeleoparden gesehen. Die nächste Folie konkretisierte das Vorgehen: IDENTIFIZIEREN. BEOBACHTEN. VERFOLGEN. Und darunter in fetten Buchstaben: **KEIN ZUGRIFF!** Als gewiefter Taktiker wusste er: Ein voreiliger Zugriff könnte die ganze Aktion zunichte machen. Zufrieden ordnete er die Slides in der richtigen Reihenfolge.

Als das Team vollzählig war, erläuterte er seinen Kollegen und dem ebenfalls anwesenden Staatsanwalt die Gründe, die ihn bewogen hatten, die ‚Operation Schneeleopard' durchzuführen. Danach erklärte er das Vorgehen und verteilte die Aufgaben. Zuletzt händigte Rita jedem Mitglied des Einsatzkommandos Fotos der fünf gesuchten Personen aus. Als sie damit fertig war, entließ Maurer das Team in den Feierabend. Einzig der Staatsanwalt sowie die zwei beigezogenen Techniker blieben im Konferenzzimmer zurück. Mit ihnen wollte er die Kamerastandorte besprechen. Er hatte geplant, den gesamten Transitbereich, die Gepäckausgabe sowie die Ankunftshalle abzudecken, sodass es in diesen Bereichen praktisch keinen Winkel mehr gäbe, der nicht von einer Kamera erfasst werden würde.

„Und vergesst nicht die Einstellgarage im *Central*", mahnte Maurer, „wir haben den Concierge angewiesen, der Verdachtsperson den Parkplatz Nummer 13 zuzuweisen. Direkt über diesem Platz befinden sich die Ablaufrohre, an denen sich eine Kamera einfach und unauffällig befestigen lässt. Zudem ist der Bereich dort gut ausgeleuchtet."

Die beiden Techniker antworteten: „Kein Problem."

Vor dem Weggehen klopfte der Staatsanwalt Maurer auf die Schulter und wünschte ihm viel Erfolg.

Egal, ob mit dem Schnellboot, dem Motorrad oder dem Hummer: Nando pflegte immer das Letzte aus seinen Maschinen herauszuholen. Auch heute war es nicht anders: Wie ein Irrer preschte er die schmale Naturstraße zur Lichtung hoch, die sich wie eine Schlange durch den Dschungel wand. Aber während Nando Haarnadelkurve um Haarnadelkurve, Schlagloch um Schlagloch die Anhöhe hinauf raste, wurde Stijn hin und her und auf und ab geschleudert – wie ein weißes Shirt in der Waschmaschine, das zwischen die Buntwäsche gelangt war und sich langsam auch noch verfärbte. Am Ziel angekommen, stieg er wachsbleich aus dem Wagen. Nandos erster Blick galt seiner Stoppuhr: „36 Minuten und 28 Sekunden. Neuer Rekord!", jubelte er.

Als er das sagte, war Stijn bereits außer Hörweite und hinter dem nächsten Baum verschwunden. Als er wieder hervorkam, immer noch schwer gezeichnet, stammelte er: „Eines ist mir auf dieser Fahrt klar geworden. Wir können unmöglich zwanzig Tonnen Bananen von der Küste hierher karren, um sie anschließend wieder nach Santo Domingo zu transportieren."

„Nicht einmal dann, wenn ich den Laster fahre?", fragte Nando und grinste.

Stijn war anderer Ansicht: „Nicht einmal dann! Vielmehr bringen wir das abgepackte Kokain von hier direkt nach Santo Domingo und packen es dort mit den Bananen in die Schachteln. Alles andere wäre doch hirnverbrannt!"

Nando dachte einen kurzen Augenblick nach, dann sagte er: „De acuerdo! Ich habe im Frachthafen von Santo Domingo mehrere Lagerschuppen. Einer davon wird zurzeit nicht benutzt. Dort können wir die Ware in Ruhe abpacken und in den Container laden."

„Siehst du, es geht auch einfacher", stellte Stijn erleichtert fest, „jetzt musst du nur noch dafür sorgen, dass die Bananen dorthin geliefert werden."

Nando nickte, zückte sein Handy und gab die entsprechenden Anweisungen. „Die Bananen werden in fünf Tagen geliefert. Wir könnten also schon morgen damit beginnen, das Kokain von hier nach Santo Domingo zu transportieren. Mit dem Hummer drei Mal Dschungel retour. Begleitest du mich?"

Stijn winkte ab und zischte: „Bist du komplett übergeschnappt?"

Zur selben Zeit in Punta Cana

Pilar verließ ihre Wohnung um halb sechs. Sie hatte sich für sechs Uhr in der Strandbar des *Excellence* mit Gaby verabredet. Sie trug weiße Shorts und ein weißes Top. Lässig stülpte sie sich den Motorradhelm über ihren zierlichen Kopf, bevor sie auf ihrer brandneuen Vespa, ein Geschenk Josés als Belohnung für ihren Gefängnisaufenthalt, in Richtung Uvero Alto davonbrauste.

Für ihre Ferien in Punta Cana hatte sich Gaby das schönste Hotel ausgesucht. Eingebettet in einen Palmenhain lag die Fünf-Sterne-Residenz direkt am traumhaften Sandstrand.

Die Zahl der Sterne kümmerte Pilar freilich nicht. Keck fuhr sie mit ihrem Roller direkt vor das feudale Hauptportal. Als die Hotelangestellten die junge Frau auf dem Roller erblickten, löste sich sofort ein Page und stürme wild gestikulierend auf sie zu, um sie zu vertreiben. Pilar aber traf keinerlei

Anstalten, dieser Aufforderung nachzukommen. Stattdessen streckte sie ihm frech den Schlüssel ihres Rollers entgegen und forderte ihn auf, diesen zu parken. Der Page, von Pilars Befehlston überrascht, wollte schon reklamieren, doch sie drückte ihm diskret einen Fünfhundert-Peso-Schein in die Hand. Damit war die Sache für sie erledigt, und ohne sich weiter um ihren Roller zu kümmern, verschwand sie in der Hotelhalle. Der Page fuhr mit dem Roller in die Parkgarage. Seine Kollegen, die die Szene beobachtet hatten, krümmten sich vor Lachen. Ihre Schadenfreude schlug aber bald darauf in Neid um, als der zurückkehrende Kollege mit dem Fünfhundert-Peso-Schein wedelte.

Der Weg zur Strandbar führte an vier großzügig dimensionierten Pools und einem prächtig angelegten Palmgarten vorbei. Die Strandbar selber war nur wenige Schritte vom Meer entfernt. Sie war mit Abstand die bestfrequentierte Bar des ganzen Ressorts.

Wie immer um diese Zeit trafen sich die gutbetuchten Gäste an der hufeisenförmig angelegten Theke. Die Frauen waren eingehüllt in luftigen Strandkleidern aus farbenprächtigen Stoffen. Die Herren trugen Bermudas und darüber ein offenes Kurzarmhemd, das den Blick auf die geölte Brust freigab.

Die sechs Barkeeper hatten alle Hände voll zu tun. Trotz der Hektik, die an der Bar herrschte, blieben sie gelassen. Zwischen den Tischen wieselten die Kellner, servierten Getränke und nahmen Bestellungen entgegen. Auf einer kleinen Bühne spielte eine Band Reggae.

Pilar zog es vor, am letzten noch freien Tisch Platz zu nehmen. Ein Blick auf die Uhr zeigte ihr, dass sie zehn Minuten zu früh war. Sie bestellte einen Caipirinha. Sie war gut aufgelegt und freute sich auf das Wiedersehen mit Gaby.

„Komm schon, zieh dich an! Ich will meine Freundin nicht warten lassen. Sie wartet bestimmt schon auf mich", forderte Gaby ihren Lover auf.

Er aber machte keinerlei Anstalten, ihrer Aufforderung nachzukommen, im Gegenteil. Er räkelte sich lustvoll auf dem Bett, streckte begierig seine Hände nach ihr aus und raunte: „Ach was, deine Freundin kann warten. Und überhaupt: Bei uns wird Pünktlichkeit mit Unhöflichkeit gleichgesetzt."

„Du scheinst wohl vergessen zu haben, dass ich Schweizerin bin, und wir Schweizer sind nun mal pünktlich. Also beeil' dich, sonst geh' ich alleine!", drohte sie ungehalten. Gaby wusste, dass ihr Liebhaber ganz versessen darauf war, ihre Freundin kennenzulernen. Man muss schon in der Gegenwart an die Zukunft denken, war seine Devise. Gaby war dies egal. Eifersucht war ihr fremd.

Eng umschlungen, wie ein frisch verliebtes Paar, spazierten Gaby und ihr Liebhaber zwischen den Palmen hindurch zur Strandbar. Gabys suchender Blick schweifte von der Theke zu den einzelnen Tischen. Plötzlich hielt sie inne. Sie hatte Pilar entdeckt. „Hallo Pilar", rief sie freudig und winkte dabei mit ihrer freien linken Hand. Pilar blickte auf und schaute in die Richtung, aus der die Stimme kam. Als sie Gaby erspähte, begannen ihre Wangen gefährlich zu leuchten. Mühsam rang sie nach Luft, denn was sie sah, schnürte ihr die Kehle zu: Der Mann an Gabys Seite war Johnny. Wutentbrannt sprang sie von ihrem Stuhl auf, sodass der Tisch umkippte und das Cocktailglas auf dem Boden zerschellte. Wie eine Furie stürzte sie sich auf Johnny und schlug mit ihren zierlichen Fäusten wild auf ihn ein. Gaby, die nicht begriff, was soeben passierte, wusste sich nicht anders zu helfen, als um Hilfe zu schreien. Sofort eilten zwei Männer von der Security herbei und rissen Pilar von Johnny weg.

„Das zahl' ich dir heim, du verdammter Hijo de puta! Das wirst du mir büßen!", schrie sie verzweifelt, als sie vor den Augen von hunderten Hotelgästen von den beiden Sicherheitsleuten wie eine Schwerverbrecherin abgeführt wurde.

„Kennst du dieses Mädchen?", wollte Gaby von Johnny wissen.

„Nur flüchtig", antwortete er, „eine von vielen. Nichts Ernsthaftes." Damit war für ihn das Thema erledigt.

Mit vereinten Kräften schleppten die beiden Männer Pilar, die immer noch mit Armen und Beinen um sich schlug, zum Haupteingang. Dort warfen sie sie auf den Boden und befahlen ihr, unverzüglich zu verschwinden und sich nie wieder hier blicken zu lassen. „Nutten haben hier nichts verloren!", riefen sie Pilar hinterher, als sie johlend und grölend ins Hauptgebäude zurückkehrten.

Pilar blieb noch eine ganze Weile auf der Treppe vor dem Haupteingang sitzen und sann auf Rache.

Als um halb acht die Hausglocke schellte, waren José Noguera und seine Frau gerade beim Nachtessen.

„Bleib sitzen", sagte Leticia zu ihrem Mann, „ich mach' schon auf."

José war froh. Er hasste es, während des Essens gestört zu werden. Und obwohl er sich über die unerwartete Störung insgeheim ärgerte, war seine Neugier geweckt. Daher rief er ihr mit vollem Mund hinterher: „Schatz, wer ist es?"

„Pilar", tönte es aus dem Flur zurück.

„Pilar?", wiederholte er. „Was will denn Pilar um diese Zeit bei uns?"

„Das kannst du sie gleich selber fragen", antwortete Leticia, als sie mit Pilar ins Esszimmer zurückkehrte.

Die bittere Erfahrung, ausgerechnet von derjenigen Person, der sie am nächsten stand, betrogen worden zu sein, ließ Pilar in Tränen ausbrechen. Erst die fürsorgliche Umarmung von Leticia vermochte sie zu beruhigen.

„Was ist passiert?", fragte José.

„Johnny, dieses Schwein, vögelt meine Freundin ..."

„Cabron!", rief José, und er dachte nach, wie er Pilar helfen konnte. Schließlich fragte er: „Wollen wir ihn nach Bolivien schicken?"

„Nach Bolivien?" Sie wusste, was es hieß, für das Syndikat nach Bolivien zu reisen. „Du willst Johnny nach Bolivien schicken?" Sie konnte es kaum fassen, dass José hierzu bereit wäre. „Was für ein genialer Plan", dachte sie, und ihre Miene hellte sich jäh auf.

„Selbstverständlich", versicherte José, „immer vorausgesetzt, du bist damit einverstanden."

Pilar war einverstanden.

Am nächsten Morgen erschienen zwei diskret gekleidete Männer im *Excellence* und erkundigten sich nach Javier Malonda, genannt Johnny. Obwohl er nicht als Hotelgast registriert war, wusste die Rezeptionistin sofort, in welchem Zimmer sich Johnny aufhielt. Sie wählte Gabys Nummer. Dabei zwinkerte sie vergnügt den beiden Männern zu, als ob sie ihnen damit verraten wollte, bei welcher Tätigkeit man die beiden gerade stören würde. Sie musste sich lange gedulden. Erst nach dem zehnten Läuten konnte man eine weibliche Stimme hören, die in den Hörer keifte: „Was ist?"

„Zwei Männer wollen Johnny sprechen", antwortete die Rezeptionistin und bat Gaby, ihren Liebhaber aufzufordern, sofort in die Lobby zu kommen.

Fünf Minuten später traf Johnny in der Eingangshalle ein. Er war alleine. Er machte einen müden Eindruck.

Die beiden Männer gingen auf ihn zu. Johnny erkannte sie sofort. Es waren Pedro und Oscar. Wie er waren auch sie Teil des Kartells. „Was gibt's?", fragte Johnny.

„José hat einen Job für dich. Er will, dass wir beide noch heute Nachmittag nach La Paz fliegen", erklärte Pedro.

Und Oscar ergänzte: „Du musst einen Koffer Kokain abholen."

Johnny erschrak. Die Ausfuhr von Kokain aus Bolivien war gefährlich. Doch Oscar beruhigte: „Keine Angst. Unsere Leute vor Ort werden schon dafür sorgen, dass du heil nach Hause kommst. Und zudem wird dich Pedro begleiten."

Um zwei Uhr mittags saßen Johnny und Pedro in der Maschine nach La Paz, wo sie neun Stunden später eintrafen. Sie übernachteten im Flughafen. Am nächsten Morgen wurde Johnny ein Trolley mit fünfzehn Kilogramm Kokain ausgehändigt. Die Übergabe fand in der Herrentoilette statt. Just in diesem Augenblick griff José Noguera zum Telefon und wählte die Nummer des Polizeikommandanten von La Paz.

Johnny und Pedro passierten ungehindert die Sicherheitskontrolle. Arglos schlenderten sie zum Gate. Dort wurde Johnny von zwei Polizisten in Zivil in Empfang genommen und sogleich abgeführt.

Freitag, 8. März, 16.15 Uhr, am Strand von Bavaro

Arno, Dirk, Eric und Ruud saßen seit einer halben Stunde an der Theke der Hotelbar, jeder mit einem leeren Bierglas vor sich. Mit Wehmut dachten sie an die vergangenen zwölf Tage zurück. Auf einmal durchbrach Ruud die Stille, und er fragte Eric: „Na Eric, was ist? Bist du immer noch der Meinung, dass es hier so ist wie in Oostkapelle?"

Erics Antwort folgte prompt: „Nein. Dasch hier ischt dasch wahre Paradiesch!", und seine Augen leuchteten.

„Ob wir so etwas je wieder erleben dürfen?", sinnierte Dirk.

„Wenn wir uns schlau anstellen, wer weiß, vielleicht gibt uns der Boss eine zweite Chance", meinte Arno voller Optimismus.

„Das wäre zwar toll, aber ich bezweifle das. Das Risiko wäre viel zu groß", dämpfte Ruud seine Hoffnungen. „Aber wo bleibt er nur? Es ist schon halb fünf und noch immer ist weit und breit nichts von ihm zu sehen."

„Der wird schon kommen. Da mach' dir mal keine Schorgen. Beschtellen wir lieber noch ein Bier und genieschen dieschen Augenblick", schlug Eric vor. Kaum hatte er das gesagt, näherte sich ihnen vom Parkplatz Stijn. „Scheht ihr? Da kommt er ja!"

„Ich hatte noch etwas Wichtiges zu erledigen", erklärte Stijn seine Verspätung. Er setzte sich zu ihnen, und Eric wollte für alle ein Bier bestellen. „Bier? Das könnt ihr zuhause saufen. Hier trinkt man Cocktails ..."

„... oder Rum", fiel ihm Arno ins Wort.

„Auch", sagte Stijn und fragte: „Wie wär's mit einem Mojito. Den mögt ihr doch. Oder etwa nicht?" Ohne ihre Antwort abzuwarten, rief er Laura und bestellte fünf Mojitos. Laura strahlte.

Jetzt wurde Stijn ernst. „In zwei Tagen beginnt eure Mission. Seid ihr bereit?"

Sie nickten.

„Gut so. Ich erkläre euch jetzt, wie alles abläuft. Passt gut auf! Wenn ihr den Flieger verlasst, geht jeder von euch in den Transitbereich, wo er die Herrentoilette aufsucht. Wichtig: Bleibt nie zusammen! NIEMALS! Niemand darf merken, dass ihr zusammengehört. Selbst wenn einer von euch aufgehalten werden sollte, bleibt ruhig und geht weiter. Kapiert?"

„Aber das hat uns van Heezen doch schon alles erklärt", wollte Dirk eben einwenden, aber er wurde von Stijn umgehend zurechtgewiesen. „Ihr tut genau das, was ich euch jetzt erkläre und vergesst van Heezen!", befahl er. Sie nickten, und Stijn setzte seine Ausführungen fort: „In der Herrentoilette findet der Austausch der Koffer statt. Die vier Männer, die euch in die Herrentoilette folgen werden, haben genau die gleichen Koffer wie ihr. Ihr könnt sie nicht übersehen. Im ausgetauschten Koffer findet ihr ein Flugticket für den Weiterflug nach Amsterdam. Fürs Einchecken bleibt euch genügend Zeit, denn der Flug nach Amsterdam geht erst um zwei."

„Wir fahren nicht mit van Heezen nach Amsterdam zurück?", wunderte sich Dirk.

„Nein, das wäre zu riskant. Ihr nehmt den Flieger, und ich fahre mit van Heezen."

„Was!? Du fliegst mit uns nach Zürich. Ja traust du uns denn nicht mehr?", fragte Arno und machte große Augen.

„Das ist eine andere Kiste." Stijn hatte keine Lust, sich gegenüber vier Alten zu rechtfertigen. Stattdessen fuhr er fort: „Und für die ganze Reise gilt: Wir sind uns noch nie begegnet! Habt ihr kapiert?"

„Du meinscht: Wir kennen unsch nicht", folgerte Eric.

„Richtig, wir kennen uns nicht! Ihr werdet am Sonntagnachmittag um halb drei abgeholt und zum Flughafen gebracht. Seid pünktlich! Die Koffer mit dem Kokain übergibt man euch am Flughafen ..."

„Und was ist mit der Sicherheitskontrolle?", wurde Stijn von Arno unterbrochen.

„Vergesst die Sicherheitskontrolle. Es wird keine geben. Noch Fragen?"

„Ja. Wann bekommen wir unser Geld?", wollte Dirk wissen. Er war blank und benötigte Geld.

„Sobald van Heezen wieder in Utrecht ist, wird er euch den Rest bezahlen. Zufrieden?"

Mit Ausnahme von Dirk waren alle zufrieden.

„Na dann, gute Reise!", beendete er das Gespräch und winkte Laura herbei. „Die fünf Mojitos gehen auf meine Rechnung!" Nachdem er bezahlt hatte, machte er sich in Richtung Parkplatz davon. Aus der Ferne konnten die vier Kuriere gerade noch das Aufheulen eines Automotors hören.

Eine halbe Stunde später stoppte Stijn seinen Wagen vor einem kameraüberwachten Eisentor. Er öffnete das Seitenfenster, streckte seinen linken Arm raus und fluchte, weil er die Taste der Gegensprechanlage nicht erreichen konnte. „Scheiße!", rief er, während er einen Meter zurückrollte, um in einem zweiten Anlauf näher an die Gegensprechanlage heranzufahren. Nando, der, weil er sich gerade auf dem Flur seiner Villa aufgehalten hatte, die Szene auf dem Monitor beobachtet hatte, musste lachen, und noch bevor Stijn die Taste der Gegensprechanlage drücken konnte, öffnete er das Eingangstor. Stijn realisierte sofort, dass sein Lapsus nicht unbemerkt geblieben war, und grinste in die Überwachungskamera. Am Ende der Auffahrt wartete Nando, um ihn zu begrüßen. Gemeinsam begaben sie sich auf die Veranda, wo sie von Elena mit einem frischen Fruchtsaft empfangen wurden.

Elena wusste, dass ihre Anwesenheit bei diesen Gesprächen unter Männern nicht erwünscht war. Sie hatte auch keinerlei Interesse an den Geschäften ihres Mannes. Daher sagte sie: „Ich lass' euch jetzt alleine. Das Nachtessen wird in einer Stunde serviert." Und verschwand im Haus, um der Köchin die letzten Anweisungen für das bevorstehende Dinner zu geben. Die Estevez waren bekannt für ihre exquisite Küche. Elena setzte alles daran, diesen guten Ruf nicht aufs Spiel zu setzen. Selbst bei Gästen wie Stijn, diesem kulinarischen Banausen, überließ sie nichts dem Zufall.

„Kommen wir zur Sache: Ich habe gute Nachrichten. Das Bananenproblem ist definitiv gelöst", eröffnete Nando das Gespräch, und er überreichte Stijn eine Liste mit fünf Namen von Fruchtimporteuren. „Die beliefern sämtliche Großmärkte in Holland, Belgien und Deutschland. Zwanzig Tonnen Bananen sind für die ein Klacks. Es gibt nur einen Knackpunkt: Die Bananen müssen in den Originalschachteln geliefert werden. Das heißt für uns, dass die Bananen wieder in die Schachteln gepackt werden müssen. Dafür bist du verantwortlich."

„Kein Problem. In zwei Tagen ist das erledigt", versprach Stijn.

„Die *Calypso* trifft am 25. April in Rotterdam ein. Der Container wird am 26. April gelöscht und kann anschließend abgeholt werden. Wo willst du das Kokain herausnehmen?", fragte Nando.

„Das Bestattungsunternehmen von van Heezen verfügt über einen großen, nicht einsehbaren Vorplatz. Ein idealer Ort für eine solche Aktion."

„Super! Jetzt müssen wir nur noch Plan B besprechen."

Stijn fiel aus allen Wolken, als Nando ihm eröffnete, dass er noch einen Plan B in petto hatte. „Wieso einen Plan B?", fragte er irritiert.

„Plan A funktioniert nur, falls du in Amsterdam eintriffst", erklärte Nando ruhig aber bestimmt. „Was aber, wenn etwas schief läuft?"

„Was sollte schon schieflaufen?", entrüstete sich Stijn. Die Idee mit dem Plan B ärgerte ihn maßlos, denn in der Vergangenheit hatte es noch nie Probleme gegeben. „Dein Plan B interessiert mich nicht!", sagte er trotzig.

„Das hat nichts mit dir zu tun. Das weißt du. Meine Freunde haben mein uneingeschränktes Vertrauen. Einzig der Umstand, dass dieser Polizist bei Sonja war, beunruhigt mich. Darum habe ich mich entschlossen, einen Plan B auszuarbeiten. Dieser tritt in Kraft, falls du dich nach deiner Ankunft in Amsterdam nicht innerhalb von achtundvierzig Stunden persönlich bei mir melden solltest."

„Kein Problem. Ich garantiere dir, du wirst schon viel früher von mir hören!"

„Ich weiß!", sagte Nando und grinste.

„Damit ist Plan B für mich soeben gestorben!", legte Stijn selbstsicher nach.

„Seid ihr fertig?", erkundigte sich Elena, die von den beiden unbemerkt zu ihnen auf die Veranda hinzugetreten war. „Das Essen wird in zwei Minuten serviert." Stijn und Nando erhoben sich aus ihren Korbsesseln. Nando ging auf seine Frau zu, legte zärtlich seinen Arm auf ihre Schultern und führte sie ins Esszimmer. Stijn folgte ihnen.

Der rustikale Holztisch war feierlich gedeckt, was Stijn ein bewunderndes Wow entlockte. Elena bat Stijn, ihr gegenüber Platz zu nehmen. Nando setzte sich an seinen angestammten Platz am Kopfende des Tisches. Das vereinfachte die Konversation mit Elena und Stijn. Dem Holländer war das einerlei – genauso wie das speziell für ihn zubereitete Fünf-Gänge-Menü. In Gedanken war er längst zu Hause. In Holland.

Hans Maurer saß in seiner improvisierten Kommando-
zentrale und blickte konzentriert auf zwölf Monitore, auf
denen er den Transitbereich, die Gepäckausausgabe sowie
die Ankunftshalle beobachten konnte. Die erst vor kurzem
angeschafften Kameras der neusten Generation, die die alten
Schwarzweißkameras ersetzten, lieferten gestochen scharfe
Bilder in bester Farbqualität. Maurer war beeindruckt. „Genau so habe ich mir das vorgestellt", sagte er zum Techniker.
„Wissen wir schon, auf welchem Band die Koffer befördert
werden?", fragte er diesen.

„Wir haben veranlasst, dass es das Band 18 ist. Die Kamera
wurde so installiert, dass sämtliche dort wartenden Passagiere überwacht werden können."

„Ausgezeichnet! Und welcher Monitor zeigt mir den Parkplatz im Hotel?"

„Dieser hier." Der Techniker zeigte auf den Bildschirm
Nummer 12.

„Kann ich einen Blick draufwerfen?"

Der Techniker schaltete das Gerät ein, und schon nach wenigen Sekunden war der Parkplatz Nummer 13 zu sehen.

Maurer staunte. „Das klappt ja wunderbar!", rief er begeistert. In diesem Moment ertönte sein Handy. Es war Rita.
Maurer spürte: Sie konnte es kaum erwarten, mit der Neuigkeit herauszurücken. „Ich bin im *Central*", sagte sie aufgeregt,
„der Concierge hat mir soeben mitgeteilt, dass van Heezen erst
am 12. März abreisen wird. Und jetzt pass gut auf, er hat für
die Nacht vom 11. auf den 12. März ein zusätzliches Zimmer
gebucht."

„Schau einer an. Da bin ich aber mal gespannt, wer sonst
noch in Zürich eintreffen wird", sagte Maurer enthusiastisch.

„Heute wollen wir feiern! Es ist schließlich unsere letzte Nacht in Bavaro, und die sollten wir bis zur letzten Sekunde auskosten", schlug Arno vor.

„Und, hascht du schon eine Idee?", fragte Eric.

„Alles, aber nur keinen Casinobesuch", warf Dirk ein, der seinen Verlust selbst nach zwei Wochen noch immer nicht verschmerzt hatte, „das bisschen Geld, das ich noch habe, will ich nicht auch noch verspielen."

„Wie wär's mit dem Besuch des *Palace*? Dort soll es eine Cena Espectàculo mit heißen Mädels geben", schlug Ruud vor, der einen bei der Rezeption aufgelegten Flyer in die Höhe hielt.

„Wasch ischt dasch?", fragte Eric, und Ruud antwortete: „Eine Dinner Show."

„Lass mal sehen", rief Dirk und versuchte neugierig, ihm die Broschüre aus der Hand zu reißen, was Ruud mit einem Lachanfall quittierte.

„Nur mit der Ruhe", sagte er und legte den Werbezettel auf den Tisch. Jetzt konnten alle gleichzeitig einen Blick darauf werfen. Das Pin-up-Girl auf der Frontseite des Flyers ließ tatsächlich die betagten Männerherzen höher schlagen, was zur Folge hatte, dass sein Vorschlag bei den anderen auf ungeteilte Zustimmung stieß. „Und vor der Show wird erst noch ein Nachteschen scherviert", stellte Eric zufrieden fest, nachdem er die Innenseite der Broschüre gelesen hatte, „wasch will man mehr?"

„Und was kostet der Spaß?", fragte Dirk. Er klang frustriert, weil er kein Geld mehr hatte. Ruud zerstreute umgehend seine Bedenken. „Du bist eingeladen!" Für ihn spielten die 45 Euro, die er für Dirks Eintritt zusätzlich berappen musste, keine Rolle. Ihm war es wichtig, dass sie den letzten Abend gemeinsam verbringen konnten.

Es wurde eine lange Nacht, denn im Anschluss an die Show hatten sie beschlossen, sich an der Bar noch einen Schlummertrunk zu genehmigen. Es blieb nicht bei dem einen. Als sie um Mitternacht aufbrechen wollten, gesellten sich vier leicht bekleidete Tänzerinnen zu ihnen und überredeten sie zum Bleiben. Um zwei in der Früh saßen die Alten immer noch an der Bar. Alleine. Einzig drei leere Champagnerflaschen erinnerten an die Gesellschaft der Grazien. Jetzt aber waren sie müde und wollten auf schnellstem Weg ins Hotel zurückkehren. Zufrieden schleppten sie sich nach draußen, wo sie nach einem Taxi Ausschau hielten. Sehr rasch mussten sie erkennen, dass um diese Zeit keine Taxis mehr unterwegs waren. Nachdem sie zehn Minuten vergeblich gewartet hatten, verschwand Ruud im *Palace*. „Ich suche jemanden, der uns ein Taxi organisiert", klärte er seine Freunde auf, als er sich in Richtung des Eingangs entfernte. Drei Minuten später kehrte er mit strahlendem Gesicht zurück. „In fünf Minuten ist das Taxi hier", rief er seinen Kollegen zu, die froh waren, dass das Warten bald ein Ende haben würde. Als dann das Taxi tatsächlich fünf Minuten später vor dem *Palace* vorfuhr, klopften sie sich vor Freude gegenseitig auf die Schultern, und zu Ruud gewandt meinte Eric voller Bewunderung, wenn auch mit etwas schwerer Zunge: „Wasch hätten wir nur ohne dich gemacht?"

Die durchzechte Nacht ging nicht spurlos an den vier Alten vorüber. Sie erwachten erst um elf. In etwas mehr als drei Stunden würde man sie abholen und zum Flughafen bringen. Weil sie am Vortag Olivia versprochen hatten, vor der Abreise noch einmal vorbeizuschauen, mussten sie sich beeilen. Verkatert wie sie waren, schleppten sie sich ein letztes Mal zur Strandbar. Als sie dort eintrafen, waren sie völlig außer Atem. Erschöpft ließen sie sich in die Strandsessel fallen. Olivia empfing sie mit einem Lächeln. „Heute seid ihr meine Gäste", sagte sie und fragte: „¿Lo mismo que siempre?" Soviel Spanisch verstanden sie bereits. Sie nickten, und Olivia schickte sich an, für jeden einen Mojito (zum Abschied mit einer doppelten Portion Rum) zuzubereiten. „Para que el vuelo sea un poco más agradable", fügte sie schmunzelnd hinzu, und Ruud übersetzte: „Damit der Flug etwas erträglicher wird."

„… en je blijft altijd in ons geheugen", fügte Arno hinzu und drückte ihr einen herzhaften Kuss auf die Wange. In ein paar Stunden würden sie wieder in Mijdrecht sein. Im *Rusthuis Tertianum*, der vermutlich letzten Station auf ihrer Lebensreise. Bei diesem Gedanken befiel Eric eine leise Wehmut, und traurig sagte er: „Dasch waren die zwei schönschten Wochen meinesch Lebensch." Die anderen lachten verschämt und schwiegen, aber ihr Schweigen war vielsagend. Noch einmal zogen sie die klare Meeresluft ein, ließen ein letztes Mal ihren Blick über das türkisblaue Meer schweifen und schlürften genüsslich ihren Mojito mit der Extraportion Rum.

Auf einmal rief Dirk: „Freunde, macht vorwärts und trinkt aus. Wir müssen gehen! Es ist Viertel vor zwei."

„Schon?", fragte Arno enttäuscht, und Ruud zwirbelte nachdenklich seinen Schnurrbart. Aber statt einer Antwort hielt ihm Dirk seine Armbanduhr vors Gesicht. Der Augenblick, sich von Olivia zu verabschieden, war unwiderruflich gekommen. Schweren Herzens umarmte sie jeder ein letztes Mal, bevor sie sich auf den Rückweg ins Hotel machten. Zum Packen blieb ihnen nur noch wenig Zeit. Für Dirk kein Problem, da er am Vorabend seine Reisetasche gepackt hatte. Eric aber stand kurz vor einem Nervenzusammenbruch. Für die vielen Ersatzkleider, die er gekauft hatte, war sein Koffer schlicht zu klein.

„Lass doch deine alten Klamotten einfach hier", schlug Dirk vor.

Eric verwarf die Hände. Der Gedanke, sich von den lieb gewordenen Kleidungsstücken trennen zu müssen, schmerzte. Zweifel stiegen in ihm auf, ob das die richtige Lösung war. Plötzlich hatte er eine Idee: Er machte auf dem Bett eine Auslegeordnung. Auf den ersten Haufen legte er die alten Kleider, auf den zweiten die neuen. Dann nahm er vom ersten Haufen das oberste Kleidungsstück und legte es in den Koffer. Dann vom zweiten und dann wieder vom ersten und so weiter, solange bis sein Koffer voll war. Die übrig gebliebenen Kleider warf er in den Abfallkorb. Die alten wie die neuen. Dirk, der daneben stand, schüttelte verständnislos seinen Kopf. Eric aber schloss zufrieden seinen Koffer. „Scho, fertig. Gehen wir. Der Wagen wartet beschtimmt schon", sagte er und bugsierte seinen Koffer zur Zimmertür.

Pünktlich um halb drei hielt ein schwarzer Mercedes vor dem Hoteleingang. Es war derselbe Wagen wie vor zwei Wochen. Am Steuer saß aber nicht Johnny, sondern eine bildhübsche junge Frau mit langen schwarzen Haaren. „Pilar. Ich bring euch zum Flughafen", stellte sie sich vor, als sie die Heckklappe des Wagens öffnete und die Senioren mit einem nonchalanten Kopfnicken aufforderte, das Gepäck einzuladen.

Auf der Fahrt zum Flughafen beobachtete Eric, wie sich am Horizont blauschwarze Gewitterwolken bedrohlich auftürmten. „Ischt ein Gewitter im Anzug?", fragte er sorgenvoll. Der Gedanke, während eines Gewitters im Flugzeug ausharren zu müssen, ängstigte ihn. Pilar drückte die Sonnenblende beiseite und prüfte das Wolkenbild. „Ich glaube nicht", beruhigte sie ihn, „diese Wolken werden sich schnell wieder verziehen."

Eric stieß einen Seufzer der Erleichterung aus und lehnte sich entspannt in seinem Sitz zurück.

Jetzt konnten sie auf der rechten Seite die ersten Flugzeuge sehen. Der Flughafen war nicht mehr fern. Dort angekommen, parkte Pilar den Wagen direkt vor dem Haupteingang.

„So, da wären wir", sagte sie, als sie den Motor abstellte. Sie stieg aus, ging um den Wagen herum, öffnete die Schiebetür und anschließend die Heckklappe. Sofort traten zwei Männer mit dunklen Sonnenbrillen hinzu, die hastig das Gepäck der Kuriere ausluden und sie aufforderten, ihnen zu folgen. Alles ging so schnell, dass die vier nicht einmal Zeit fanden, sich von Pilar zu verabschieden.

Vor den Schaltern der Economy Class hatten sich lange Warteschlangen gebildet. Die beiden Männer trafen keine Anstalten, sich hinten anzustellen. Zielstrebig begaben sie sich zum Business Class Schalter, wo der eine von ihnen das Gepäck der Kuriere auf das Band legte, während der andere von ihnen die Flugscheine verlangte. Die Flughafenangestellte nahm die Tickets ohne Wimpernzucken entgegen und checkte sie ein.

„Fliegen wir heute Business?", fragte Dirk und zeigte auf die Tafel über dem Business Counter. Er freute sich zu früh. Der Mann mit der dunklen Sonnenbrille hatte für Dirks Frage nur ein gequältes Lächeln übrig und schüttelte den Kopf: „Business class finish here", antwortete er in gebrochenem Englisch.

Befreit von ihrem Gepäck wurden die Kuriere in eine private Lounge eskortiert, wo sie vom Boss persönlich in Empfang genommen wurden.

„Du hier?", fragte Arno überrascht. „Ich dachte, wir würden uns nie mehr unter die Augen kommen."

„Den feierlichen Akt der Kokainübergabe wollte ich mir unter keinen Umständen entgehen lassen", antwortete Stijn zynisch, „aber außerhalb dieses Raumes kennen wir uns nicht! Habt ihr kapiert?" Die vier gehorchten. Stijn übergab jetzt jedem von ihnen einen farbigen Rollkoffer aus Kunststoff. Im Innern waren fünfzehn Kilo Kokain versteckt. „Unsere zwei Freunde hier", dabei zeigte er auf die beiden sonnenbebrillten Männer, „werden euch später bis zum Flugzeug begleiten. Ab diesem Zeitpunkt seid ihr auf euch alleine gestellt. Den Rest kennt ihr ja. Bis zum Boarding warten wir alle zusammen in der Lounge. Hier gibt es übrigens einen Kaffeeautomaten, und an der Bar könnt ihr euch ein Bier genehmigen."

Um halb fünf gab Stijn den beiden Männern mit den dunklen Sonnenbrillen das Zeichen, die Kuriere zum Flugzeug zu begleiten. Gemeinsam verließen sie den Raum durch die hintere Tür, über der das Schild *Exit* leuchtete. Hinter der Tür befand sich der Warteraum. Er war leer. Arno, Dirk, Eric und Ruud waren die letzten Passagiere in der Economy Class, die das Flugzeug betraten. Stijn blieb noch eine ganze Weile in der Lounge zurück. Er flog Business, da wurde er persönlich aufgerufen.

In den Gängen der Economy Class herrschte ein hektisches Gedränge: Einige Passagiere suchten entnervt ihren Sitzplatz. Wieder andere versuchten verzweifelt, ihr Handgepäck zu verstauen. Und dann gab es noch die Paare, die sich lauthals darüber stritten, wer am Fenster sitzen durfte.

Die schweren Rollkoffer behinderten die Rentner auf ihrem Weg zu den Plätzen. Und waren sie beim Sitzplatz angekommen, galt es, das Handgepäck ordnungsgemäß zu verstauen. Eric, Dirk und Ruud hatten Glück. In der Gepäckablage über ihren Sitzen war noch genügend Platz vorhanden. Arno dagegen hatte Pech. Die Gepäckablage über seinem Sitz war zum Bersten voll. Keine Chance, seinen Rollkoffer dort zu deponieren. Und da es die hinterste Sitzreihe war, gab es keine

Ausweichmöglichkeit. Wohl oder übel musste er den Koffer unter den Sitz seines Vordermannes legen. „Scheiße!", fluchte er und drückte den Knopf über seinem Sitz. Es verging keine Minute, da kam eine Flight Attendant. Sofort erkannte sie das Problem. Freundlich fragte sie: „Soll ich den Koffer in die Ablage vorne beim Einstieg legen, dort haben wir noch ..."

„Wie bitte? ... äh, ..., nein, nein, vielen Dank. Ich ... wollte ... äh ... nur das Licht anmachen", stotterte Arno und zeigte auf die Schalter über seinem Kopf. Im letzten Moment wurde ihm bewusst, dass es wohl zu riskant gewesen wäre, den Koffer in fremde Hände zu geben.

„Kein Problem", antwortete die Flight Attendant mit einem Lächeln und drückte auf den Lichtschalter. „So bitte", sagte sie und begab sich wieder nach vorne.

Am Fenster neben Arno saß eine junge Frau. Sie war schwanger.

Montagmorgen, 11. März

Hans Maurer war seit fünf Uhr wach. Für einmal waren es nicht die brüllenden Rinder, die ihn geweckt hatten. Es war der bevorstehende Einsatz, der ihm keine Ruhe ließ. Obwohl die Ankunft des Flugzeuges erst gegen neun erwartet wurde, hielt ihn nichts mehr im Bett. Er stand auf, duschte, zog sich an und machte sich auf den Weg zum Flughafen. Sein erster Gang führte ihn in sein Büro. Die Tür war unverschlossen. „Seltsam", dachte er, „ich hab' doch gestern Abend abgeschlossen." Zu seiner Überraschung traf er auf Rita, die damit beschäftigt war, einen Kaffee vorzubereiten. Als sie Hans erblickte, sagte sie: „Ich habe die ganze Nacht kein Auge zugetan."

Hans lachte und sagte: „Mir ging es genau so", und nach einer Pause schob er nach: „Ein Kaffee wäre jetzt genau das Richtige. Machst du mir bitte auch einen?" Rita nickte, und während sie an der Kaffeemaschine hantierte, erklärte sie ihm, dass der Flug mit zweistündiger Verspätung landen würde. „Wegen eines starken Gewitters hatte sich der Start der Maschine verzögert. Die Maschine wird erst gegen elf in Zürich landen."

„Kannst du dir vorstellen, stundenlang in einem überhitzten Flieger ausharren zu müssen?", gab Hans zu bedenken.

„Und dann erst noch einen zehnstündigen Flug vor sich zu haben. Ich weiß nicht, ob ich das aushalten würde!"

„Dafür haben wir jetzt mehr Zeit für die Vorbereitung", bemerkte Hans, und er fragte Rita, ob sie in der Zwischenzeit eine aktualisierte Passagierliste erhalten habe.

„Die wurde mir soeben per Mail übermittelt", erwiderte Rita und druckte zwei Exemplare aus. Eines überließ sie Hans. Mit geübtem Blick fand Rita rasch die Namen der vier gesuchten Passagiere. „Dirk van Ekris, Arno Verthongen, Eric Vandekerckhove und Ruud de Nijs. Sie sind alle an Bord", stellte sie zufrieden fest.

„Hey, schau mal hier! Das nenne ich aber einen Volltreffer!", rief Hans dazwischen und zeigte auf den Namen von Stijn Vermeer.

„Schade, dass wir kein Bild von ihm haben", stellte Rita enttäuscht fest. „Ach was, das spielt doch überhaupt keine Rolle. Ich bin mir zu einhundert Prozent sicher, dass er im *Central* absteigen wird. Und dann schlagen wir zu!" war Maurer zuversichtlich.

Bis zur Landung des Flugzeuges verblieben noch drei Stunden. Sie nutzten die Zeit für einen letzten Kontrollgang.

Dic Maschine setzte um elf Uhr mit einem Rumpler auf der Piste 14-32 auf. Besatzung und Passagiere waren dankbar, endlich in Zürich eingetroffen zu sein. Die zwei zusätzlichen Stunden, die sie in Punta Cana im Flugzeug ausharren mussten, hatten allen zugesetzt. Sie waren übermüdet. Ihre Nerven lagen blank. Und obendrein war es in der Kabine auch noch heiß. Alle wollten dasselbe: Möglichst rasch dieser Sauna entrinnen. Die Flugbeleiter waren redlich bemüht, den Ausstieg in geordnete Bahnen zu lenken. Vergeblich. Kopfschüttelnd sagte Arno zu seiner Sitznachbarin: „Wie kann man nur so ungeduldig sein?"

Sie lächelte zurück und antwortete: „People is crazy."

Fünf Passagiere ließen sich durch die Hektik nicht aus der Ruhe bringen. Gelassen blieben sie auf ihren Plätzen sitzen, bis der Ansturm Richtung Ausgang verebbt war. Als Letzte verließen vier Senioren und eine schwangere junge Frau das Flugzeug. Beim Ausgang wartete der Maître de Cabine. Ihm fiel die Aufgabe zu, sich persönlich von den Fluggästen zu verabschieden. Niemand beachtete ihn. Bis auf Eric. Er bedankte sich überschwänglich für den angenehmen Flug und versprach, bei seiner nächsten Reise wieder Edelweiss zu wählen. Der Maître de Cabine reagierte mit einem freundlichen Lächeln. Ab hier trennten sich ihre Wege. Nur Arno blieb mit seiner Sitznachbarin zusammen. Gemeinsam begaben sie sich zur Passkontrolle.

Hans Maurer ärgerte sich, als er auf dem Monitor die riesige Menschenmenge erblickte, die bei der Passkontrolle wartete. Dass gleich mehrere Großraumflugzeuge zur selben Zeit landen könnten, hatte er bei der Einsatzplanung nicht in Betracht gezogen. „Herrgott nochmal, da kann man ja kein Schwein erkennen!", fluchte er. Gleichzeitig mit der Maschine der Edelweiss Air waren ein Airbus A380 der Singapur

Airlines sowie eine Boeing 777 der Emirates gelandet. Annähernd neunhundert Reisende hielten sich in der Schalterhalle auf. „Was machen wir jetzt?"

Rita fand das Ganze nur halb so schlimm. „Weil die Leute bei der Passkontrolle länger warten müssen, haben wir mehr Zeit, unsere Senioren ausfindig zu machen", beruhigte sie ihn, während sie mit ihren Augen den Monitor fixierte. Plötzlich hielt sie inne und rief: „Ich glaube, ich habe einen von ihnen entdeckt."

Sie betrachtete das auf ihrem Pult liegende Foto und verglich es mit der Person, auf die die Kamera gerichtet war. „Der mit dem kunstvoll gezwirbelten Schnurrbart. Ist das nicht Ruud de Nijs?"

Hans bückte sich zu ihr runter und schaute auf den Monitor. „Bingo", rief er. Er griff zum Funkgerät und forderte einen Zivilfahnder auf, die Verfolgung aufzunehmen. „Verfolgen und nicht aus den Augen verlieren. Aber kein Zugriff!", wies er den Fahnder an. Auf dem Bildschirm konnte er sehen, wie sich dieser an die Fersen von de Nijs heftete. „Dann waren es nur noch drei", flachste er, und zu Rita gewandt sagte er: „Give me five!" Leicht peinlich berührt, schlug sie mit einem ‚High five' ein. Dann galt seine gesamte Aufmerksamkeit wieder den Monitoren.

Auf dem Bildschirm Nummer 12 konnte Maurer beobachten, wie ein uralter Opel den Parkplatz Nummer 13 verließ. „Kannst du mir eine Aufzeichnung der Wegfahrt dieser Klapperkiste zeigen?", bat er den Techniker.

„Kein Problem", antwortete dieser und spulte die letzten 30 Sekunden der Aufzeichnung ab.

„Näher ran!" Maurer interessierte das Fahrzeugkennzeichen. Auf dem vergrößerten Standbild war deutlich ein niederländisches Nummernschild zu erkennen.

„Das ist er: van Heezen! Wahrscheinlich ist er auf dem Weg zum Flughafen."

„Etwas spät, findest du nicht?", warf Rita ein.

„Wer weiß, vielleicht haben sie einen fixen Zeitpunkt vereinbart."

„Oder aber er hat verschlafen."

Über den Kopfhörer erhielt Maurer die Mitteilung, dass im Bereich der Herrentoiletten eine weitere verdächtige Person gesichtet worden war. Sofort wechselte er den Fokus auf Monitor Nummer 9.

„Er ist in der Toilette verschwunden", meldete der Zivilfahnder, „ich warte, bis er wieder rauskommt."

Nur wenig später betrat ein Mann in Mönchskutte und Sandalen die Herrentoilette. Er war im Besitz eines orangen Rollkoffers.

„Das kann wohl kaum unser Mann sein", stellte Rita enttäuscht fest. „Wart's ab!", sagte Hans. „Ich wäre mir da nicht so ..."

Er konnte den Satz nicht zu Ende sagen, als Eric Vandekerckhove mit einem orangen Koffer die Toilette verließ. Der Geistliche folgte ihm auf dem Fuß. Einen orangen Koffer hinter sich herziehend.

„Und, was sagst du jetzt?", fragte er Rita. Doch statt ihre Antwort abzuwarten, fuhr er fort: „Ich bin mir sicher, dass die zwei ihre Koffer ausgetauscht haben."

Über Funk ordnete er die Verfolgung der beiden Männer an.

Es dauerte nicht lange, da näherte sich Dirk van Ekris derselben Herrentoilette. Er hatte einen leuchtend roten Koffer dabei.

„Wetten, dass es nicht lange dauern wird, bis ein anderer mit einem roten Koffer auf die Toilette muss?"

Noch bevor der Unbekannte mit dem ebenfalls roten Koffer die Toilette aufsuchte, meldete ein Fahnder, dass der Mann mit dem Pferdeschwanz soeben bei der Gepäckausgabe gesichtet worden war. Gebannt schauten sie auf den Monitor Nummer 11. Tatsächlich wartete dort ein älterer Mann mit einem Pferdeschwanz. Neben sich hatte er einen blauen Rollkoffer abgestellt.

„Im Auge behalten!", befahl Hans. „Jetzt ist das Quartett wieder komplett!" Seine Freude über die gelungene Aktion war groß.

„Fehlen nur noch Vermeer und van Heezen", sagte Rita und biss nervös auf ihre Unterlippe.

„Diese Früchte pflücken wir uns später. Wenn sie im *Central* sind. Vorerst gilt es, Dirk van Ekris nicht aus den Augen zu verlieren."

„Hast du den Toiletteneingang unter Kontrolle?", fragte Rita. Jetzt realisierten sie, dass sie wegen Arno Verthongen, dem Mann mit dem Pferdeschwanz, für einen kurzen Moment vergessen hatten, den Monitor Nummer 9 im Auge zu behalten. „Wo bleibt die Aufzeichnung?", rief Hans dem Techniker zu. Er forderte ihn auf, sich zu beeilen. „Schnell, schnell. Ich muss die letzten drei Minuten sehen!" Der Techniker tat sein Bestes, doch die Nervosität schien ihn zu lähmen. Auf seiner Stirn bildeten sich Schweißperlen. Er spürte, dass die Verhaftung für einmal von ihm abhing. „Geht's nicht schneller?", wiederholte Maurer.

Nach wenigen Augenblicken, die ihm wie eine Ewigkeit vorkamen, erschien auf dem Monitor endlich das, was er sehen wollte: Zuerst betrat Dirk van Ekris mit einem roten Koffer die Toilette. Zwei Minuten später folgte ihm ein junger Mann in einem hellen Anzug, einen identischen Koffer hinter sich herziehend. Die Tür war noch nicht ins Schloss gefallen, als der junge Mann wieder heraustrat. Den roten Koffer hatte er immer noch dabei. Fünf Minuten später erschien Dirk van Ekris. Auch er mit einem roten Koffer.

„Hat einer von euch einen jungen Mann mit einem roten Koffer gesehen?", fragte Maurer seine Leute über Funk. Niemand antwortete. Maurer wiederholte seine Frage: „Wer verfolgt den jungen Mann im hellen Anzug mit dem roten Koffer?"

„Meier Neun", meldete sich Peter Meier, „er ist auf dem Weg ins Parkhaus 3."

„Sehr gut. Bleib dran. Ich bin sicher, dass er dich zum Wagen von van Heezen führen wird. Pass auf, dass er dich nicht bemerkt!"

„Glaubst du, dass sich die anderen ebenfalls ins Parkhaus 3 begeben werden?", fragte Rita.

„Da bin ich mir ganz sicher. Jetzt müssen wir verhindern, dass sie sich gegenseitig warnen können. Darum erfolgt der Zugriff der Helfer erst, nachdem sie das Parkhaus wieder verlassen haben. Van Heezen darf unter keinen Umständen etwas von ihrer Verhaftung erfahren. Er ist der Schlüssel zu Vermeer."

„Und die Kuriere, wann verhaften wir die?", fragte Rita.

„Am Zoll. Die Zöllner wurden angewiesen, sie hinzuhalten."

Zehn Minuten nachdem Dirk van Ekris die Toilette verlassen hatte, tauchte Arno Verthongen mit seinem blauen Koffer auf. Er war in Begleitung einer jungen Frau. „Ich muss mal", sagte er in einer Mischung aus Holländisch und Englisch. Gleichzeitig zeigte er auf die an der Decke angebrachte Hinweistafel. Sie lachte und sagte: „I too."

Als er die Herrentoilette betrat, wurde er von einem Mann in dunklem Anzug bereits erwartet. Er hatte den blauen Rollkoffer neben sich abgestellt. Arno wusste sofort Bescheid.

Wortlos tauschte er mit dem Unbekannten die Rollkoffer. Danach suchte er eine Toilettenkabine auf, wo er dem Koffer das Ticket für den Weiterflug nach Amsterdam entnahm. Als er aus der Toilette herauskam, war er ohne diesen.

„Not forget maleta of you?"

„Koffer? Den brauch' ich jetzt nicht mehr", antwortete er lachend, „und was ist mit dir?"

„I go Amsterdam. In Amsterdam ... äh, me äh ..."

Alles, was Arno verstand, war, dass sie nach Amsterdam weiterreisen wollte, und er sagte: „I show you the gate."

Sie schien begriffen zu haben, denn sie lächelte dankbar. Arno begleitete sie zum Gate A 34. Dort verabschiedete er sich und eilte zur Gepäckausgabe. Er hatte Glück. Seine Reisetasche lag immer noch auf dem Gepäckband. Ein Mitarbeiter des Flughafens wollte sich eben anschicken, diese vom Band zu nehmen. Im letzten Augenblick wurde er von Arno daran gehindert. „Halt, halt! Der gehört mir!", schrie er atemlos.

„Sie sind aber reichlich spät dran", bemerkte der Flughafenmitarbeiter mit vorwurfsvoller Stimme.

„Magenkrämpfe und Durchfall", entschuldigte sich Arno und erntete einen verständnisvollen Blick. Der Flughafenmitarbeiter nahm die Reisetasche vom Band und übergab sie Arno. „Da", sagte er und wünschte gute Besserung.

Arno packte die Tasche und passierte den grünen Ausgang. Nichts zu deklarieren, hieß es da.

Zwischen diesem Durchgang und der Ankunftshalle befand sich als letzte Hürde ein kleiner Vorraum, wo die Zollbeamten die Möglichkeit hatten, Stichproben vorzunehmen.

Vor einem langen Tisch standen vier ältere Männer, den Inhalt ihres Reisegepäcks vor sich ausgebreitet. Hinter dem Tisch standen ebenso viele Zollbeamte, die so taten, als ob sie die Sachen inspizieren würden.

Arno erkannte drei von ihnen, ließ sich jedoch nichts anmerken, sondern ging zielstrebig weiter. Er wusste, dass seine Kumpels nichts zu befürchten hatten, da die ausgetauschten Koffer clean waren. Nur der unbekannte Mann mit dem Pferdeschwanz verunsicherte ihn. „Ach was soll's", sagte er sich, und ohne nach rechts und links zu blicken, verließ er den Raum durch die automatische Schiebetür. Als sich diese hinter ihm schloss, atmete er tief durch: Geschafft!

Die Zeit drängte. Er musste sich sputen, wollte er die Zwei-Uhr-Maschine nach Amsterdam erreichen. Der Check-in-Schalter schloss in zehn Minuten. Auf dem Weg dorthin beschäftigte ihn nur eine Frage: Würden es die anderen ebenfalls schaffen? Er durfte nicht warten. Der Boss hatte es ihnen ausdrücklich verboten. Das Risiko wäre viel zu groß, hatte er ihnen eingebläut. Arno hielt sich an die Anweisung.

Unbehelligt erreichte er die Maschine nach Amsterdam. Er hatte den Sitz Nummer 17B. Am Fenster saß eine junge Frau. Sie war schwanger. Als sie Arno erblickte, strahlte sie übers ganze Gesicht. „Me llamo Encarna", sagte sie

„Und ich heiße Arno."

Jetzt mussten sie beide lachen.

„Eigentlich seltsam", dachte Arno, „da saß ich während dreizehn Stunden neben dieser Frau, ohne auch nur ein einziges Wort zu wechseln. Und jetzt, da wir uns wieder begegnet sind, habe ich das Gefühl, dass wir alte Bekannte sind."

„Die Kuriere sitzen immer noch am Zoll fest. Die vier Abnehmer haben wir einen nach dem anderen beim Verlassen des Parkhauses geschnappt. Die Observation von van Heezen hat Münger übernommen. Er hat mir gesagt, dass van Heezen in Richtung Stadtzentrum unterwegs ist. Rita, du behältst den Parkplatz im Auge und sagst Münger, was er tun muss!", wies er Rita an und zeigte auf den Monitor Nummer 12. Und zu den vier neben ihm stehenden Flughafenpolizisten in Uniform sagte er: „Wir knüpfen uns jetzt die Kuriere vor!" Kaum hatte er das gesagt, marschierte er los. Die vier Polizisten folgten ihm.

Am Zoll war die Hölle los: Drei wild gestikulierende, laut fluchende Männer machten ihrem Unmut darüber Luft, dass sie von den Zollbeamten ohne Angabe eines Grundes seit fast einer halben Stunde zurückbehalten wurden. Nur einer blieb ruhig und musterte mit wachen Augen, wie vier Zöllner mit umständlicher Gründlichkeit den Inhalt der Gepäckstücke durchsuchten.

„Ruhe! Und Hände auf den Rücken!", schrie Hans, als er den Raum betrat. Zwei Männer verstummten augenblicklich. Einzig der mit dem prachtvoll geschwungenen Schnauz begehrte auf und schrie zornig zurück: „Wat is het onzin?"

„Ruhe!", wurde er von Maurer angeherrscht.

Vier Paar Handschellen schnappten gleichzeitig zu.

„Abführen!", befahl Maurer. Jeder Polizist packte einen der Verhafteten am Oberarm und führte ihn zu den Arrestzellen. „Und passt ja gut auf, dass sie nicht miteinander reden können. Ich komme in fünf Minuten nach, und dann beginnen wir mit den Befragungen."

Im Erstklassabteil der S16 saß Stijn Vermeer und freute sich auf das feine Steak, das er heute Abend im Grünen Glas essen würde, sowie auf den anschließenden Besuch des *Maxims* mit seinen russischen Tänzerinnen. Trotz des langen Fluges war er voller Tatendrang. Noch während er im Zug saß, rief er mit seinem Handy Nando an und teilte ihm mit, dass er vor etwas mehr als einer Stunde in Zürich eingetroffen war. „Du kannst den Plan B schubladisieren!", frohlockte er.

„Noch bist du nicht in Amsterdam angekommen", konterte Nando, „ruf mich wieder an, wenn du dort bist!"

„Miesepeter", dachte Stijn und entgegnete: „Dann halt bis morgen", und beendete das Gespräch. Nur allzu gerne hätte er ihm erzählt, wie er mit einem gefälschten deutschen Reisepass alias Detlef Schröder von einer freundlichen Grenzpolizistin in Zürich willkommen geheißen wurde. Der Umstand, dass die Polizei bei Sonja vorstellig geworden war, hatte ihn zu dieser Vorsichtsmaßnahme veranlasst.

Die Lobby des *Central* war menschenleer. Stijn begab sich zur Rezeption. Er wollte sich einchecken.

„Wir haben für Sie das Zimmer 312 reserviert", sagte die Rezeptionistin. „Ihr Kollege hat das Zimmer gleich nebenan", erklärte sie und erinnerte ihn mit dieser Bemerkung daran, dass er den Abend mit van Heezen würde verbringen müssen. Für einen kurzen Moment verdüsterte sich seine Miene, was die Rezeptionistin zu der Frage veranlasste: „Ist etwas nicht in Ordnung?"

Stijn winkte ab. „Nein, nein, ist alles okay."

Noch während er den Hotelmeldeschein ausfüllte, betrat van Heezen die Lobby. Schnurstracks ging er auf Stijn zu und begrüßte ihn mit einem kräftigen Klapps auf die Schulter.

„Schon hier?"

„Wo sollte ich sonst sein?", fragte Stijn missgelaunt.

Jetzt wurde der Rezeptionistin klar, weshalb sich seine Miene kurz zuvor verdüstert hatte.

Kurz davor

Rita Gubler beobachtete auf dem Monitor, wie van Heezen den Opel auf dem Parkplatz Nummer 13 abstellte. Sie notierte sich die Uhrzeit: 13.19. Van Heezen entstieg dem Wagen, schloss diesen ab und verließ die Parkgarage in Richtung des Hotelaufzugs.

Münger, der van Heezen in einem neutralen Fahrzeug bis in die Parkgarage gefolgt war, stieg jetzt ebenfalls aus und winkte belustigt in die Kamera. „Und was mache ich jetzt?", wollte er über Funk von Rita wissen.

„Bleib vorläufig im Wagen und behalte den Opel im Auge. Ich werde mit Hans das weitere Vorgehen besprechen. Du hörst von mir!"

Sie nahm ihr Handy und rief Hans an.

„Ist Vermeer auch dabei?", fragte Hans.

„Vermeer haben wir nicht gesehen. Bist du auch ganz sicher, dass er in Zürich angekommen ist?"

„Er war auf der Passagierliste. Und auf dieser Liste sind sämtliche Passagiere aufgeführt, die eingecheckt haben. Ergo gehe ich davon aus, dass er sich in Zürich aufhält. Zudem wissen wir, dass van Heezen für heute Nacht zwei Zimmer gebucht hat. Erkundige dich bei der Rezeptionistin, für wen das zweite Zimmer reserviert wurde."

„Mach ich. Du hörst von mir, sobald ich Näheres weiß."

„Fangen wir mit den Kurieren an", erklärte Maurer den vier Polizisten das weitere Vorgehen, und er forderte einen auf, Ruud de Nijs zu holen. „Das ist der mit dem auffälligen Schnurrbart."

Während der Polizist den Verhafteten aus der Arrestzelle holte, startete Maurer seinen Computer.

„Setzen Sie sich auf diesen Stuhl", wies er den zugeführten Mann an.

Ruud de Nijs nahm am Schreibtisch Platz, währenddessen der Polizist die Tür sicherte.

„Verstehen Sie Deutsch?", begann Maurer die Befragung.

De Nijs wiegelte den Kopf und antwortete mit holländischem Akzent: „Ein bisschen."

Maurer blätterte im Reisepass, den de Nijs bei seiner Verhaftung bei sich getragen hatte.

„Gehört dieser Reisepass Ihnen?"

De Nijs nickte und zwirbelte nervös seinen Schnauz.

„Dann sind Sie also Ruud de Nijs?"

Er nickte wieder.

„Wissen Sie, weshalb Sie verhaftet wurden?"

„Nein. Keine Ahnung."

„Hilft Ihnen das Stichwort ‚Drogen' auf die Sprünge?"

De Nijs verwarf bei dieser Frage beide Hände und antwortete: „Ik begrijp het niet. Ik wil een advocaat."

Jetzt hielt Maurer den Zeitpunkt für gekommen, die Befragung von de Nijs abzubrechen.

„Bring ihn zurück in die Arrestzelle", wies er den Polizisten an, und zu de Nijs sagte er: „Wir setzen die Befragung morgen fort. Aber dann mit einem Dolmetscher und einem Verteidiger."

Die Befragungen von Dirk van Ekris und Eric Vandekerckhove verliefen nach demselben Muster. Jedes Mal, wenn Maurer auf die Drogen zu sprechen kam, gaben sie vor, nichts mehr zu verstehen.

Anders Arno Verthongen. Der Mann mit dem Pferdeschwanz. „So, so. Sie gehören also zu den ganz Schlauen. Sind mit einem gefälschten Reisepass unterwegs! Richard Burgener aus Zermatt. Vermutlich sind Sie auch noch Skilehrer", stellte Maurer beim Betrachten des Reisepasses süffisant fest.

Der Mann mit dem Pferdeschwanz blieb auffallend beherrscht. Keinerlei Anzeichen von Nervosität. Im Gegenteil: Richard Burgener holte tief Luft und antwortete mit stoischer Ruhe: „Ape scho. Ich bin's wirkli. S'Saaser Richi!" Obwohl Richard Burgener seit über 40 Jahren in Zermatt lebte, galt er unter den Einheimischen als Saaser. „Aber nid Schggiileerer. Bärgfierer!", behauptete er in urchigstem Walliserdeutsch und zeigte Maurer seine kräftigen Hände.

Maurer war für einen kurzen Moment perplex. Das Walliserdeutsch war ja nicht unbedingt eine Allerweltssprache, und dass ausgerechnet ein Holländer diesen Dialekt beherrschte, war eher unwahrscheinlich. Und erst diese Abgeklärtheit! Selbst ein abgebrühter Gauner hätte eine solche Dreistigkeit nicht an den Tag legen können. War der Mann mit dem Pferdeschwanz am Ende gar nicht Arno Verthongen? Hastig überflog Maurer die Passagierliste. Tatsächlich: Auf dieser waren sowohl Richard Burgener als auch Arno Verthongen aufgeführt. Jetzt realisierte er, dass ihnen bei der Verhaftung ein Missgeschick unterlaufen war. Der Pferdeschwanz hatte sie auf eine falsche Fährte geführt. „Was für eine Blamage", dachte Maurer und spürte, wie ihm das Blut in den Kopf schoss. „Entschuldigung ... äh ... tut mir leid ... äh ... 'tschuldigung", stotterte er, „da ist mir ein peinlicher Fehler unterlaufen. Ich habe Sie verwechselt. Ich habe Sie irrtümlich für einen Drogenkurier gehalten."

„Ich und Drogä?" Richard Burgener lachte laut auf. „Üüsgerechnet ich, wo kei Alkohol triiche und nid röücke. Ramadan s'ganzi Jår uber", rief er und lachte noch lauter als zuvor.

Maurer war heilfroh und gleichzeitig dankbar, dass der fälschlicherweise festgehaltene Richard Burgener trotz aller Unannehmlichkeiten den Vorfall auf die leichte Schulter genommen hatte. „So sind sie halt, die Bergler. Bleiben in jeder Situation besonnen und verlieren nie ihren Humor", dachte er, und er versprach: „Falls ich je das Matterhorn besteigen sollte, dann sollen Sie mein Bergführer sein!"

Richard Burgener, mit einem breiten Lachen im Gesicht, reichte Maurer versöhnlich die Hand und entgegnete: „S'Horu? Hm ... abgmacht!"

Van Heezen saß in der Lobby des Hotels und wartete geduldig auf die Rückkehr von Stijn, der sich zum Duschen auf sein Zimmer zurückgezogen hatte. Die Rezeptionistin telefonierte, um Rita Gubler zu informieren, dass Stijn Vermeer vor einer halben Stunde den Hotelmeldeschein ausgefüllt hatte.

„Also doch", stellte Rita zufrieden fest, „da wird sich mein Chef aber freuen."

Als Stijn gutgelaunt die Lobby betrat, ahnte er nichts vom bevorstehenden Ungemach.

„Komm, lass uns zum Wagen gehen. Die Zeit ist günstig. Niemand dort, der uns beim Umladen beobachten könnte", schlug van Heezen vor. Er wollte, dass das in den Rollkoffern transportierte Kokain schnellstmöglich in die speziell dafür konstruierten Tanks versteckt wurde. „Sicher ist sicher", legte er nach.

Stijn war einverstanden. Gemeinsam begaben sie sich in die Hotelgarage. Beim Fahrzeug angelangt, öffnete van Heezen den Kofferraum, entnahm diesem die vier Rollkoffer und stellte sie neben den Wagen. Mit ein paar gekonnten Handgriffen entfernte er den Unterbodenschutz. Die zwei Stahltanks, die zum Vorschein kamen, boten Platz für sechzig Kilogramm Kokain. Er benötigte fünf Minuten, um die Drogenpakete in den beiden Tanks zu verstauen, und nach nur einer weiteren Minute war der Unterbodenschutz wieder montiert.

„Fertig", sagte er und rieb sich die Hände, „und was machen wir mit den Koffern?"

„Die entsorgen wir im nächsten Abfallcontainer."

Sie wollten die Hotelgarage verlassen, als Vermeer einen letzten prüfenden Blick in Richtung des alten Opels warf. Die Entdeckung, die er dabei machte, hätte ihn beinahe erschlagen. Außer sich vor Wut packte er van Heezen grob am Arm und zerrte ihn aus der Garage.

„Was soll der Quatsch?", schnauzte van Heezen.

„Du Idiot! Hast du die am Ablaufrohr montierte Kamera nicht bemerkt?", zischte Stijn.

„Welche Kamera?"

„Die Kamera über deinem Wagen, du Blödmann. Wir werden observiert! Die Polizei ist uns auf den Fersen!"

Van Heezen erbleichte und schaute Vermeer verzweifelt an. „Und was machen wir jetzt?", wimmerte er.

„Stijn Vermeer ist tatsächlich im *Central* abgestiegen. Aber damit nicht genug. Soeben haben er und van Heezen vier Rollkoffer aus dem Opel geladen, die Ware ausgepackt und in zwei tankähnlichen Behältern, die unter dem Kofferraum des alten Opels angebracht sind, versteckt", meldete Rita.

„Und wo sind sie jetzt?", fragte Hans.

„Keine Ahnung. Sie haben die Garage verlassen. Die leeren Koffer haben sie mitgenommen. Es machte den Eindruck, als ob sie es sehr eilig hätten."

„Bleib du auf deinem Posten", forderte er Rita auf, „und ist Münger noch in der Garage?"

„Bin immer noch da", meldete sich Münger gleich selber zu Wort.

„Super", sagte Hans „bleib, wo du bist, und rühre dich nicht vom Fleck. Du wirst in einer Stunde abgelöst."

„Und was jetzt?", wiederholte van Heezen seine Frage. Er war kreideweiß und machte einen völlig verstörten Eindruck.

„Schauen, dass wir da heil wieder raus kommen", antwortete Stijn gereizt, „und frag jetzt nicht wie. Ich muss nachdenken!" Stijns Hände zitterten, und sein Kopf war gerötet. Er spürte, wie sich die Schlinge um seinen Hals langsam zusammenzog.

„Hauen wir doch einfach ab", schlug van Heezen vor.

„Idiot. Und das Koks?", fuhr ihm Stijn übers Maul.

„Das lassen wir hier!"

„Bist du komplett übergeschnappt? Sechzig Kilo Koks vor die Hunde zu werfen?"

„Lieber das, als Kopf und Kragen zu riskieren", entgegnete van Heezen, der drauf und dran war, loszuheulen.

„Wir fahren noch heute Nacht. Und das Kokain lassen wir auf keinen Fall zurück."

„Und wenn man uns verfolgt?"

„Dann gibst du halt mehr Gas!" Der Opel war zwar alt, aber unter der Motorhaube verbarg sich ein neuer zweihundert PS starker Motor. „Wir nehmen den unbewachten Grenzübergang bei Rafz. Und sind wir erst einmal in Deutschland, können wir uns verstecken, bis die erste Aufregung vorüber ist."

Zum ersten Mal keimte bei van Heezen so etwas wie eine Art Hoffnungsschimmer auf. Vorsichtig optimistisch fragte er: „Du meinst, wir schaffen es?"

„Wahrscheinlich nicht. Aber zumindest haben wir es versucht."

Dienstag, 12. März, 02.23 Uhr

In der Parkgarage des Hotels war es stockdunkel. In einer Ecke saßen in einem neutralen Fahrzeug der Gefreite Lüdin und Aspirant Häusler. Beide kämpften wacker gegen den Schlaf.

„Ich hasse diese Observationen. Das stundenlange Herumsitzen bringt mich um", ächzte der Jüngere.

Lüdin nickte und meinte trocken: „Teil unseres Jobs!" Dann griff er nach hinten und nahm vom Rücksitz eine Thermosflasche.

„Kaffee gefällig?"

„Ja gerne!"

Häusler entnahm aus dem Ablagefach unter dem Lenkrad einen Schokoriegel. „Magst auch einen?"

„Später."

Schweigend wie zwei Angler verharrten die beiden Polizisten in ihrem Wagen und setzten die Observation fort. Einzig das Knistern der Schokoriegelverpackung durchbrach diese Stille.

Plötzlich öffnete sich die Durchgangstür zum Hotel einen Spaltbreit.

„Hast du das gesehen? Wir erhalten Besuch", flüsterte Lüdin seinem Kollegen zu.

Aspirant Häusler war mit einem Schlag hellwach: „Action?"

Zwei Männer, jeder mit einer Sporttasche in der Hand, betraten die Tiefgarage und näherten sich dem Opel. Lautlos öffnete der Kleinere die rechte hintere Tür und legte die beiden Taschen auf die Sitzbank. Nachdem er die Tür ebenso sachte wieder geschlossen hatte, setzte sich der Grössere hinters Lenkrad. Sein Begleiter hatte in der Zwischenzeit auf dem Beifahrersitz Platz genommen.

Über Funk orientierte Lüdin Maurer, der sein Nachtlager in seinem Büro eingerichtet hatte.

„Dran bleiben und Position melden! Ich schicke Verstärkung."

Der Opel setzte sich mit ausgeschaltetem Licht in Bewegung und rollte vor das geschlossene Garagentor. Ein rotes Kontrolllämpchen zeigte an, dass die Türautomatik aktiviert wurde. Langsam öffnete sich das Tor. Jetzt hielt Lüdin den Zeitpunkt für gekommen, den Volvo zu starten. Um keinen Verdacht zu erregen, wartete er, bis der Opel die Garage verlassen hatte. Als dieser auf die Straße einbog, nahm er die Verfolgung auf. Aspirant Häusler fiel die Aufgabe zu, Maurer über Funk auf dem Laufenden zu halten.

„Fahren auf der Weinbergstraße in Richtung Bucheggplatz", meldete er.

„Haltet genügend Abstand! Sie dürfen nicht merken, dass sie verfolgt werden", wies Maurer seine Kollegen an.

Lüdin fuhr in einem Abstand von einhundert Metern hinter dem Opel her, gerade so viel, dass er ihn nicht aus den Augen verlieren konnte, sollte er in eine Nebenstraße einbiegen.

„Sind beim Bucheggplatz. Biegen rechts ab. Fahren Richtung Autobahnzubringer. Sind jetzt im Schöneichtunnel. Opel nimmt Autobahn in Richtung Flughafen/Bülach."

Maurer bot umgehend den Verkehrszug Bülach als Verstärkung auf. „Errichtet beim Autobahnende eine Straßensperre! Schnell!", befahl er.

Van Heezen, der den Opel lenkte, hielt sich an die Tempolimite. Er wollte nicht auffallen. Den grauen Volvo, der ihnen seit der Wegfahrt vom Hotel gefolgt war, bemerkte weder er noch Stijn.

In der Zwischenzeit hatte der Verkehrszug Bülach in aller Eile eine Nagelsperre auf die Straße gelegt. Zwei Polizisten mit Leuchtwesten und ausgerüstet mit Stablampen rannten auf dem Pannenstreifen in Richtung der herannahenden Fahrzeuge. Als van Heezen die beiden mit der Stablampe winkenden Polizisten erblickte, reduzierte er das Tempo auf 30. Er tat so, als ob er ihrem Haltezeichen Folge leisten würde. Kaum aber war er auf ihrer Höhe angelangt, trat er aufs Gaspedal und beschleunigte. Lüdin mit seinem schwerfälligen Volvo sah von einer Verfolgung ab. Er wusste, dass der Verkehrszug Bülach mit den weit schnelleren BMWs ausgerüstet war.

Van Heezen lachte, als er sah, wie die Nadel des Tachos in fünf Sekunden auf 90 Stundenkilometer schnellte. Er war sich der Hoffnungslosigkeit seines Unterfanges bewusst.

„Willst du uns umbringen?", schrie Vermeer.

„Willst du die nächsten zehn Jahre im Knast schmoren?", konterte van Heezen und beschleunigte weiter. Mit 100 Sachen rasten sie auf die Straßensperre zu. Stijn krallte sich an seinem Sitz fest. Schweiß rann ihm von Stirn und Wangen, seine Augen waren weit geöffnet, aber wie ins Leere gerichtet.

Gullit lachte noch lauter. Er sah, wie vier Polizisten panikartig zur Seite sprangen.

„Geschafft!", jubelte er.

Die auf der Straße liegende Nagelsperre hatte er übersehen.

Zwölf Stunden zuvor in Amsterdam

Arno und Encarna warteten beim Ausgang des Flughafens Schiphol.

Ihre Englischkenntnisse reichten gerade aus, um Arno verständlich zu machen, dass sie hier abgeholt werden würde. Er lächelte und versprach, mit ihr zu warten. Sie war froh, dass er sie an diesem fremden Ort nicht im Stich ließ. Auf einmal stupfte er sie am Arm und zeigte in Richtung eines Kioskes. „Look!", sagte er. Vor dem Kiosk stand eine Frau. Sie hielt ein Schild in die Höhe, auf dem Encarnas Name stand. „Oh, ahí está ella", rief Encarna voller Freude.

Sonja de Boers wusste nie zum Voraus, ob die jungen Frauen auch tatsächlich in Amsterdam eintreffen würden oder nicht. Beim letzten Mal hatte sie während Stunden gewartet. Vergeblich. Pilar Dominguez schaffte es nur bis Zürich. Dieses Mal aber schien alles zu klappen. Aber wer war der Mann an ihrer Seite?

„Hola Encarna. ¿Qué tal?", begrüßte sie die junge Frau. „Und wer sind Sie?", wunderte sich Sonja de Boers.

„Arno", stellte sich Arno Verthongen vor, „Encarna und ich sind während der ganzen Reise Sitznachbarn gewesen."

„Arno?"

„Arno Verthongen, um genau zu sein."

Jetzt fiel es ihr wie Schuppen von den Augen, und sie erinnerte sich, dass sie vor ein paar Wochen im Auftrag von van

Heezen für Arno und drei weitere Männer einen Flug nach Punta Cana gebucht hatte.

„Und wo sind ihre Kollegen?", wunderte sich Sonja de Boers. Stijn hatte sie unmittelbar nach seiner Ankunft in Zürich angerufen, um ihr mitzuteilen, dass alles bestens geklappt habe.

„Die wurden am Zoll aufgehalten und werden wohl mit dem nächsten Flugzeug hier eintreffen", vermutete Verthongen.

Auf einem Feld in der Nähe der Autobahnausfahrt Bülach Nord, morgens um 4 Uhr

Zwei Notärzte kümmerten sich um die beiden Verletzten. Van Heezen hatte die Herrschaft über sein Fahrzeug verloren, als er über die Nagelsperre gerast war. Der Wagen hatte sich mehrmals überschlagen und war auf einer angrenzenden Weide auf dem Dach gelandet. Van Heezen und Vermeer mussten mit der Trennscheibe aus dem Auto befreit werden. Sie waren schwer, aber nicht lebensgefährlich verletzt und wurden mit der Ambulanz ins Universitätsspital überführt. Der Opel erlitt bei diesem Ausflug ins Wiesland Totalschaden. Einzig die beiden Stahltanks blieben unversehrt. Das, was vom Fahrzeug noch übrig geblieben war, darunter die beiden intakten Tanks, wurde beschlagnahmt und für weitere Abklärungen zum wissenschaftlichen Dienst gebracht.

Dienstag, 12. März, 16.45 Uhr, im Konferenzzimmer

Als Einsatzleiter gehörte es zu den Pflichten von Hans Maurer, das Team über den Ausgang der ‚Operation Schneeleopard' zu unterrichten.

„Beginnen wir mit dem Erfreulichen: Wir haben 60 Kilo hochwertiges Kokain im Wert von 3,6 Millionen Franken sichergestellt." Ein anerkennendes Raunen ging durch die Reihen. „Aber damit nicht genug: Wir haben drei Kuriere, vier Helfershelfer sowie die beiden mutmaßlichen Drahtzieher verhaftet. Letztere sind beim Versuch, die Polizeisperre zu durchbrechen, verunfallt und befinden sich in Spitalpflege. Gemäß den Angaben der behandelnden Ärzte sollten sie wieder vollständig gesund werden." An dieser Stelle legte er eine kurze Pause ein. Er brauchte einen Schluck Wasser, bevor er mit seinem Bericht fortfuhr: „Ein kleiner Wermutstropfen bleibt. Einem Kurier ist es gelungen zu entkommen. Der vermeintliche Arno Verthongen, der Mann mit dem Pferdeschwanz, der am Gepäckband gewartet hatte, entpuppte sich als Bergführer aus Zermatt. Errare humanum est. Oder auf gut Deutsch: Pressiert's, passiert's", lachte er, und entschuldigend fügte er an: „Sogar Polizisten fallen auf Täuschungen herein. Ich habe mich halt vorschnell vom Mann mit dem Pferdeschwanz und dem blauen Koffer ablenken lassen.

Als ich den Fehler bemerkt habe, war's natürlich viel zu spät. Trotzdem habe ich mir die Aufzeichnungen der im Transitbereich montierten Kamera angesehen und dabei festgestellt, dass kein einziger Mann mit einem Pferdeschwanz die Herrentoilette aufgesucht hatte. Wenige Minuten nachdem Dirk van Ekris aus dieser Toilette kam, betrat ein elegant gekleideter Mann mit einem blauen Koffer das WC. Es dauerte geschlagene fünf Minuten, bis ein unbekannter Mann mit einem blauen Koffer sich der Toilette näherte. Er hatte einen kahlgeschorenen Schädel und war in Begleitung einer jungen Frau. Das muss Arno Verthongen gewesen sein, denn wenige Sekunden nachdem er das WC betreten hatte, verließ der Mann im dunklen Anzug die Toilette. Den blauen Koffer hatte er immer noch bei sich. Diesen Mann konnten wir später, nachdem er van Heezen den Koffer übergeben hatte, beim Verlassen des Parkhauses verhaften. Verthongen aber, der ist uns durch die Lappen gegangen."

Mittwoch, 13. März, Zürcher Tagesanzeiger

```
Sensationserfolg der Zürcher Kantonspolizei:
60 Kilo Kokain am Flughafen Zürich sicherge-
stellt
```

```
Wie die Zürcher Kantonspolizei heute mit-
teilte, ist es ihr im Rahmen der Operation
„Schneeleopard" gelungen, einen internatio-
nal tätigen Drogenring zu zerschlagen. Dabei
wurde die Rekordmenge von 60 Kilogramm Koka-
in im Wert von annähernd 3,6 Million Franken
sichergestellt. Neun Personen wurden verhaf-
tet, darunter die beiden mutmaßlichen Anfüh-
rer der Bande.
```

Stijn überflog die Schlagzeile und schmiss die Zeitung, die ihm ein Pfleger unerlaubterweise aufs Bett gelegt hatte, wütend auf den Boden. Irgendjemand musste sie verpfiffen haben, sonst würde er heute nicht hier liegen. Davon war Stijn felsenfest überzeugt. Aber wer war dieser jemand? Und weshalb wurden nur neun Personen verhaftet und nicht deren zehn? Ließ die Polizei den anderen als Gegenleistung für diesen Hinweis absichtlich entkommen? Stijn starrte ratlos an die Zimmerdecke.

Plötzlich öffnete sich die Tür und derselbe Pfleger, der ihm am Morgen die Zeitung zurückgelassen hatte, brachte das Mittagessen.

„Wie geht's van Heezen?", fragte Stijn.

„Der liegt noch immer auf der Intensivstation, soll aber morgen auf die Pflegestation verlegt werden."

„Haben Sie ein Handy?"

Der Pfleger nickte.

„Kann ich es kurz benutzen? Ich muss meine Mutter anrufen. Sie macht sich immer solche Sorgen, wenn sie länger als 24 Stunden nichts von mir gehört hat. Sie ist fünfundneunzig. In dem Alter ist man halt so."

„Aber nur ausnahmsweise. Und auch nur weil es Ihre Mutter ist. Und kein Wort zu niemandem. Verstanden?" Er nahm sein Handy aus der Tasche seines weißen Kittels und legte es Stijn in dessen linke unversehrte Hand.

„Danke", sagte Stijn und wählte Nandos Nummer.

Mittwoch, 13. März 10.30 Uhr, im Büro von José Noguera

Felipe Gamarra und Ernesto Ortiz saßen am Besprechungstisch. José Noguera saß noch an seinem Schreibtisch und ordnete Papiere. Sie alle warteten ungeduldig auf die Ankunft von Fernando Estevez. Sie waren nervös. José hatte kurzfristig zu dieser Krisensitzung einberufen. Der Grund war Nandos Anruf. Dieser hatte ihm mitgeteilt, dass etwas schief gelaufen war. Details kannte er keine.

Endlich, kurz vor elf, kam Nando in Josés Büro gestürzt. Er war atemlos und verschwitzt.

„Stijn hat mich früh morgens angerufen", japste er, „er wurde in Zürich verhaftet und liegt im Spital ..."

243

„Und van Heezen?", fiel ihm José ins Wort.

„Der liegt ebenfalls im Spital. Sie sind beide auf der Flucht verunfallt."

„Was ist mit den vier Alten und den Transporteuren aus Amsterdam?", wollte Felipe Gamarra wissen.

„Keine Ahnung. Stijn hat nur gesagt, dass mit ihnen sieben weitere Personen verhaftet worden sind. Wer entkommen konnte, wusste er nicht."

„Und das Kokain?"

„Das wurde beschlagnahmt!"

„Die ganze Lieferung?"

Nando nickte: „Die ganze Lieferung."

„Scheiße!", fluchte José. „Und was machen wir jetzt?"

„Gehen wir ins Internet und schauen uns die Zürcher Tageszeitungen an. Vielleicht erfahren wir dabei mehr", schlug Felipe Gamarra vor. „Ich habe in meinem Departement einen Mitarbeiter, der spricht Deutsch. Der soll uns die Berichte übersetzen."

„Und ich nehme den Plan B in Angriff", sagte Nando, als er wieder zu Atem gekommen war. Mit seiner überraschenden Ankündigung erstaunte er die anderen.

„Welchen Plan B?", wunderte sich José und sah ihn ungläubig an.

„Der Plan B sieht Folgendes vor: Statt mit der *Calypso* transportieren wir den Container mit der *Poseidon*. Die läuft drei Tage später aus, kommt aber praktisch zur selben Zeit in Antwerpen an."

„Und nicht in Rotterdam, wie ursprünglich geplant", stellte Ortiz fest.

„Richtig", antwortete Nando, „das wäre viel zu riskant. Wir müssen davon ausgehen, dass in der Zwischenzeit die Polizei die Büroräumlichkeiten von van Heezen auf den Kopf gestellt hat und dort belastendes Material finden konnte. Stijn hatte mir nämlich erzählt, dass er van Heezen die Frachtbriefe geschickt hatte. Falls also die Polizei in den Besitz dieser Unterlagen ist, wäre es für sie ein Leichtes, an die Drogen heranzukommen."

„Und wir hätten 80 Millionen Euro in den Sand gesetzt", rechnete José blitzschnell aus, „der Super-GAU!"

„Und wer organisiert und überwacht das Löschen der Ware im Hafen von Antwerpen?", fragte Gamarra.

„Ich", antwortete Nando, „ich werde vor Ort sein und dafür sorgen, dass die Ware an ihrem Bestimmungsort ankommt."

„Ausgezeichnete Idee", fanden die anderen, und sie atmeten erleichtert auf.

Mijdrecht, 13. März um die Mittagszeit

Als Arno aufwachte, war es halb zwölf. Trotzdem war er noch müde. Er stand auf, zog sich an und begab sich in den Gemeinschaftsraum, wo um diese Zeit das Mittagessen serviert wurde. Er hoffte, seine drei Reisegefährten anzutreffen.

Ihr Tisch war noch leer. „Die schlafen noch", dachte er, als er sich an den Tisch setzte. Die anderen Bewohner nickten ihm freundlich zu. Nur einer wollte wissen, wo er die beiden letzten Wochen verbracht hatte.

„In der Karibik", antwortete Arno. Er sprach so laut, dass es alle hören konnten. Die Pensionäre sahen ihn mit großen Augen an.

„In der Karibik", wiederholte der andere und begann mit dem Essen.

Wie jeden Dienstag wurde zum Mittagessen Hackbraten nach Großmutter Art mit Kartoffelstock serviert. Dazu gab es einen gemischten Salat und als Nachspeise Pfirsichhälften aus der Dose mit einem Schuss Schlagsahne.

Arno hatte Hunger und daher keine Lust, auf seine Freunde zu warten. Als er mit dem Essen fertig war, verließ er den Gemeinschaftsraum und begab sich in den ersten Stock, wo sich ihre Zimmer befanden. Er klopfte an Dirks Tür. Zuerst leise, dann fester. Nichts rührte sich. „So tief kann man doch gar nicht schlafen", dachte er. Als auch Eric und Ruud nicht auf sein Klopfen reagierten, beschlich ihn ein mulmiges Gefühl. „Hatten sie am Ende den Anschlussflug doch nicht mehr erwischt?"

Als sich ein Pfleger näherte, bat er ihn, die Zimmertüren aufzuschließen. Keiner war in seinem Zimmer. „Wo sind Ihre drei Freunde?"

Arno zuckte mit den Schultern. „Keine Ahnung. Ich habe sie das letzte Mal beim Zoll in Zürich gesehen. Dort wurden sie aufgehalten. Ich befürchte, dass sie den Anschlussflug verpasst haben."

„Dann werden sie bestimmt einen späteren Flug genommen haben", mutmaßte der Pfleger. „Ich wette, dass sie im Laufe des Tages hier eintreffen werden."

„Wird wohl so sein", erwiderte Arno und kehrte in den Gemeinschaftsraum zurück. Er hatte Lust auf einen Kaffee. Neben dem Kaffeeautomaten lag die aktuelle Ausgabe des *Rotterdams Dagblad*. Er nahm die Zeitung mit an den Tisch. Er hatte ja niemanden zum Kartenspielen.

Politik und Wirtschaft interessierten ihn nicht. Diesen Zeitungsbund legte er ungelesen auf den Tisch zurück. Unglücksfälle und Verbrechen waren da schon spannender. Er überflog die Schlagzeilen.

Betrunkener raste mit 120 km/h durch Utrecht.
Mann erschießt Frau und richtet sich an-
schließend selber.
Überfall auf Postbüro fordert einen Toten.
Neun holländische Drogenkuriere in Zürich
verhaftet.

Neun holländische Drogenkuriere in Zürich verhaftet?
Arno stockte der Atem. Hastig las er den Zeitungsbericht:

Gestern Mittag sind bei ihrer Ankunft in
Zürich-Koten neun holländische Staatsbür-
ger, darunter drei Rentner, verhaftet worden.
Sie hatten versucht, 60 Kilogramm Kokain aus
der Dominikanischen Republik nach Europa zu
schmuggeln. Die Polizei geht davon aus, dass
sich der Kopf der Bande ebenfalls unter den
Verhafteten befindet. Dieser und eine weitere Person befinden sich zurzeit noch in Spitalpflege. Die beiden hatten versucht, sich
durch eine spektakuläre Flucht der Festnahme
zu entziehen und sind dabei mit ihrem Fahrzeug verunfallt. Den neun Verhafteten drohen
mehrjährige Freiheitsstrafen.

Arno sank auf seinem Stuhl zusammen. Dirk, Eric und Ruud
verhaftet? Das durfte nicht wahr sein! Wieder las er den Bericht, und dann ein drittes und viertes Mal. Nachdem er den
Bericht zum fünften Mal gelesen hatte, nahm er die Zeitung
und zog sich in sein Zimmer zurück. Seine drei Freunde im
Gefängnis! Und das für mehrere Jahre. Arno war am Boden
zerstört und befürchtete, dass die Polizei auch ihn ins Visier

nehmen könnte. Kurzentschlossen packte er das Notwendigste und machte sich aus dem Staub.

27. März, 10.00 Uhr, im Büro des Staatsanwaltes

Rita Gubler und Hans Maurer warteten im Büro von Staatsanwalt Bruno Hablützel. Maurer sah übernächtigt aus. *„Elisaburg?"*, fragte Rita. Er nickte. Sie stellte keine weiteren Fragen. Sie wusste Bescheid.

Staatsanwalt Hablützel hielt sich im Flur auf. Er unterhielt sich mit seiner Sekretärin. Rita und Hans konnten gerade noch hören, wie er sie bat, für alle Kaffee zu bringen. Wieder im Büro, forderte Hablützel die beiden auf, Platz zu nehmen, und er zeigte auf die beiden Stühle vor seinem Schreibtisch. Kaum hatten sie sich gesetzt, servierte die Sekretärin den Kaffee. Während Hablützel mit dem Löffel in der Tasse rührte, fragte er Maurer: „Haben Sie wirklich damit gerechnet, dass die Aktion erfolgreich sein würde?"

„Wenn ich ehrlich mit mir sein will: Nein. Ich hätte die Finger davongelassen. Es war Rita, die den Ausschlag für diese Aktion gegeben hatte. Seit dem 25. Februar hatte sie zwei Wochen lang mit viel Enthusiasmus die Puzzleteilchen zusammengetragen. Sämtliche Indizien deuteten auf einen großangelegten Drogenschmuggel hin. Der letzte Beweis aber, der fehlte. Rita ließ sich davon nicht entmutigen, und sie überzeugte mich mit dem Argument, dass man ein Risiko eingehen müsse, wenn man etwas erreichen wolle. Und sie sollte Recht behalten!" Als er das sagte, warf er Rita einen anerkennenden Blick zu.

Der Staatsanwalt nickte und sagte: „Da habt ihr zwei ja einen wirklich tollen Coup gelandet. Bravo! Und wie ist der Stand der Ermittlungen?"

Maurer blickte zu Rita. Sie verstand und übernahm: „Wir haben die Kuriere und die Männer, die ihnen die Koffer abgenommen haben, befragen können. Sie sind alle geständig. Interessant ist, dass sich Kuriere und Abnehmer zuvor noch nie begegnet waren."

„Und wie wussten die Kuriere, mit wem sie die Koffer tauschen mussten?"

Rita begann zu erläutern: „Ganz einfach: Anhand der Farbe der Koffer. Blau zu blau, grün zu grün et cetera."

„Das ist ja ein Ding", staunte Hablützel, „und konnten van Heezen und Vermeer schon zur Sache befragt werden?", wollte er weiter wissen.

Jetzt redete wieder Maurer: „Van Heezen liegt noch immer auf der Intensivstation. Es wird wohl noch ein paar Tage dauern, bis es soweit sein wird. Mit Vermeer konnte ich mich ein Mal kurz unterhalten. Auch er befindet sich noch in Spitalpflege. Er war nicht besonders gesprächig. Mein Gespür sagt mir, dass er über alles bestens Bescheid weiß. Ich glaube freilich nicht, dass er reden wird. Er ist der Kopf der Bande."

„Er nimmt also lieber eine höhere Strafe in Kauf, statt mit uns zu kooperieren?", fragte Rita ungläubig.

„So ist es", antwortete Maurer, „wir haben es hier mit dem Boss einer gut organisierten Bande zu tun. Der wird mit Bestimmtheit das Gesetz des Schweigens nicht brechen. Das ist Ehrensache!"

Der Staatsanwalt nickte zustimmend und doppelte nach: „Die Omertà gilt in diesen Kreisen als sakrosankt. Aber wie soll es jetzt weitergehen?"

„Bezüglich der Kuriere drängen sich keine weiteren Einvernahmen auf. Ich schlage vor, dass Sie die Schlusseinvernahme durchführen, damit die alten Herren in den vorzeitigen Strafvollzug übertreten können. Von van Heezen erhoffe ich mir noch präzisere Informationen über die Kofferträger. Zudem gibt es noch die eine oder andere Konfrontationseinvernahme. Das wird bestimmt ein paar Wochen in Anspruch nehmen, zumal ich nicht weiß, wann van Heezen und Vermeer ins Untersuchungsgefängnis verlegt werden können."

„Das Ergebnis der Untersuchung des Fluchtfahrzeuges liegt zurzeit ebenfalls noch nicht vor", fügte Rita ergänzend hinzu.

„Okay. Und vergesst bitte nicht, mich auf dem Laufenden zu halten. Ich will über jedes Detail informiert sein", forderte der Staatsanwalt die beiden auf, bevor er sich von ihnen verabschiedete.

„Sympathisch, dieser Staatsanwalt, findest du nicht?", fragte Rita, nachdem sie dessen Büro verlassen hatten.

„Ja, und erst noch ledig", bemerkte Hans mit einem schelmischen Blinzeln.

Rita errötete: „Maurer!" Sie war froh, dass just in diesem Augenblick sein Mobiltelefon läutete. Maurer griff in die Innentasche seines zerknitterten Vestons, holte sein Handy hervor und meldete sich mit einem kurzen „Hallo".

„Ich bin's, Van Rijmsdyke", antwortete der Anrufer.

„Du, Raymond?" Maurer war froh, keinen nervigen Anwalt, der mit lästigen Fragen seine Arbeit in Zweifel zog, an der Strippe zu haben. „Wie geht's dir?"

Aber statt zu antworten, fragte van Rijmsdyke: „Erinnerst du dich an van Heezen? Du hast mich doch vor einem Monat wegen ihm angerufen."

„Natürlich erinnere ich mich an ihn. Sehr gut sogar. Er sitzt bei uns in Untersuchungshaft. Wir haben van Heezen, Vermeer und sieben weitere deiner Landsleute am 12. März am Flughafen verhaftet und 60 Kilo Kokain beschlagnahmt! Einzig ein gewisser Arno Verthongen aus Mijdrecht konnte entkommen."

„Wie bitte? Das gibt's doch nicht!" Van Rijmsdyke war für einen Moment sprachlos. „Hör zu", fuhr er fort, nachdem er die Nachricht von der Verhaftung der Drogenbande verdaut hatte. „Arien van Hijnigen hat mich heute Vormittag informiert, dass in der letzten Nacht in van Heezens Bestattungsinstitut eingebrochen wurde. Eigentlich wollte ich dir nur das mitteilen. Aber jetzt ..." Kurze Stille.

„Hm ... meinst du, dass zwischen der Drogensache und dem Einbruch ein Zusammenhang bestehen könnte?", fragte Maurer.

„Vielleicht. Kann sein. Ich weiß es nicht."

Maurer schwieg. Er dachte nach. Nach einer Weile fragte er: „Und was gedenkst du zu tun?"

„Ich werde eine kriminaltechnische Untersuchung der Räumlichkeiten veranlassen. Wer weiß, vielleicht finden wir die berühmte Nadel im Heuhaufen. Ich halte dich auf dem Laufenden. Aber sag bitte nichts zu van Heezen." Und scherzhaft fügte er an: „Wir wollen ihn ja nicht unnötig beunruhigen."

Drei Tage später meldete sich van Rijmsdyke wieder. Er informierte Maurer, dass die Kriminaltechniker im Papierkorb einen zerknüllten Zettel gefunden hatten, auf dem Folgendes notiert war: „*Calypso* Ankunft in Rotterdam am 25. April. Obsthändler organisieren".

„Wir tappen im Dunkeln. Der Einzige, der Licht in diese Angelegenheit bringen könnte, bist du", sagte van Rijmsdyke.

„Ich? Du meinst wohl eher van Heezen. Aber okay, ich habe verstanden. Maile mir das Schriftstück, und ich werde es so bald als möglich van Heezen vorhalten. Du hörst von mir. Aber was ist mit Verthongen?"

„Ich habe gleich nach unserem letzten Telefongespräch einen Kollegen ins *Tertianum* geschickt. Verthongen konnte nicht angetroffen werden. Gemäss Auskunft der Heimleiterin habe er sich für ein paar Wochen abgemeldet. Nach meinem Dafürhalten ist er untergetaucht. Auf seinem Bett fand der Kollege ein Exemplar des *Rotterdams Dagblatt* vom 13. März, wo auch ein Artikel über euren Erfolg zu finden war."

Fünf Minuten nach diesem Anruf erhielt Maurer eine Mail mit van Heezens Handnotiz als Attachement. Sofort machte er sich auf den Weg ins Universitätsspital.

Beim Betreten der Eingangshalle schlug ihm der typische Spitalgeruch entgegen. Er hasste diesen Geruch. Er eilte zum Empfang und verlangte, den behandelnden Arzt zu sprechen.

„Der Doktor ist gerade im Behandlungszimmer und kann nicht gestört werden", erklärte die Rezeptionistin, nachdem sie den Einsatzplan konsultiert hatte.

Maurer zeigte ihr seinen Polizeiausweis und sagte: „Es ist aber sehr dringend."

„Ich versuch's", sagte sie und wählte eine Nummer. Ihr Lächeln verriet Maurer, dass er den Arzt sprechen konnte. „Dritter Stock. Zimmer 345", rief sie ihm zu.

Maurer sprintete zum Aufzug. Die Eile war umsonst. Vor den fünf Aufzügen wartete eine Menschentraube darauf, mit dem Lift nach oben befördert zu werden. Für einen kurzen Moment verfinsterte sich seine Miene. „Auf die paar Minuten mehr oder weniger kommt's auch nicht drauf an", dachte er und stellte sich in die Reihe. Zehn Minuten später erreichte er das Zimmer 345. Er klopfte an und ein groß gewachsener, bleicher Mann öffnete die Tür. „Christen, guten Tag. Sie müssen Kommissar Maurer sein."

Maurer nickte und schüttelte Christens Hand. „Kann ich van Heezen sprechen?", fragte er. „Es ist wichtig."

Der Doktor warf ihm einen kritischen Blick zu und fuhr sich mit der Hand durch seine blonden Haare. Er überlegte. Endlich sagte er: „Fünf Minuten. Mehr liegt nicht drin."

„Danke. Das sollte reichen."

„Zimmer 386. Sie kennen ja den Weg."

Maurer nickte und schloss die Tür hinter sich zu.

Die Zimmer 385 bis 390 befanden sich in einem abgesonderten Trakt des Spitals, der durch eine Sicherheitsschleuse vom übrigen Spitalbetrieb getrennt war. In diesen Zimmern wurden ausschließlich kranke oder verunfallte Gefangene stationär behandelt.

Bevor er eintrat, klopfte Maurer zwei Mal an van Heezens Zimmertür.

„Wie geht's Ihnen heute?", fragte er van Heezen beim Betreten des Zimmers.

„Immer noch Schmerzen beim Atmen, und der rechte Oberschenkel bringt mich fast zum Wahnsinn", antwortete van Heezen mit schmerzverzerrtem Gesicht. „Aber Sie sind ja wohl kaum hier, um sich nach meinem Wohlbefinden zu erkundigen?"

„So ist es. Ich komme im Auftrag meiner holländischen Kollegen. Die haben ein paar spannende Fragen, die nur Sie beantworten können. Und weil die Sache eilt, bin ich hier." Maurer redete bewusst langsam. „Sie verstehen mich, oder etwa nicht?"

Van Heezen nickte.

„Wollen Sie meine Fragen beantworten?"

„Hm ..., kommt immer drauf an, was Sie mich fragen."

„In Ordnung. Ich mach's kurz und komme gleich zur Sache: Die holländischen Kollegen haben mir mitgeteilt, dass vor drei Tagen in Ihre Büroräumlichkeiten eingebrochen wurde. Können Sie mir sagen, was die Täter dort gesucht haben?"

„Keine Ahnung. Geld kann es jedenfalls nicht gewesen sein, denn ich bewahre zu Hause nie Geld auf."

„Davon geht die Polizei auch aus. Aber im Papierkorb fanden die Ermittler diesen Zettel." Maurer zeigte ihm die Kopie der Notiz. „Können Sie mir erklären, was es damit auf sich hat?"

Wie hypnotisiert starrte Van Heezen auf den Zettel. Auf seiner Stirn bildeten sich Schweißperlen. Er hechelte.

„Ist Ihnen nicht gut? Soll ich den Arzt rufen?", fragte Maurer mit besorgter Stimme.

Van Heezen winkte ab. Aber er antwortete nicht sofort. Nach einer Pause stammelte er: „Geht schon ... äh, ich ... ich habe ... äh, 20 Tonnen Bananen bestellt."

„Wieso bestellt ein Bestatter Bananen?", wunderte sich Maurer.

„Damit lässt sich schnell sehr viel Geld verdienen."

„Wohl kaum mit Bananen. Viel eher mit Drogen?", widersprach ihm Maurer.

Van Heezen sah sich beim Lügen ertappt. Verzweifelt suchte er nach dem rettenden Strohhalm, an den er sich hätte klammern können. Er fand keinen. Er war noch nie ein guter Lügner gewesen.

„Wollen Sie mir nicht lieber die Wahrheit sagen?"

Van Heezen drückte seinen Körper ins Spitalbett, als wollte er sich darin verkriechen. Er dachte an seinen Vater, der ihn für Stunden in den Keller gesperrt hatte, nur weil er am Kiosk einen Schokoriegel gestohlen hatte. Er war damals neun Jahre alt gewesen. „In unserer Familie gibt es keine Kriminellen", hatte der Vater gesagt und war mit ihm zum Kiosk gegangen, um den Schokoriegel zu bezahlen. Van Heezen wäre gerne beruflich ebenso erfolgreich gewesen wie sein Vater. Aber er scheiterte kläglich. Und sein Versagen trieb ihn in die Fänge von Vermeer, der ihn für seine Drogengeschäfte einspannte. Und ehe er sich versah, war er Mitglied einer Drogenbande.

„Ich wurde beauftragt, Obsthändler zu organisieren, die uns die zwanzig Tonnen Bananen abgenommen hätten, die am 25. April mit der *Calypso* in Rotterdam eintreffen werden. In den Bananenschachteln sind 1,2 Tonnen Kokain versteckt." Im Wissen, dass er mit dieser Aussage sein Leben aufs Spiel setzte, beantwortete er alle weiteren Fragen präzise und ohne zu zögern.

„Geht doch", stellte Maurer zufrieden fest, „die holländischen Kollegen werden Ihnen ewig für diesen Hinweis dankbar sein. Dann beugte er sich zum ihm hinunter und flüsterte ihm ins Ohr: „Dieses Gespräch hat nie stattgefunden!"

Van Heezen stieß einen Seufzer der Erleichterung aus.

Um halb fünf war Maurer wieder im Büro. Er konnte es kaum erwarten, van Rijmsdyke zu informieren. Noch bevor er sich an seinen Schreibtisch setzte, ergriff er den Hörer und wählte Raymonds Nummer.

„Bist du's, Raymond?", rief er nervös in den Hörer. Rita hatte ihn noch nie so erregt erlebt.

„Schrei nicht so laut. Ich bin ja nicht schwerhörig", tönte es ebenso laut zurück.

„Bin soeben von van Heezen zurückgekommen, und der hat mir Folgendes erzählt: Der Frachter *Calypso* wird am 25. April in Rotterdam einlaufen und einen Container mit Bananen löschen ..."

„Bananen?", lachte Raymond. „Aber das ist doch kein Verbrechen!"

„Es geht auch nicht um Bananen, sondern um 1,2 Tonnen Kokain, die in den Bananenschachteln versteckt sind", wurde van Rijmsdyke von seinem Freund aufgeklärt.

„Alles klar", entgegnete Raymond vergnügt, „wir werden die Bananen pflücken."

Eine Woche später erhielt Maurer eine Kiste mit sechs Flaschen Château Margaux an seine Privatadresse zugestellt. Absender war Raymond van Rijmsdyke.

Firat Ademi hatte ein Problem: Der Handel mit Heroin war nicht mehr lukrativ. Bei den Konsumenten hatte Heroin an Attraktivität eingebüßt. Die Folge war ein Preissturz. Umgekehrt war die Nachfrage nach Kokain sprunghaft gestiegen. Der Preis für Kokain war fünf Mal höher als der für Heroin. Darum plante er den Einstieg ins Kokaingeschäft. Und er wusste auch schon wie. Der Zufall wollte es, dass er vor wenigen Tagen von seinem Cousin, Gëzim Krasniqi, kontaktiert worden war, der in Utrecht einen Obst- und Gemüsehandel betrieb. Dieser hatte ihm berichtet, dass sich ein Bestatter aus der Stadt bei ihm gemeldet und ihm zwanzig Tonnen Bananen zum Kauf angeboten hatte. „Bestatter und Bananen passen irgendwie nicht so recht zusammen. Und das zu einem Preis, der weit unter dem Marktwert liegt. Fast geschenkt! Da muss doch etwas faul sein", vermutete Gëzim Krasniqi, und Firat Ademi schlug vor, dem Bestatter einen Besuch abzustatten.

27. März, 23.30 Uhr, im Restaurant Flores

Im Restaurant Flores in Amstelveen brannte noch Licht. Laute Musik drang nach außen. Im festlich dekorierten Saal tanzten die Hochzeitsgäste. In einem als Vorratsraum getarnten Bunker im Untergeschoss des Lokals trafen sich zeitgleich zehn Mitglieder des albanischen Drogenclans.

Oben am Tisch stand Firat Ademi zwischen seinen beiden Leibwächtern, Hasan Syla und Liridon Dibra, die ihn um Haupteslänge überragten. Er trug als einziger einen schwarzen Anzug. Die viel zu enge Jacke spannte am Bauch, und er schwitzte. Gëzim Krasniqi hatte neben ihm Platz genommen.

Firat Ademi war kein Mann der großen Worte, und obwohl er die Fäden des albanischen Clans fest in den Händen hielt, blieb er stets bescheiden. Sein ganzes Wirken galt dem Wohl des Clans, seines Clans.

Als Hasan Syla mit einem Handzeichen um Ruhe bat, verstummten augenblicklich sämtliche Gespräche, und alle Blicke richteten sich gespannt auf Firat Ademi. Dieser hob den Frachtbrief für den Container CA 4536-9-Calypso in die Höhe und fragte: „Wisst ihr, was das ist?" Niemand wagte es, Firat Ademi zu unterbrechen. „Das ist das Ticket für unseren Einstieg ins Kokaingeschäft. Dank diesem Papier werden wir in Kürze in den Besitz von 1,2 Tonnen Kokain gelangen. Am 25. April wird uns der Stoff frei Haus geliefert. Wir brauchen die Ware nur noch in Empfang zu nehmen, und dann werden wir die neuen Kokainkönige von Amsterdam sein!" Kurze Stille im Raum, dann brandete tosender Applaus auf, und die Männer stießen mit Raki an, während sich Ademi wieder ruhig auf seinen Stuhl setzte.

10. April, 09.00 Uhr, im Büro 461

Maurer saß an seinem Schreibtisch und wartete auf die Zuführung von van Heezen. Der Pflichtverteidiger hatte ihn vor fünf Minuten angerufen, und ihm mitgeteilt, dass er der heutigen Einvernahme fernbleiben werde. Er habe seinen Klienten informiert und dieser sei damit einverstanden gewesen. „Hoffentlich bleibt's dabei", dachte Maurer und ordnete noch einmal die Fotos und Berichte, die er van Heezen vorhalten wollte.

Rita Gubler, die die letzte Nacht auf Streife war, hatte ihren freien Tag.

Draußen vor der Tür wartete der Dolmetscher.

Mit dreizehnminütiger Verspätung wurde van Heezen von einem uniformierten Polizeibeamten ins Büro geführt. Er war in Handschellen.

„Sorry für das Zuspätkommen. Wir wurden wegen eines Verkehrsunfalls aufgehalten", erklärte der Polizist die Verspätung. Maurer winkte ab.

Der Polizist nahm van Heezen die Handschellen ab und verließ das Büro.

In der Zwischenzeit hatte der Dolmetscher neben van Heezen Platz genommen.

„Dann können wir ja loslegen", sagte Maurer und fragte van Heezen, der vor drei Tagen vom Universitätsspital ins Untersuchungsgefängnis verlegt worden war, wie es ihm gehe.

„Beschissen! Der Service im Spital war viel besser. Fast wie im Hotel", antwortete er gereizt.

„Tut mir leid, aber die nächsten Monate werden Sie mit einem Stern weniger auskommen müssen", konterte Maurer. Danach informierte er ihn über sein Telefongespräch mit dem Pflichtverteidiger und fragte, ob er bereit wäre, auch ohne seinen Anwalt Aussagen zu machen.

„Bringen wir es hinter uns", meinte van Heezen trocken.

„Gut", sagte Maurer. Er war froh, dass er die Einvernahme nicht auf einen späteren Termin verschieben musste.

„Kennen Sie die vier Herren?" Er zeigte van Heezen einen Fotobogen mit den Aufnahmen von vier älteren Männern.

Van Heezen nahm den Fotobogen und betrachtete ihn. „Ja!"

„Und können Sie mir auch die Namen der vier Herren nennen?"

„Der hier", er zeigte mit dem Finger auf das Foto mit der Nummer 1, „das ist Eric Vandekerckhove. Die Nummer 2 ist Dirk van Ekris, und die Nummer 3 ist Ruud de Nijs." Bei der Nummer 4 schüttelte er den Kopf und sagte: „Den habe ich noch nie gesehen."

„Okay", sagte Maurer und lächelte unbeirrt.

Nachdem er den Fotobogen ins Dossier zurückgelegt hatte, konfrontierte er van Heezen mit Kopien von vier Fotos, die auf einer Treppe vor einem Lokal aufgenommen worden waren. Aufmerksam beobachtete er dabei dessen Gesichtsausdruck.

„Kennen Sie diese vier Herren?", fragte er. Als van Heezen die Bilder sah, zuckte er zusammen, was von Maurer sofort registriert wurde.

„Das sind dieselben Männer wie auf dem Fotobogen", antwortete er.

„Und wer ist der Vierte im Bunde?", wollte Maurer wissen. Van Heezen schwieg.

„Wer ist der Mann mit dem Pferdeschwanz?", hakte Maurer nach.

„... Arno Verthongen", antwortete er nach längerem Zögern. „Aber woher haben Sie diese Fotos?"

„Schweizer Polizeiarbeit", entgegnete Maurer und legte gleich noch Kopien der vier Flugtickets, die Rechnung des *Central* sowie eine Liste der dortigen Hotelaufenthalte nach.

Van Heezen fing an zu schwitzen. „Verdammt! Die Routinekontrolle vom 24. Februar", dämmerte es ihm, „und ich

Vollidiot habe nicht reagiert, als der Polizist die Dokumente fotografiert hat."

„Sie haben uns mit diesen Unterlagen sehr geholfen", sagte Maurer, „denn ohne diese Dokumente wären wir euch nie auf die Schliche gekommen."

Bei diesen Worten schienen van Heezen die Gesichtszüge zu entgleiten. Die Tatsache, dass er die Ursache allen Übels war, traf ihn wie ein Blitz aus heiterem Himmel. Er wusste: Stijn würde ihn eigenhändig erwürgen, wenn er davon erführe. Mit verängstigter Stimme fragte er: „Werden diese Unterlagen auch Stijn gezeigt?"

„Das lässt sich leider nicht vermeiden. Genauso wenig wie eine Konfrontationseinvernahme."

Das war zu viel des Guten. Van Heezen verlor das Bewusstsein und glitt unter den Schreibtisch, wo er regungslos liegen blieb. Maurer reagierte blitzschnell und rief den Notarzt. Als dieser zwölf Minuten später zusammen mit zwei Rettungssanitätern im Büro eintraf, war van Heezen wieder bei Bewusstsein, jedoch nach wie vor nicht ansprechbar. Im Gegenteil: Er röchelte. Die Augen, weit geöffnet, starrten geradeaus. Sein Puls raste, und kalter Schweiß lief ihm übers Gesicht.

„Nervenzusammenbruch", stellte der Arzt fest und sah Maurer vorwurfsvoll an. „Wir müssen ihn mitnehmen", sagte er und forderte die Rettungssanitäter auf, die Bahre zu holen. „Er wird wohl für einige Tage zur Beobachtung im Spital bleiben müssen. Ich gebe Ihnen Bescheid, wann Sie die Befragung fortsetzen können. Vorläufig braucht er absolute Ruhe."

Stijn Vermeer unterhielt sich schon seit über einer halben Stunde mit seinem Anwalt. Im Gegensatz zu van Heezen hatte er einen eigenen Verteidiger. Er konnte es sich leisten. Rita Gubler ließ sie gewähren. Von Maurer hatte sie gelernt, dass es der Sache oftmals besser dient, wenn man die Gespräche zwischen dem Verteidiger und dem Angeschuldigten nicht unterbricht. Die beiden aber schienen es zu übertreiben und strapazierten damit Ritas Geduld. Endlich, nach vierzig Minuten, leuchtete das rote Lämpchen auf. Auf Geheiß von Rita Gubler holte ein Polizist die beiden aus dem Anwaltszimmer und führte sie ins Einvernahmezimmer.

Beim Betreten des Büros zeigte sich Stijn Vermeer von der jovialen Seite. Er begrüßte Rita Gubler mit den Worten: „Guten Morgen, schöne Frau."

Rita ließ sich nicht beeindrucken und sagte nur: „Guten Tag, Herr Vermeer."

Die Einvernahme endete in einem Fiasko. Stijn Vermeer verweigerte konsequent jede Aussage und brachte Rita damit an den Rand der Verzweiflung. Selbst ihre hilfesuchenden Blicke zum Verteidiger fruchteten nichts. Im Gegenteil: Mehr als ein selbstgefälliges Lächeln konnte sie ihm nicht entlocken. „Idiot", dachte sie. Am liebsten hätte sie die beiden angeschrien, aber sie riss sich zusammen und setzte die Befragung unbeirrt fort. Nach anderthalb Stunden hatte sie ihre letzte Frage gestellt. Aber die blieb, wie alle anderen zuvor gestellten Fragen, ebenfalls unbeantwortet.

Wieder in ihrem Büro suchte sie Trost bei Hans. „Was hab' ich bloß falsch gemacht?", fragte sie. „Vermeer verweigert jede Aussage, und sein Anwalt macht sich über mich lustig."

„Angeschuldigte und deren Anwälte kann man sich nicht aussuchen. Wir müssen sie nehmen, so wie sie sind, und einfach unsere Arbeit tun. Und wenn ein Angeschuldigter nicht reden will, dann müssen wir das akzeptieren", tröstete sie Hans.

„Aber weshalb redet van Heezen?"

„Der ist mit sich selber im Clinch. Auf der einen Seite hat er panische Angst vor Vermeer, auf der anderen Seite weiß er, dass kooperatives Verhalten belohnt wird."

„Und weshalb der Nervenzusammenbruch bei der letzten Einvernahme?"

„Vermutlich weil er sich vor der bevorstehenden Konfrontationseinvernahme mit Vermeer fürchtet", spekulierte Hans. „Übrigens, soeben habe ich den Bericht des Wissenschaftlichen Dienstes erhalten. Die haben gründliche Arbeit geleistet. Und schau mal, was die im Kofferraum des Opels gefunden haben." Er reichte Rita einen kleinen Asservatenbeutel mit einer Anstecknadel.

„Was ist das?", fragte Rita.

„Das hier ist eine Auszeichnung der Amsterdamer Polizei und wird nur für ganz besondere Verdienste verliehen", antwortete er. „Kannst du bitte ein Bild davon anfertigen lassen? Ich bin mir sicher, dass van Rijmsdyke uns weiterhelfen kann."

Sie nahm den Asservatenbeutel und ging damit ins Labor, wo mit einer Spezialkamera Bilder der Vor- und Rückseite der Anstecknadel angefertigt wurden. „Super, diese Aufnahmen", freute sich Maurer beim Betrachten der Bilder. Die eine Aufnahme zeigte die Vorderseite der Anstecknadel: Das Logo der Amsterdamer Polizei. Auf der Rückseite waren das Datum sowie die Zahl 13 eingraviert. Maurer bat Rita, die Bilder einzuscannen und van Rijmsdyke zu mailen.

Eine halbe Stunde später traf die Antwort seines holländischen Kollegen ein. „Stell dir vor, diese Auszeichnung wurde im Jahr 1991 an Marcus Groothuis verliehen, und der ist seit über einem Jahr spurlos verschwunden. Bin ja gespannt, was uns van Heezen dazu sagen wird", wurde Rita von Maurer informiert.

Eine Woche später im Büro Nummer 461

Van Heezen saß erneut gegenüber von Maurer. Diesmal war er in Begleitung seines Anwalts. Sie warteten auf den Dolmetscher, der bei der Eingangskontrolle aufgehalten wurde. Maurer nutzte die Gelegenheit, um sich bei van Heezen nach dessen Befinden zu erkundigen. Der lächelte gequält und sagte: „Es geht." Man sah ihm an, dass er noch Schmerzen hatte.

„Dann können wir die Befragung heute also fortsetzen?", vergewisserte sich Maurer. Van Heezen nickte zustimmend. In diesem Augenblick klopfte es an der Tür, und der Dolmetscher trat ein. Er legte seinen Mantel ab, begrüßte die Anwesenden und setzte sich neben van Heezen.

„Wenden wir uns dem Opel zu", begann Maurer die Einvernahme. „Gehört der Wagen Ihnen?"

„Ja. Ich habe ihn von meinem Vater übernommen."

„Dann muss Ihr Vater aber ein echter Autofreak gewesen sein, so wie dieser Wagen getunt war."

„Ach was, wo denken Sie hin. Mein Vater war nie schneller als 80 km/h gefahren. Den starken Motor habe ich nachträglich einbauen lassen. Stijn wollte es so. Genauso wie die beiden Tanks. Auch das war Stijns Idee. Er wollte immer auf Nummer sicher gehen. Null Risiko ist seine Devise."

„Unsere Experten haben jede Faser des Wagens geprüft und dabei überall Kokainspuren gefunden. Was sagen Sie dazu?"

Zum Beweis für seine Behauptung legte er zehn fein säuberlich angeschriebene Asservatenbeutel mit den sichergestellten Kokainresten auf den Schreibtisch.

„Ich benutzte den Wagen, um das Kokain zu transportieren. Da kann es schon mal vorgekommen sein, dass beim Füllen oder Entleeren der Tanks etwas Kokain verschüttet wurde. Es musste ja alles immer sehr schnell gehen."

„Wer gab Ihnen eigentlich die Anweisungen?"

„Das war immer Vermeer. Er ist der Boss. Er organisierte die Transporte und die Verteilung des Kokains. Ich musste nur die Kuriere auswählen und sie an den Flughafen chauffieren ..."

„... und das Kokain von Zürich nach Holland transportieren", ergänzte Maurer.

Van Heezen senkte schuldbewusst seinen Kopf. „Ja, das stimmt."

„Nebst den Kokainspuren haben unsere Ermittler unter der Kofferraumabdeckung diese Anstecknadel gefunden." Maurer reichte van Heezen einen weiteren Asservatenbeutel mit einer Anstecknadel.

Van Heezen betrachtete die Anstecknadel und schüttelte den Kopf. „Keine Ahnung", sagte er und legte den kleinen Plastikbeutel auf den Schreibtisch zurück.

„Sie haben diese Anstecknadel also noch nie zuvor gesehen?"

„Nein", antwortete van Heezen, „noch nie."

Maurer entnahm einem Ordner ein Foto und zeigte es van Heezen. „Schauen Sie sich dieses Bild genau an", forderte er ihn auf. „Es zeigt die Rückseite der Anstecknadel in zehnfacher Vergrößerung." Auf dem Bild waren die Nummer 13 sowie das Jahr 1991 zu erkennen.

„Na und? Was habe ich damit zu tun?", verteidigte sich van Heezen.

„Diese Anstecknadel wurde in ihrem Auto gefunden, van Heezen. Und darum interessiert es mich, wie diese Nadel in ihr Auto gekommen ist!"

„Ich weiß es nicht", wiederholte van Heezen, „glauben Sie mir, ich habe das Ding noch nie gesehen."

„Wie wär's, wenn ich Ihrem Gedächtnis etwas nachhelfe?" Und ohne eine Antwort abzuwarten, fuhr er mit seinen Erklärungen fort: „Diese Anstecknadel ist eine Auszeichnung der Amsterdamer Polizei und wird nur für besondere Verdienste verliehen."

„Interessant. Aber ich versteh' immer noch nicht, was ich damit zu tun haben soll", entgegnete van Heezen ungehalten.

„Warten Sie's ab. Ich werd's Ihnen gleich erklären."

Van Heezen rutschte unruhig auf seinem Stuhl hin und her. Schweiß trat auf seine Stirn. Seine Hände, inzwischen kalt und feucht, hinterließen auf der Schreibunterlage verräterische Spuren aufkommender Nervosität. Maurer schien mehr zu wissen, als ihm lieb war. Diese Ungewissheit ängstigte ihn. Sein Herz raste.

„Die Anstecknadel mit der Nummer 13 wurde im Jahre 1991 verliehen, und zwar an einen Kriminalkommissar, dem es gelungen war, eine in Amsterdam tätige Bande von Frauenhändlern zu zerschlagen, die sich darauf spezialisiert hatte, junge Frauen aus Rumänien nach Amsterdam zu locken und hier der Prostitution zuzuführen. Dieser Kommissar hieß Marcus Groothuis und ist seit über einem Jahr spurlos verschwunden."

Van Heezen wand sich wie ein verletztes Tier. Bleich wie der Tod entgegnete er trotzig: „Noch nie gehört."

„Wir fanden auch ein paar Haare", fuhr Maurer mit ruhiger Stimme fort und legte einen weiteren, allerdings etwas kleineren Asservatenbeutel aufs Pult. „Ich bin schon heute auf das Resultat der DNA-Analyse gespannt", fügte er hinzu und sah van Heezen mit ernster Miene an.

Van Heezen schwieg, den Blick starr vor sich auf den Schreibtisch gerichtet. Sein hinter ihm sitzender Verteidiger räusperte sich und fragte, ob er mit ihm unter vier Augen reden wolle.

„Nein und nochmals nein!", kreischte van Heezen hysterisch, und mit Zornesröte im Gesicht brüllte er seinen Verteidiger an: „Ich hab' keinen Mord begangen! Ik zeg niets!"

Und der Dolmetscher übersetzte: „Ich sage nichts mehr!

Da war er wieder: Der Geist des toten Kriminalkommissars. Diese Geißel, die ihn seit einem Jahr unablässig verfolgte und seine Seele im Würgegriff hielt. Furchterregender denn je. Van Heezen zuckte auf seinem Stuhl zusammen. Lähmendes Entsetzen befiel ihn. Es waren nicht mehr nur die gebrochenen Augen von Marcus Groothuis, die ihn aus dem Reich der Toten entgegenstarrten.

18. April, 04.13 Uhr

Schon seit einer Minute schrillte das Telefon. Maurer hörte nichts. Der letzte Schnaps war einer zu viel gewesen. Maurer schlief wie ein Stein. „Was jetzt?" Der Mann von der Einsatzzentrale musste nachdenken. Er suchte im Verzeichnis und stieß auf den Namen von Rita Gubler. Sie war als Maurers Assistentin aufgeführt.

Eine halbe Stunde nachdem Rita Gubler von der Einsatzzentrale alarmiert worden war, traf sie im Untersuchungsgefängnis ein. Es war noch dunkel. Es nieselte. Rita Gubler fröstelte. Sie war mit dem Fahrrad gekommen. Das Tor zum Innenhof war einen Spalt breit geöffnet. Ein Vollzugsbeamter nahm sie ihn Empfang. „Zwei Kommissare der Mordkommission sind schon oben", erklärte er. Mit großen Schritten eilte er voraus. Rita hatte Mühe, ihm zu folgen. „Mordkommission? Weshalb wurde ausgerechnet ich aufgeboten?", rätselte sie, als sie das Treppenhaus hochstürmte.

Vor einer Zelle im 2. Stock, deren Tür weit offen stand, warteten zwei Männer. Rita Gubler erkannte den einen. Es war Patrick Lüscher. „Immer noch bei Maurer?", fragte er verwundert.

Die Frage überraschte sie nicht. Seit ihrem letzten Treffen am 25. Januar waren mehr als zwei Monate verstrichen. Und noch immer war sie bei Maurer, von dem sie damals berichtet hatte, er würde sie fix und fertig machen. „Wir haben uns ausgesprochen. Und jetzt verstehen wir uns", antwortete sie. Lüscher nickte verständnisvoll.

„Und du? So wie's ausschaut, hast du dein Trauma überwunden?" Es war mehr eine Feststellung als eine Frage.

Patrick ließ sich Zeit mit der Antwort. Nach einer Weile sagte er: „Ich gehe regelmäßig zum Psychotherapeuten. Und mein Chef", mit einer leichten Kopfbewegung zeigte er zu Messerli, „wollte unbedingt, dass ich bleibe."

Rita begrüßte Messerli kurz und warf einen Blick in die Zelle. Der Anblick des Toten ließ das Blut in ihren Adern gefrieren. Angewidert drehte sie sich ab. Sie musste sich setzen und tief durchatmen. „Wer ist der Tote?", wollte sie wissen.

„Van Heezen", antwortete Lüscher.

„Van Heezen?", wiederholte sie. Sie konnte es nicht glauben.

Van Heezen hatte sich ein T-Shirt um den Hals geschlungen und das eine Ende an einem Heizrohr fixiert. Sein Gesicht, zu einer Fratze verzerrt, war gegen den Heizkörper gepresst. Seine Arme berührten den Boden. Aus ihnen tropfte noch Blut. Van Heezen hatte sich an beiden Armen die Arterien der Länge nach aufgeschlitzt.

„Ich hol' dir ein Glas Wasser", sagte Lüscher. Sie lächelte dankbar.

Als Lüscher mit einem Glas Wasser zurückkehrte, war er in Begleitung eines Pathologen sowie von zwei Mitarbeitern des Forensischen Instituts mit ihren schweren Metallkoffern. Der Arzt machte sich sofort am Toten zu schaffen. Die beiden Kriminaltechniker zogen ihre weißen Einweganzüge an. „Ziemlich sicher Selbstmord", sagte der Rechtsmediziner nach dem ersten Augenschein, „die Obduktion wird Klarheit schaffen." Und Lüscher riet Rita, dass es wohl besser wäre, wenn sie jetzt ginge. Er versprach, sich bei ihr zu melden, sollten sie etwas Wichtiges finden.

Rita war einverstanden.

Unterdessen war es sechs Uhr morgens. Langsam wurde es hell. Es regnete. Rita entschloss sich, ins Büro zu gehen. Ihr Fahrrad stellte sie beim Bahnhof ab. Mit der S-Bahn fuhr sie zum Flughafen. Während der Zugfahrt kreisten ihre Gedanken unablässig um den toten van Heezen. „Weshalb hat er das getan?", fragte sie fortlaufend. Sie musste Hans informieren. Unbedingt. Im Büro griff sie zum Telefonhörer und wählte seine Nummer. „Komm schon, nimm endlich ab", flehte sie. Doch alles Flehen half nichts. Hans nahm den Hörer nicht ab. Sie versuchte es auf seinem Handy. Vergeblich. Kurzentschlossen packte sie ihre Regenjacke und machte sich auf den Weg zu seiner Wohnung. Fünfundvierzig Minuten später läutete sie an seiner Wohnungstür. Nichts rührte sich. Sie läutete erneut. Diesmal länger. Ein Fluchen drang bis an ihr Ohr. Dann vernahm sie schlurfende Schritte. Endlich öffnete sich die Tür, wenn auch nur zögerlich. Rita drückte dagegen und wäre beinahe in die Wohnung gestürzt. Hans sah sie mit verdutzten Augen an. „Was zum Teufel ist passiert?", fragte er verblüfft.

„Van Heezen ist tot! Ein Aufseher hat ihn heute früh in seiner Zelle gefunden."

Maurer war mit einem Schlag hellwach. „Ich zieh mich rasch an, dann gehen wir ins Gefängnis", entschied er und verschwand in einem Zimmer. Rita wartete im Flur. Drei Minuten später kam er angekleidet zurück. Gemeinsam eilten sie ins Untersuchungsgefängnis. Ein Aufseher führte sie zu van Heezens Zelle. Die Zelle war leer. Die Kriminaltechniker hatten das Feld geräumt. Nur eine riesige Blutlache erinnerte noch daran, dass hier etwas Schreckliches passiert sein musste. Maurer schauderte bei diesem Anblick. „Gehen wir ins Büro", sagte er und machte rechtsumkehrt. Rita folgte ihm wortlos.

Am späten Nachmittag erhielten Maurer und Gubler Besuch von Patrick Lüscher. Er überbrachte ihnen einen Asservatenbeutel, in dem sich ein fein säuberlich zusammengefaltetes Blatt Papier befand.

„Das hier dürfte euch interessieren", sagte er, als er das Beweisstück auf den Schreibtisch legte. Maurer nahm den Beutel und öffnete ihn. Vorsichtig nahm er den Zettel heraus. Er überflog ihn kurz und reichte ihn Rita weiter. „Da, lies vor!", forderte er sie auf.

Sie nahm das Schriftstück und las es laut vor:

Geständnis

Hallo Herr Maurer

Wenn Sie diesen Brief lesen, bin ich in einer anderen, hoffentlich besseren Welt. Sie können sich gar nicht vorstellen, wie froh ich bin, dass die Sache mit Marcus Groothuis endlich aufgeflogen ist, und ich werde Ihnen ewig dafür dankbar sein. Denn jetzt, wo die Wahrheit ans Licht gekommen ist, kann ich ruhigen Gewissens und in Frieden von dieser Welt Abschied nehmen. Ja, es ist richtig. Ich habe Marcus Groothuis im Dezember umgebracht. Ich musste es tun, weil er zu viel wusste und mich bei der Polizei verraten wollte. Mir blieb gar keine andere Wahl, als ihn umzubringen. Aber die Tat tötet den Mann. Ich litt unter der Last dieses Verbrechens. Hatte Albträume und ein schlechtes Gewissen, das mich jeglicher Lebensfreude beraubte. Ich war ein Gefangener meiner selbst. Und jetzt bin ich frei.

In Dankbarkeit,

Gullit van Heezen

Als Rita van Heezens Abschiedsbrief vorlas, war es im Büro still. Maurer und Lüscher hörten ihr konzentriert zu. Als sie fertig war, faltete sie den Brief sorgfältig zusammen und steckte ihn wieder in den Asservatenbeutel. Die drei schauten sich ungläubig an. Nach einer Weile sagte Maurer: „Ich habe in meiner Karriere schon einiges erlebt. Aber dass sich einer gleich selber richtet, das ist mir noch nie untergekommen."

Und Patrick Lüscher stellte voller Bewunderung fest: „Ein Mord ohne Leiche. Das perfekte Verbrechen!"

„Fast", hielt Maurer dagegen, „wenn da nur die Anstecknadel nicht gewesen wäre. Sie hat uns auf die Spur des Täters geführt", sagte er und lächelte zufrieden.

„Und, was machen wir jetzt?", fragte Rita.

„Was wohl? Ich rufe van Rijmsdyke an und teile ihm mit, dass sich das Rätsel um das geheimnisvolle Verschwinden von Marcus Groothuis gelöst hat."

Am nächsten Tag war im *Zürcher Tages-Anzeiger* folgende Notiz zu lesen:

```
Untersuchungshäftling begeht Selbstmord


Wie die Zürcher Kantonspolizei heute mit-
teilte, ist in der Nacht vom 17. auf den 18.
April im Bezirksgefängnis Zürich ein Unter-
suchungshäftling gestorben. Aufgrund der
kriminaltechnischen Untersuchungen steht
fest, dass der Mann, der wegen Drogendelikte
seit mehr als fünf Wochen in Untersuchungs-
haft war, Suizid begannen hatte.
```

Und das *Rotterdams Dagblad* vermeldete:

```
Zürcher Polizei löst den Fall Marcus Groot-
huis!


Der holländische Drogendealer G. van H. hat
im Rahmen einer gegen ihn geführten Strafun-
tersuchung gestanden, den bekannten früheren
Kriminalkommissar Marcus Groothuis, dessen
Leiche nie gefunden werden konnte, ermordet
zu haben. Wie die Zürcher Behörden weiter
```

bekannt gaben, habe sich der Täter in der Nacht vom 17. auf den 18. April in seiner Zelle umgebracht.

Montag, 22. April, 09.00 Uhr im Büro Nummer 461

Stijn Vermeer wurde von Rita Gubler ein letztes Mal zur Sache befragt. Während der vorangegangenen Einvernahmen war sie stets geduldig geblieben. Aber heute wirkte sie übellaunig. Natürlich konnte sich Vermeer auf das Recht berufen, keine Angaben zu dem ihm zur Last gelegten Sachverhalt machen zu müssen. Aber statt zu antworten, nur Faxen zu schneiden und blöd zu grinsen, überstieg ihre Toleranzgrenze. Sie fing an, sich zu ärgern. „Na warte", dachte Rita, „dir wird das Lachen schon noch vergehen", und hielt ihm die vier Kopien derjenigen Fotos vor, die van Heezen vor dem *Casablanca* gemacht hatte. Vermeer warf einen kurzen Blick auf die Bilder. „Also doch", durchfuhr es ihn, „van Heezen ist der Idiot, der alles vermasselt hat."

„Sie können sich die Aufnahmen ruhig genauer anschauen", wurde er von Rita Gubler ermahnt.

Vermeer ignorierte ihre Aufforderung. Stattdessen fauchte er: „Woher haben Sie diese Fotos?"

„Das geht Sie nichts an!", konterte sie schroff. „Also: Kennen Sie diese vier Männer. Ja oder Nein?" Rita Gubler triumphierte innerlich. Endlich war es ihr gelungen, den Angeschuldigten in die Enge zu treiben.

Doch statt zu antworten, trällerte Vermeer eine Melodie und liess sie seine Verachtung spüren. Rita Gubler musste einsehen, dass sie mit ihrer Befragung nicht weiterkommen würde. Ungehalten sagte sie: „So, fertig lustig. Wir beenden an dieser Stelle die polizeiliche Einvernahme. Soll sich der Staatsanwalt mit Ihnen herumschlagen. Etwas muss ich Ihnen aber noch mit auf den Weg geben: Ihr Kollege Gullit van Heezen ist tot. Er hat sich in seiner Zelle erhängt."

Gespannt wartete sie auf Vermeers Reaktion. Der aber blickte nur kurz auf, grinste dreckig und sagte: „Scheißkerl!" Es blieb bei diesem einen Wort.

Es war 12.30 Uhr, als Rita Gubler den herbeigerufenen Polizisten aufforderte, Vermeer in die Abstandszelle zurückzuführen. Seinem Verteidiger erklärte sie, dass das polizeiliche Ermittlungsverfahren mit der heutigen Einvernahme abgeschlossen sei und dass die Akten an die Staatsanwaltschaft weitergeleitet werden würden. Der nickte und verließ, ohne Rita Gubler eines Blickes zu würdigen, deren Büro. Als sie wieder alleine war, lehnte sie sich frustriert in ihrem Sessel zurück.

Später fragte sie Hans: „Kommt es häufig vor, dass ein Angeschuldigter derart konsequent jede Aussage verweigert?"

Maurer, der auf eine langjährige Erfahrung zurückblicken konnte, brauchte nicht lange zu überlegen. „Nein", antwortete er, „diese Erfahrung habe ich nie machen müssen. Das scheint ein besonders hartgesottener Bursche zu sein. Ein Capo eben."

„Da kann sich der Staatsanwalt aber auf etwas gefasst machen", stellte Rita ernüchtert fest. Und Hans antwortete: „Da mach' dir mal keine Sorgen. Der Hablützel bleibt zwar stets korrekt, aber er ist knüppelhart, und mit renitenten Angeschuldigten fackelt der nie lange. Bei denen erhebt er gleich Anklage. Nicht umsonst nennt man ihn den Inquisitor."

Unter dem Oberkommando von Raymond van Rijmsdyke bezog eine Sondereinheit der Polizei, verstärkt durch die Elitetruppe der Polizei von Amsterdam, auf dem Hafengelände Stellung. Sie wussten, dass sie nicht die einzigen waren, die auf die *Calypso* warteten. Nur wer ihre Gegenspieler sein würden, wussten sie zu diesem Zeitpunkt nicht.

An allen strategisch wichtigen Punkten waren gut getarnte und schwer bewaffnete Polizisten postiert, die über Funk miteinander vernetzt waren. In einem Lagerhaus waren mehrere Ambulanzfahrzeuge geparkt. Van Rijmsdyke wollte nichts dem Zufall überlassen und war für alle Eventualitäten gewappnet. Die *Calypso* sollte gegen vier Uhr morgens einlaufen.

Als ein Schlepper den Frachter zu seinem Liegeplatz zog, konnte van Rijmsdyke beobachten, wie sich zwei schwarze Limousinen sowie ein Lastwagen dem Liegeplatz näherten. Die Fahrzeuge wurden hinter einer Wand aufgestapelter Container geparkt, sodass man sie von der Anlegestelle aus nicht sehen konnte.

Das Löschen der Fracht hätte in den frühen Morgenstunden beginnen sollen. Den Kranführer des Containerkranes hatte Firat Ademi zuvor bestochen und ihn angewiesen, den Container CA 4536-9-Calypso auf den bereitstehenden Laster zu laden.

Van Rijmsdyke wies zwei seiner Männer an, die Kennzeichen der Fahrzeuge zu kontrollieren und festzustellen, wie viele Personen sich in den Autos befanden. Nach wenigen Minuten erhielt er die Mitteilung, dass Firat Ademi Halter der beiden Personenwagen war und dass in jedem Wagen vier Männer saßen. Der Halter des Sattelschleppers ließ sich dagegen nicht eruieren. Die Nummernschilder waren gefälscht.

„Die Albaner!", rief van Rijmsdyke nervös. „Kreist sie ein und geht in Stellung! Und bringt mir ein Megaphon! Schnell!", zischte er ungeduldig durch die Nacht. „Ich will mit ihnen reden."

Ein paar Sekunden später hielt er ein Megaphon in der Hand. „Hier spricht die Polizei. Sie sind umzingelt. Verlassen Sie sofort Ihre Fahrzeuge und legen Sie sich flach auf den Boden!", ertönte es über den Lautsprecher.

Firat Ademi stockte das Blut in den Adern. „Scheiße Mann, wer hat uns reingelegt?", fragte er den neben ihm sitzenden Hasan Syla. „Wir sitzen in der Falle!"

Syla zuckte nur mit den Achseln und meinte: „Keine Ahnung Chef."

„Und was jetzt?" Ademi stand unter Schock, unfähig, einen klaren Gedanken zu fassen.

„Was wohl, Chef? Abhauen natürlich!", antwortete Syla entschlossen.

Über Funk gab Firat Ademi seinen Leuten den Befehl zum Rückzug.

Als der vorderste Wagen zu wenden schien, brüllte van Rijmsdyke „Zugriff!" ins Megaphon.

Daraufhin eröffneten zwei Grenadiere der Antiterroreinheit das Feuer auf das Fahrzeug und hinderten es mit gezielten Schüssen auf die Reifen an der Weiterfahrt.

Überrumpelt vom Schusswaffeneinsatz der Polizei, blieb Firat Ademi und seinen Kumpanen keine Zeit, das Feuer zu erwidern. Rasch sahen sie ein, dass ihre Lage hoffnungslos war. Sie stoppten ihre Fahrzeuge, stiegen aus und ließen sich widerstandslos festnehmen.

Van Rijmsdyke stand die Erleichterung über den glimpflichen Ausgang dieser Aktion ins Gesicht geschrieben. Ohne jedes Blutvergießen war es ihm gelungen, den in Amsterdam aktiven albanischen Drogenring zu zerschlagen. Jetzt musste einzig noch der Container mit der wertvollen Fracht gefunden werden. „Nachdem die Albaner verhaftet sind, ein Kinderspiel", dachte er. Er täuschte sich.

Zwanzig Polizisten stürmten die *Calypso* und machten sich auf die Suche nach dem Kokain. Eine schier unlösbare Aufgabe bei einem Frachter, der mehr als achttausend Container geladen hatte. Sie kontrollierten die Frachtbriefe, konnten jedoch keine Dokumente finden, auf denen Bananen als Transportgut aufgeführt waren. Wohl oder übel blieb ihnen nichts anderes übrig, als den Inhalt jedes einzelnen Containers zu überprüfen. Mit fünf Suchhunden machten sie sich ans Werk. Eine zeitraubende Sisyphusarbeit, die ebenso ergebnislos verlief wie zuvor die Prüfung der Frachtbriefe. Das ernüchternde Fazit dieser Aktion: Kein Kokain auf der *Calypso*!

„Da muss wohl jemand gewarnt worden sein", war van Rijmsdyke überzeugt.

24. April, 11.00 Uhr, im Hafen von Antwerpen

Fernando Estevez verließ zufrieden das Zollbüro. Die Zollformalitäten konnten innerhalb von nur fünf Minuten erledigt werden. Der Sattelschlepper mit dem Container auf der Ladebrücke hatte freie Fahrt und konnte das Hafengelände ungehindert verlassen.

Zweieinhalb Stunden später traf die Fracht im 170 Kilometer entfernten Amsterdam ein.

„Geschafft!", sagte Nando zum Chauffeur, als dieser das schwere Gefährt in der Lagerhalle eines Gemüse- und Obstgrossisten parkte. Dort warteten sechs Männer, um den Container zu entladen. In Windeseile luden sie die Bananenschachteln aus und entnahmen diesen die vakuumierten Kokainblocks, die sie in einem bereitstehenden Kleinlaster versteckten.

Die Auslieferung der Ware war von Nando zur Chefsache erklärt worden. Aus diesem Grund nahm er auf dem Beifahrersitz Platz und dirigierte den Fahrer zum Geschäft von Harry Jacobs. Seit fünf Jahren war er für den Vertrieb des Kokains im Raum Amsterdam verantwortlich.

Als sie dort eintrafen, wurden sie von Jacobs in dessen Büro empfangen. Eigentlich war er Gebrauchtwagenhändler, doch diese Tätigkeit diente ihm bloß als Tarnung. In Tat und Wahrheit wurde von hier aus ganz Amsterdam mit Kokain versorgt.

„Willkommen in Amsterdam! Schön, dich hier zu sehen", begrüßte er Nando.

„Stijn wurde in Zürich verhaftet, darum bin ich hier", erklärte Nando seine Anwesenheit, als er Jacobs Hand schüttelte.

„Ich hab's gehört. Und van Heezen soll sich in seiner Zelle erhängt haben. Eine wahre Katastrophe ist das!", sagte Jacobs.

„Mierda! Das gibt's doch nicht", entfuhr es Nando, der keine Kenntnis von van Heezens Tod hatte, „da steckt bestimmt Stijn dahinter. Der hatte eine solche Wut auf van Heezen."

„In der Zeitung stand aber nichts von einem Mord. Da war ganz klar von Selbstmord die Rede", wusste Jacobs zu berichten.

„Trotzdem. Zuzutrauen wäre es ihm allemal. So wie der bei jeder Gelegenheit über van Heezen hergezogen ist", hielt Nando dagegen.

„Komm, lassen wir das. Was mir auf den Magen schlägt, sind vielmehr die 1,2 Tonnen, mit denen wir den Amsterdamer Markt fluten wollen. Da müssen wir höllisch aufpassen, dass die Preise nicht in den Keller purzeln", gab Jacobs zu bedenken.

„Du wirst das schon zu verhindern wissen", entgegnete Nando zuversichtlich, „und zudem handelt es sich um erstklassige Ware, die ihren Preis wert ist."

„Ja aber ...", wollte Jacobs einwenden, doch Nando kam ihm zuvor: „Nur keine Panik. Die nächste Lieferung ist erst wieder für September geplant. Und dann erneut mit Kurieren."

Harry Jacobs zeigte sich erleichtert. Die Menge von 1,2 Tonnen hatte ihn nervös gemacht.

6. September im Hauptquartier der Amsterdamer Polizei

Der Presseraum war bis auf den letzten Platz gefüllt. Das Rednerpult in der Mitte der kleinen Bühne war von den Flaggen Hollands und der Schweiz sowie den Fahnen der Städte Amsterdam und Zürich umrahmt. Ein farbenprächtiges Blumengesteck, das vor dem Rednerpult aufgestellt war, verlieh der Feier einen würdigen Rahmen. Es war das erste Mal seit Bestehen des Amsterdamer Polizeikorps, dass ein ausländischer Polizist mit der Ehrennadel ausgezeichnet werden sollte. Und heute sollte diese Auszeichnung gleich zwei Polizisten verliehen werden: Hans Maurer und Raymond van Rijmsdyke.

Der Polizeikommandant von Amsterdam ergriff als erster Redner das Wort. Er trug einen schwarzen Anzug, ein weißes Hemd und eine Krawatte mit dem Wappen der Stadt Amsterdam. In seiner Laudatio würdigte er noch einmal die Leistungen der beiden Protagonisten und wurde dabei nicht müde zu betonen, wie wichtig die grenzüberschreitende Zusammenarbeit zwischen den einzelnen Polizeikorps bei der

Aufklärung von Verbrechen ist: „Hans Maurer, unser Zürcher Kollege, und Raymond van Rijmsdyke, Mitglied des Amsterdamer Polizeikorps, haben uns vorgemacht, wie internationale Zusammenarbeit funktioniert: unbürokratisch und schnell. Ihnen haben wir es zu verdanken, dass der Fall des auf mysteriöse Art und Weise verschwundenen Marcus Groothuis gelöst werden konnte. Für diesen Fahndungserfolg verleihen wir ihnen heute die Ehrennadel."

Die anwesenden Gäste applaudierten. Maurer und van Rijmsdyke, die in der vordersten Reihe saßen, sahen sich verschämt an. Dass ihnen die paar wenigen Telefonate, die sie miteinander geführt hatten, so viel Ehre bringen würden, hätten sie in ihren kühnsten Träumen nicht erwartet.

Nachdem der Applaus verebbt war, erhob sich der Stadtpräsident von Amsterdam von seinem Sitz und löste den Polizeikommandanten am Rednerpult ab. Nach den üblichen Floskeln betonte auch er die gute Zusammenarbeit zwischen den beiden Polizeikorps. Danach zählte er ein paar Gemeinsamkeiten zwischen den Städten Amsterdam und Zürich auf, die darin gipfelten, dass es ab dem heutigen Tag in beiden Städte je einen Träger der Ehrennadel gab. Maurer und van Rijmsdyke schmunzelten im Stillen.

Nach einer musikalischen Einlage traten zwei Trachtenmädchen in massiven Klompen auf die Bühne. Jedes von ihnen hielt auf seinen Händen ein rotes Samtkissen, auf denen die Ehrennadeln lagen. Der Augenblick der feierlichen Übergabe stand unmittelbar bevor. Maurer und van Rijmsdyke wurden vom Polizeikommandanten aufgefordert, ihm auf die Bühne zu folgen, wo er ihnen unter den Klängen der holländischen Nationalhymne die Ehrennadeln mit den Nummern 35 und 36 ans Revers heftete. Die Fotografen schossen rasch ein paar Fotos, und schon war der offizielle Teil des Festaktes beendet. Die Pressevertreter und geladenen Gäste begaben sich in die Kantine, wo der Apéro serviert wurde.

Im Zentrum des Interesses standen die beiden Preisträger. Sie wurden von den Journalisten bestürmt und mit Fragen überhäuft, sodass sie keine Gelegenheit hatten, sich an den servierten Häppchen zu erfreuen. Geduldig stellten sie sich den Fragen, blieben stets freundlich und unverbindlich und erlaubten sich zwischendurch sogar einen kleinen Scherz. Nichtsdestotrotz waren Maurer und van Rijmsdyke froh, dass der Anlass um neun zu Ende war und sie in die nächste Kneipe gehen konnten.

„Endlich zu zweit!", stellte Hans zufrieden fest und bestellte zwei Bier. Er war kein Freund solcher Anlässe und mied sie, wann immer er konnte.

Heute gab es kein Entrinnen. Aber selbst in der Rolle des Geehrten fühlte er sich nicht besonders wohl.

Anders van Rijmsdyke: Er genoss jede Sekunde, die er auf der Bühne verbringen durfte. „War das nicht eine phantastische Feier?", schwärmte er, und seine Augen glänzten.

Hans nickte und lachte. Van Rijmsdyke lachte ebenfalls. Und irgendwie hatte er ja Recht. Es war tatsächlich ein würdiger Anlass gewesen, und die Tatsache, dass er als erster und bisher einziger ausländischer Polizist mit der Ehrennadel ausgezeichnet worden war, erfüllte ihn mit Stolz.

Nach dem zweiten Bier fragte Maurer: „Habt ihr in der Zwischenzeit Verthongen verhaften können?"

„Verthongen? Vor vier Tagen haben wir eine stark verweste männliche Leiche aus der Keizersgracht gefischt, die schon mehrere Monate im Wasser gelegen hatte. Aufgrund einer DNA-Analyse wissen wir heute, dass es sich um Arno Verthongen handelt."

Maurer war baff. „Selbstmord?", fragte er.

„Noch können wir eine Dritteinwirkung nicht völlig ausschließen. Wir müssen das Ergebnis der Obduktion abwarten", antwortete van Rijmsdyke. „Aber was ist mit den anderen, die euch ins Netz gegangen sind, wurden die schon verurteilt?"

„Die Verhandlung hat diese Woche stattgefunden und ist erst gestern Abend zu Ende gegangen."

„Und, sind die Urteile gefällt?"

„Ja, heute Nachmittag. Rita hat mir vor zwei Stunden eine SMS geschickt. Die Kuriere wurden zu je vier Jahren Gefängnis verurteilt. Die Helfer, die ihnen am Flughafen die Rollkoffer abgenommen hatten, sind glimpflicher davon gekommen: Sie erhielten je drei Jahre, wovon sie nur die Hälfte verbüßen müssen. Die andere Hälfte wurde ihnen bedingt erlassen."

„Und Vermeer?"

„Vermeer? Der erhielt vierzehn Jahre!" Maurer strahlte, denn er war mit diesem Urteil mehr als zufrieden.

„Vierzehn Jahre!?", staunte van Rijmsdyke und schüttelte ungläubig seinen Kopf. „Hier in Holland wäre er mit maximal fünf Jahren davongekommen."

„In Sachen Drogen kennen wir Zürcher halt kein Pardon", brüstete sich Maurer. „Wenn's nach mir ginge, hätte er sogar lebenslänglich bekommen. Aber lassen wir das."

Maurer war in Drogenfragen als Hardliner bekannt. In seinen Augen waren alle Drogendealer Mörder auf Raten. Anders van Rijmsdyke: Er war ein glühender Verfechter einer liberalen Drogenpolitik. Er war ein Pragmatiker durch und durch, der die Illusion einer drogenfreien Gesellschaft schon längst begraben hatte. Aus diesem Grund war er überzeugt, dass die repressive Drogenpolitik gescheitert war, schlimmer noch, dass sie das Problem mit seinen Nebenerscheinungen nur verschärft hatte und letztlich Schuld an den blutigen

Kriegen mit tausenden Toten war. „Ein Kampf gegen Windmühlen", pflegte er resigniert zu sagen.

Statt sich auf diese Diskussion mit bekanntem Ausgang einzulassen, bestellte Maurer noch einmal zwei Bier. Als sie ihr Glas leergetrunken hatten, verabschiedeten sie sich mit einer kurzen freundschaftlichen Umarmung. Dann ging jeder wieder seines Weges.

7. September, 08.15 Uhr, Flughafen Schiphol

Hans Maurer hatte die KLM Lounge, wo er ausgiebig gefrühstückt hatte, verlassen und wartete jetzt geduldig vor dem Gate Nummer 18. Das Boarding sollte in fünf Minuten beginnen. Er freute sich auf ein ruhiges Wochenende zu Hause. Aber noch viel mehr freute ihn die Tatsache, dass sämtliche Mitglieder der holländischen Drogenbande vom Bezirksgericht schuldig gesprochen worden waren. Jede Verurteilung war für ihn ein persönlicher Triumph und gleichzeitig die Wertschätzung seiner polizeilichen Ermittlungstätigkeit durch die Gerichte. Seine Ermittlungen bildeten das tragende Fundament jeder Anklage, deswegen liebte er seinen Beruf.

Der Flug nach Zürich war ausgebucht. Das Boarding begann pünktlich. Maurer durfte als einer der Ersten einsteigen. Er flog Business und saß in der zweiten Reihe. Unter den 162 Passagieren der Boeing 737 der KLM befanden sich ebenfalls vier gut gelaunte Senioren. Sie lachten und scherzten. Und obwohl sie bunte Hemden, Sonnenbrillen, Sonnenhüte und Bermudas trugen, fielen sie niemandem auf.

Nicht einmal Hans Maurer. Der sann darüber nach, Dolores Gonzales zum Kaffee einzuladen.

Dies ist ein Kriminalroman. Personen und Handlungen sind frei erfunden. Jede Ähnlichkeit mit Lebenden und Verstorbenen ist nicht beabsichtigt und wäre rein zufällig.

Im Übrigen danke ich meinem Lektor Sergej Rickenbacher, der mich bei der Arbeit an diesem Buch unterstützt hat.

M. Holzer war während dreissig Jahren als Anwalt in Zürich tätig. Als Pflichtverteidiger hatte er regelmäßig mit Drogendelinquenten zu tun: Kuriere und Dealer zählten zu seinen Klienten. Das Buch handelt von solchen Menschen, aber auch vom Kampf der Behörden gegen den Drogenhandel.

Heute lebt M. Holzer in Stallikon bei Zürich und in Benissa, Spanien.